Ralf Kramp (Hg.)
Das Campen ist des Mörders Lust

In dieser Reihe bisher bei KBV erschienen:

Aufgebockt und abgemurkst - Regine Kölpin (Hg.)
Chillen, killen, campen - Regine Kölpin (Hg.)

ralf kramp (hg.)

das campen ist des mörders lust

kurzkrimis für campingfreunde

1. Auflage Juni 2020
2. Auflage März 2021

© KBV Verlags- und Mediengesellschaft mbH, Hillesheim
www.kbv-verlag.de
E-Mail: info@kbv-verlag.de
Telefon: 0 65 93 - 998 96-0
Umschlaggestaltung: Ralf Kramp
Bildnachweis Umschlag- und Innenseiten:
© AVTG und © s-motive - beide stock.adobe.com
Druck: CPI books, Ebner & Spiegel GmbH, Ulm
Printed in Germany
ISBN 978-3-95441-519-9

inhalt

RALF KRAMP:
Willkommen auf dem Platz .... Seite 7

REGINE KÖLPIN:
Aus der Mücke eine Schlange machen .... Seite 13

PETER GODAZGAR:
Camping Palazzo .... Seite 29

ELKE PISTOR:
Schatten über Waldesruh .... Seite 43

IRA SCHNEIDER:
Braun gebrannt im Himmelreich .... Seite 65

REGINA SCHLEHECK:
Zelten mit Opa .... Seite 73

KLAUS STICKELBROECK:
Camping-Chaos .... Seite 89

RALF KRAMP:
Herr Hopf macht Ferien .... Seite 105

JÜRGEN EHLERS:
Nie wieder aufgetaucht .... Seite 131

KATHRIN HEINRICHS:
Zelt-Therapie .... Seite 147

TATJANA KRUSE:
Mein Freund, der Wald .... Seite 163

ANDREAS J. SCHULTE:
Frankreich sehen … und sterben .... Seite 175

SANDRA LÜPKES:
Blinkendes Herz .... Seite 191

ARNOLD KÜSTERS:
Kann mal jemand Fisch? .... Seite 197

ROSI NIEDER:
Späte Rache .... Seite 223

PETER GERDES:
Der beste Platz .... Seite 235

GUIDO M. BREUER:
Der totale Tourismus .... Seite 253

CHRISTINA BACHER:
So groß die Angst .... Seite 273

CARSTEN SEBASTIAN HENN:
Der tut nix, der will nur grillen .... Seite 283

Die Autorinnen und Autoren .... Seite 298

RALF KRAMP

willkommen auf dem platz

Schön, dass Sie uns hier draußen gefunden.
Nach der Reise, den mühsamen Stunden
können Sie zwischen Wiesen und Tannen
in beruhigender Stille entspannen.
All die Gründe für Ruhe und Frieden
sind im doppelten Wortsinn verschieden.

Um den Operntenor aus dem Norden
ist es still im Mobilhome geworden.
Am Gesang hat er nicht mehr viel Spaß.
Da riecht's immer ein bisschen nach Gas.
Und es brennt seit November kein Licht.
Darum kümmern Sie sich besser nicht.

Dieses Hauszelt, das bunte, dort hinten,
das gehörte dem Schlachter aus Minden.
Der zog kürzlich erst auf die Antillen.
Vorher schenkte er allen zum Grillen
ganz viel Wurst und auch köstlichen Speck.
Seine Gattin, die war plötzlich weg.

Im Gebäude am Rand vom Gelände
kann man nach eines Urlaubstags Ende
eine schön heiße Dusche genießen.
Von dem Blut auf den blassgelben Fliesen
sieht man heute schon fast gar nichts mehr.
Und das ist ja auch schon länger her.

Beim gemeinsamen Kochen zu zweit
gab es bei den zwei Campern dort Streit
mit dem Messer. Seitdem, wie betrüblich,
hat das Zelt viel mehr Nähte als üblich.
Ganz alleine mit Nadel und Faden
repariert jetzt die Frau diesen Schaden.

Eine steinalte Frau, sehr betucht,
wird oft von der Familie besucht.
Sie ist viel reicher, als man sich vorstellt,
und sitzt Tag und Nacht in ihrem Vorzelt.
Sie rührt sich keinen Meter vom Fleck
und riecht streng, kriegen Sie keinen Schreck.

Und ein Fräulein mit wenig Textilien
hat im Hauszelt beim Beet mit den Lilien
viele Herrn mit Massage verwöhnt.
Leider wurd dabei reichlich gestöhnt.
Der Esbitkocher bremste den Spaß.
Man erkennt es am kohlschwarzen Gras.

Und im Shop kriegt man Zeitung und Kleber,
Büchsenöffner und auch Wagenheber.
Und die Truhe beinhaltet viel
Fertigpizza, Spinat, Eis am Stiel.
Misst zwei Meter mal einen genau.
Und der Platzwart vermisst seine Frau.

Dort hinten im Schatten der Pinien,
da sieht man noch schwach weiße Linien
in Form einer Menschengestalt,
am Boden auf grauem Asphalt.
Sie sollten sich nicht darum scheren,
die verschwinden nach mehrmaligem Kehren.

Aus dem grünlichen Campingmobil dort
lief der Gattin ein Jäger aus Kiel fort.
Trotz der Schonzeit sind Schüsse gefallen.
Alle hörten das schreckliche Knallen.
Im Mobil hängen lauter Geweihe
und ein Jägerhut in einer Reihe.

Gegen Mäuse ging im Caravan
eine Greisin mit Rattengift an.
Und ihr Mann, keiner weiß, was geschehen,
der wurd seither nicht mehr hier gesehen.
Sie hat mit morschem Zeug in der Nacht
sich ein Lagerfeuer gemacht.

Hier bei uns wird es Ihnen gefallen.
Doch, so ging es bis jetzt immer allen.
Dieser Platz ist so ruhig und still.
Wie ein Friedhof fast, wenn man so will.
So ruhig hatten Sie es sicher nie.
So, wir suchen ein Plätzchen für Sie.

REGINE KÖLPIN

aus der mücke eine schlange machen

Mit Evi und mir, das passte schon lange nicht mehr. Aber sie wollte es einfach nicht einsehen. Für mich war es seit über vier Jahren klar, dass unser gemeinsamer Weg zu Ende ging, es war lediglich eine Frage der Zeit, wann ich den Schlussstrich ziehen wollte. So etwas brauchte Fingerspitzengefühl und konnte nicht übers Knie gebrochen werden.

Der *Point of no Return* war gesetzt, als Evi morgens zum Frühstück mit ihren rosa Plüschhausschuhen reinschlurfte, mir über den Bauch strich und sagte: »Ach, Rudolf, mein Dickerchen. Jetzt sind wir schon so ein richtig altes Ehepaar.«

Mir blieb fast die Luft weg. Ich und alt? Hallo, ich war gerade mal 56 Jahre! Gut, mein Herz tickte nicht mehr ganz so in der Spur, und es bedurfte einiger Tabletten, meiner sogenannten Überlebensmittel, aber es schränkte mich nicht weiter ein und ich fühlte mich rundherum fit und leistungsfähig, auch wenn ich deswegen in Frührente war, weil mich die Belastung des Arbeitsmarktes überfordert hätte.

Trotzdem kam Evi von da an ständig mit solchen Sprüchen. Sie tat gerade so, als hätte sie schon mit unserem Leben abgeschlossen. Dabei wollte ich nun erst richtig durchstarten. Aber sie machte fortan einen auf Couch-Potato. Hilflos saß ich neben ihr, und wir schienen vor dem Fernsehapparat bei Chips und Flips nur noch auf unser Ende zu warten. Sie fand das gemütlich, ich langweilte mich so sehr, dass ich dem Tod quasi schon Auge in Auge gegenüberstand.

Aber ich brachte es einfach nicht übers Herz, Evi zu sagen, dass es sich ausgerudolft hatte und sie fortan ihren eigenen Weg gehen musste. Nicht nur, weil sie trotz allem nett war, nein, es gab einen anderen triftigen Grund: Sie saß auf unserem oder besser auf ihrem Vermögen. Ich hatte nur meinen VW-Käfer mit in die Ehe gebracht, und wenn ich nicht aufpasste, würde ich auch mit dem wieder gehen. Nur, dass er inzwischen auf dem Schrottplatz ausgeschlachtet war. Würde ich meine Evi einfach so zum Teufel jagen, ginge ich wegen eines für mich ungünstig abgeschlossenen Ehevertrags fast leer aus, und das wollte ich nach der langen Zeit schließlich auch nicht. Folglich gab es nur einen Weg: Ich musste meine Frau dazu bringen, mich zu verlassen. In dem Fall wäre ich nämlich abgesichert.

Zuerst dachte ich, ein anderer Mann würde die beste und eleganteste Lösung sein, doch dem war nicht so. Evi war durch und durch treu, und wir gingen zudem sehr selten aus, eben weil sie es zu Hause so gemütlich fand. Selbst der von mir angekaufte Gigolo, der ihr beim Shoppen mit seinem Charme geradezu vor die Füße fiel, hatte keine Chance.

Fortan ließ ich mich gehen, duschte manchmal nicht und tat so, als käme ich mit meiner freien Zeit nicht zurecht, aber das weckte in Evi nur den Mutterinstinkt und machte alles noch viel schlimmer.

Dann stürzte ich mich in sportliche Aktivitäten und war nur wenig zu Hause, was sie zwar bekümmerte, aber keineswegs dazu aufrührte, mir mein Fehlverhalten vorzuwerfen. Es nützte nichts. Meine Evi hielt zu mir.

Doch dann nahte die Rettung! In mir keimte die finale Idee, denn Evi hatte mehrfach fallen lassen, was sie überaus verabscheuungswürdig fand: Campingurlaub!

»Freiwillig auf engstem Raum und dann noch das Klo selbst leeren zu müssen! Wer das tut, kann nicht die hellste Kerze auf der Lebenstorte sein.«

»Trotzdem sollten wir mal verreisen, Evi. Jetzt haben wir doch Zeit«, schlug ich vorsichtig vor. Ich hielt es auf dem Sofa wirklich nicht mehr aus.

Evi dachte sofort an eine Karibik-Kreuzfahrt. »Das ist für dein Herz nicht so anstrengend, und auf hoher See gibt es kaum Insekten.«

Die hasste sie nämlich wie die Pest, und das zu Recht, denn die Mücken liebten ihr süßes Blut, während ich in der Regel verschont blieb.

Ich witterte meine Chance und durchforstete das Internet, wohin man mit einem Wohnmobil reisen und zugleich mit einem gewissen Mückenkontingent rechnen konnte. Die Gegend um Venedig war prädestiniert, aber das war zu auffällig. Dorthin würde Evi niemals mitkommen. Schließlich wusste jeder, wie mückenreich es dort war. Dasselbe galt für Schweden. Aber dann hatte ich unser Ziel gefunden: der Gardasee! Und das mit dem Wohnmobil! Da würde meiner Evi schnell deutlich werden, wie sehr sich unsere Vorstellungen unterschieden. Ich hatte zudem gelesen, dass dort eine Mückenart vorkam, die so richtig fies sein sollte. Man nannte sie die asiatische Tigermücke, und sie war in der Lage, sogar Gelbfieber und andere tropische Krankheiten zu übertragen.

Vielleicht steckte sich Evi an, und unser Eheproblem war von allein gelöst. Ich sah mich schon als trauernden, aber finanziell ausreichend versorgten Witwer vor ihrem Grab stehen und das Vaterunser beten.

Klappte das nicht, gab es einen Plan B, denn die Stiche der gemeinen Tigermücke sollten sehr lange quälen. Evi würde es hassen und mich unmöglich finden, weil ich ihr so etwas zumutete. Ich rieb mir voller Vorfreude die Hände.

»Ich möchte dieses Jahr aber lieber an den Gardasee«, begann ich vorsichtig. »Und ich möchte campen.« Ich sah Evi an. Noch hatte sie keine Miene verzogen. »Das war schon immer mein Traum, und solange ich das noch kann, sollten wir es versuchen.«

Endlich verrutschten ihre Mundwinkel. »Du willst was? Das kann nicht dein Ernst sein. Ich in einem Wohnmobil?«

»Doch. Bitte, Evi. Erfüll mir diesen Wunsch!«

Sie klickte auf ihrem Handy herum, und nach etwa fünf Minuten nickte sie. »Ist gut, Rudolf. Aber nur dieses eine Jahr.« Warum sie mich trotz dieses Zugeständnisses anlächelte, hätte mich stutzig werden lassen sollen.

Ich warf gleich meinen PC an und googelte nach einem Campingplatz, der mir einen schönen Urlaub bescheren, Evi aber alles an Toleranz abfordern würde. Das hieß im Klartext: weit weg von den schönen Städten mit Geschäften und Restaurants, die sie vermutlich eben mit dem Handy angesehen hatte. Also nichts mit Bardolino, Lazise oder Torri del Benaco. Evi sollte sich zu Tode langweilen. Mitten in der Natur. Mitten in einem wunderbaren Schwarm von Tigermücken.

Schnell wurde ich auf der Webseite fündig. Von unserem Stellplatz aus würde sie Bardolino auf der anderen Seeseite zwar sehen, aber nicht einfach so erreichen können. Das gefiel mir. Mücken würde es sicher überall geben.

Jetzt fehlte noch ein Wohnmobil, am besten ohne allen Komfort, und der Urlaub würde ein wunderbares Desaster werden.

Am nächsten Tag kaufte ich Kaspar. Benannt nach Kaspar Hauser, denn auch in seinem Leben war so ziemlich alles schiefgegangen. Nomen est omen! Ich hegte die Hoffnung, dass auch bei mir alles aus dem Ruder lief. Das geschah am Ende auch, aber der Reihe nach:

Frohgemut packte ich Essensvorräte und meine Klamotten in den alten Hymer, der mit einem grau-weißen Flauschvorhang aus Chenille im Eingang ausgestattet war. Zudem war er mit einer Heizung bestückt, die knarzte, als würde das Ding jeden Moment in die Luft fliegen. Das würde meiner Evi so richtig schön Angst einjagen, und ich konnte täglich ein Stück mehr betonen, wie unterschiedlich wir doch waren. Am Ende des desaströsen Urlaubs würde sie mich verlassen und mich – weil sie ein schlechtes Gewissen plagte – zusätzlich zu meinem mir zustehenden Anteil großzügig abfinden. Ich war mir ganz sicher, dass mein Plan aufging. Evi war ein lieber Mensch, aber sehr intolerant, wenn es nicht nach ihren Vorstellungen ging. Schon jetzt schaute sie mir mit zusammengekniffenen Augen beim Packen zu.

»Ist doch toll, so ein Gefährt!« Ich freute mich natürlich besonders laut. Evi winkte nur ab und suchte widerwillig zusammen, was sie mitnehmen wollte.

* * *

Die erste Nacht verbrachten wir, bevor wir die Alpen überqueren wollten, bei Füssen im Allgäu auf einem Wohnmobilstellplatz am Bannwaldsee.

Evi sagte nicht viel, aber ich sah ihr durchaus an, wie sehr sie sich zusammenriss, um sich nicht darüber aufzuregen, wie eng und wie klein unser Gefährt war. Und dass die Dusche leckte. Dass die Grauwassertankanzeige defekt war und alle fünf Minuten Alarm gab. Dass es drinnen leicht muffig roch, weil schon sehr viele Camper vor uns mit dem Gefährt verreist waren. Und dass die eine Schrankklappe nicht schloss, sodass sich meine Shirts ständig über dem Bett verteilten.

Bei all den Missständen – wo der alte Kaspar doch wirklich alles gab – übersah Evi sogar die Schönheit des Sees und den Blick auf Neuschwanstein.

Beim Betrachten des Sonnenuntergangs auf dem Badesteg wurden wir von einem Schwarm Mücken angefallen, was ich als gutes Omen sah, denn Evis Laune war schon jetzt am Nullpunkt. Ich gebe zu: Ich freute mich auf die Tigermücken, die uns jenseits der Alpen erwarten würden.

Wir fuhren gleich am nächsten Tag weiter, und ich dankte Gott für das Hagelunwetter bei Bozen, das Evi vor Angst Schnappatmung bekommen ließ. Wir mussten mitten auf der Straße anhalten, damit die Hagelkörner nicht unsere Frontscheibe durchlöcherten. Kaspar hatte danach ein paar runde Dellen mehr auf dem Dach.

»Wir hätten besser die Kreuzfahrt machen sollen«, war alles, was sie herausbekam.

Innerlich juchzte ich auf, äußerlich aber war ich sehr besorgt um Evis Wohlergehen. »Sollen wir umkehren? Vielleicht ist Campen nichts für dich!«, schlug ich fürsorglich vor.

»Ich weiß doch, dass du Spaß und Freude hast«, sagte Evi. »Wir fahren weiter.«

Sie war noch blasser als sonst, und ihre Gesichtsfarbe änderte sich auch nicht, als wir die Alpen überwunden hatten und zum Gardasee abbogen.

»Wieso campen wir nicht bei Bardolino? Oder in Lazise?«, fragte sie auch gleich, als wir nach Limone abbogen und den Ort nur durchquerten, ohne seine Schönheit zu genießen. Die Diskussion hatten wir lange hinter uns, und so antwortete ich nicht darauf.

Außerdem war ich bereits von seliger Vorfreude erfüllt, wenn ich an die sehr enge Straße am Westufer dachte, die dicht an den Felsen am See entlangführte. Es war ein Fest, als Evi schmallippig neben mir saß und ihr der Schweiß von der Stirn tropfte.

»Ist es nicht herrlich hier!«, rief ich aus und gab noch einmal extra Gas, was Kaspar mit einem lauten Schnaufen kommentierte.

Wir durchfuhren zahlreiche Tunnel, was Evis Laune nicht unbedingt hob, denn ein Wohnmobil war schließlich per se breiter als ein Kleinwagen. Meine Frau hasste Enge, auch wenn die Tunnel Fensteröffnungen zum See hatten. Das täuschte aber nicht darüber hinweg, dass die Fahrbahn schmal war und dass es kaum Luft zwischen Straße und Felsen gab. Ich konnte nur millimetergenau daran entlangfahren, weil uns der Gegenverkehr dazu zwang. Denn auch diese Fahrzeuge konnten kaum ausweichen, weil sie die Abgrenzung zum See daran hinderte. Ich hoffte so sehr, dass uns der eine oder andere Lastwagen entgegenkommen würde und es ein wenig brenzlig mit unserem Gefährt würde.

Es war herrlich, Evi anzusehen. Ich grinste immer breiter und pries die Vorzüge der Landschaft (die war auch wirklich wunderschön) und ignorierte, dass meine Frau kurz vor einem Herzinfarkt stand.

Der Höhepunkt folgte, als uns dann tatsächlich ein Bus entgegenkam. Richtig passend in einer Kurve, die er auch noch schnitt, um sein Hinterteil nicht mit den Leitplanken zu umwickeln. Ich zuckte reflexartig mit dem Lenkrad, es knirschte, Evi schrie laut auf – und der Spiegel war ab.

»Das war lebensgefährlich!«, rief sie aus.

Obwohl auch ich zitterte – denn so ganz unrecht hatte Evi nicht –, gab ich mich lässig. »Ist ja nix passiert. So ein Spiegel lässt sich ersetzen. Das gehört eben auch zum Campen. Ein bisschen Abenteuer bei der Anfahrt. Erst das Unwetter und nun diese Strecke ...« Ich kämpfte inzwischen mit leichter Übelkeit, und mein Herz schmerzte. Verdammt, ich hatte vergessen, meine Tabletten einzunehmen. Zuerst hatte ich sie nicht gefunden, und dann war alles so holterdipolter gegangen, weil Evi dringend weiterfahren wollte. Ich musste jetzt achtgeben, dass ich mir nicht zu viel zumutete und es nicht übertrieb.

Später wurde die Straße breiter, und Evis Gesichtsfarbe changierte von Weiß nach Beige.

Weil ich gehört hatte, dass es in Moniga in der Altstadt eine wundervolle Enge gab, tat ich so, als würde ich mich verfahren, bog zunächst nicht zum Campingplatz ab, sondern fuhr mitten hinein in die kleine Stadt.

»Du bist zu weit gefahren«, kommentierte Evi. »Du wolltest doch zwischen Manerba und Moniga campen.«

»Du hast recht, Evi, wir müssen zurück.«

Ich fuhr in die für Womos und andere Camper verbotene Straße, was Evi mit einem entsetzten Aufschrei kommentierte, mich aber dadurch nur weiter anspornte. Unser Spiegel war ohnehin schon ab, und wenn Evi mich erst verlassen hatte, konnte ich mir im Anschluss ein richtig schniekes Mobil kaufen. Wie sagte man so schön: Wo gehobelt wird, da fallen Späne. Unser Kaspar musste eben ein paar Kratzer in Kauf nehmen.

»Du bist so verändert!«, maßregelte Evi mich und sagte zum ersten Mal den Satz, auf den ich schon so lange wartete: »Manchmal denke ich, wir haben mit den Jahren sehr unterschiedliche Vorstellungen vom Leben entwickelt. Was Spaß macht und so. Du bist ein echter Abenteurer, und ich mag es ruhiger. Das fällt mir hier in diesem Urlaub so richtig auf.«

»Mag sein«, knurrte ich nur. Bingo, es lief super an.

Kurz darauf standen wir vor einem Torbogen.

»Da passen wir nicht durch«, beschied Evi.

Und dieses Mal musste ich ihr recht geben. Kaspars Karosserie hätte eine Durchquerung nicht überlebt, und ohne Türen hätten wir abbrechen müssen.

Folglich quälten wir uns rückwärts durch die enge Gasse zurück. Das allein bescherte Evi erneut Schweißperlen auf der Stirn und mir ein unheilvolles Zittern.

»Du hättest den Schildern Glauben schenken sollen, aber in letzter Zeit tust du nur noch, was du willst.«

»Wie gefällt dir der Campingurlaub denn bis jetzt?«, fragte ich gut gelaunt, als wir wieder auf der Hauptverkehrsstraße waren.

Evi antwortete nicht, sondern tupfte sich den Schweiß von der Stirn.

* * *

Wir bekamen einen Stellplatz direkt vorn am See, was ich gut fand, denn sicher war hier am Abend die Tigermückendichte am größten, und die Biester würden meiner Gattin ordentlich zusetzen.

Ich holte die Campingmöbel aus der Wohnmobilgarage und stellte sie unter der Markise auf. Mit Blick auf den See war das wunderbar beschaulich. »Sieh nur, das Panorama!«

Vor uns schoss gerade ein Schwarzer Milan ins Wasser und stieg mit einem Fisch wieder auf. »Die gibt es hier ganz oft«, erklärte ich.

Evi nickte nur. »Mir ist warm. Ich gehe ans Wasser und kühle meine Füße. Der See sieht klar und sauber aus, da kann ich es wohl wagen.« Sie trug ihre weite Pluderhose und ein Langarmshirt. Den Kopf schützte sie mit einem Sonnenhut. Außerdem hatte sie sich mit einem Mückenschutzmittel nahezu übergossen. Ich hoffte, die Tigermücken würden dennoch ein Stück unberührte Haut für ihre Stiche finden.

»Du siehst müde aus, Rudolf«, sagte Evi, bevor sie losging. »Hast du deine Medikamente eingenommen?

Ich habe sie in der Schachtel in den vorgesehenen Fächern verstaut. Du brauchst nur auf den Tag und die richtige Zeit zu achten.«

Ich nickte. Stimmt, die Tabletten. Warum hatten sie heute Morgen nicht dort gelegen? Ich hatte wohl nicht richtig gesucht, denn Evi war ordentlich, und wenn sie sagte, sie lagen da, dann war das auch so. Ich musste die Pillen dringend einnehmen.

»Geh du nur, Evi«, sagte ich. »Ich komm gleich nach.«

Es war ein wunderbares Gefühl! Bald war ich frei! Musste nicht mehr Chips essend auf dem Sofa Schmalzfilme oder die Schlagerparty gucken, sondern konnte die Welt erobern.

Morgen würde Evi noch mehr betonen, dass diese Art des Urlaubs nichts für sie war, und mir jeden Mückenstich einzeln und mit Namen vorstellen. Und ich wiederum würde mich wortreich darin versteigen, dass Campen genau das war, wovon ich mein ganzes Leben geträumt habe. Am Ende der drei Wochen war es dann bestimmt so weit: Evi musste einsehen, dass es besser war, wenn wir uns in Frieden trennen würden.

»Rudolf!«, rief sie nach einer Weile. Ich hatte meine Tabletten nicht gefunden, mich aber ein wenig ausgeruht, weil mich das Ganze doch sehr schlauchte.

»Nun komm mal! Ich glaube, du solltest hier schwimmen. Das machst du doch so gern. Es ist glasklar, das Wasser! Das macht dich auch wieder fit.«

Ich erhob mich, denn es war zu verlockend, ans Wasser zu gehen. Schwimmen war eine meiner großen Leidenschaften.

Evi kletterte gerade auf einen Felsen neben dem Steinstrand. »Hier musst du rein, das Wasser sieht toll aus!«

Ich schnappte mir das Handtuch und näherte mich, weil mich ihre Begeisterung stutzig machte. War mir mit dem Reiseziel tatsächlich ein Fehler unterlaufen? Auch wenn ich etwas wackelig auf den Beinen war, sprang ich sofort mit einem beherzten Kopfsprung in den blauen See, tauchte ab und winkte Evi zu, die mit einem breiten Lächeln auf dem Felsen stand.

Ich schwamm ein paar Züge, winkte meiner Frau zu, und dann streifte mich etwas. Ich sah eben noch ein längliches Tier davonschwimmen.

»Rudolf, das ist eine Schlange!«, rief Evi plötzlich ganz panisch. »O Gott, eine Schlange. Und was für ein riesiges Tier! Hoffentlich ist sie nicht giftig. Und sieh nur, noch ganz viele!«

Mir stockte der Atem. Schlangen? Ich geriet in Panik. Schlug um mich. Ich kam kaum von der Stelle, obwohl ich wie wild herumpaddelte. Wirklich Schlangen? Es gab nur eine Situation, die mich völlig aus der Fassung brachte, selbst wenn die Tiere im Zoo hinter einer Glasscheibe untergebracht waren. Schlangen! Ich hatte eine regelrechte Phobie. Verdammt, warum hatte ich zuvor nicht gegoogelt, ob es hier diese Biester gab! Ich hatte wegen der Schlange Ka als Kind nicht einmal das *Dschungelbuch* angeschaut!

Es war ein Fehler gewesen, das nicht zu recherchieren, sondern sich einzig auf die Tigermücke zu fixieren. Hatte Evi womöglich recht, und die Biester waren giftig? Oder würden sie mich gleich umschlingen und in die Tiefe des Gardasees ziehen?

»Es kommen immer mehr!«, rief Evi und ruderte mit den Armen. »Komm schnell zurück! Rudolf, nun komm schon! Es sind so viele! Ach herrje! Und du bist ganz weit draußen! Das schaffst du nie und nimmer!«

Ich versuchte, schneller zu schwimmen, kam aber nicht voran. Meine Luft blieb mir weg, denn vor lauter Panik hatte ich das Gefühl, die Viecher seien überall. Ich glaubte, ihre langen Leiber an meinem Körper zu spüren. An den Füßen, am Bauch, über meinem Rücken.

Ich schaute zu Kaspar, der allerdings seelenruhig am Ufer stand und nur den Chenillevorhang ein wenig wackeln ließ.

Dann wurde mir schwarz vor Augen, und kaltes Wasser füllte meine Lunge.

* * *

Nun sitze ich hier oben auf meiner Wolke, die immerhin einem Wohnmobil gleicht, und schaue Evi dabei zu, wie sie eben ein großes Kreuzfahrtschiff besteigt. Den guten alten Kaspar hat sie noch in Italien verschrotten lassen und ist von Verona aus zurückgeflogen.

An meinem Grab hatte sie zwar die obligatorischen Tränchen geweint, aber ich vergesse nicht, was sie zuvor an meinem Totenbett gesagt hatte. »Ach Rudolf, du wusstest doch, wie sehr ich das Campen hasse. Allein die Mücken. Aber du hättest dich auch mit dem anderen Getier des Sees befassen sollen. Wo du doch bei Schlangen regelrecht durchdrehst.« Sie strich mir über das kalte Handgelenk. »Du wusstest gar nicht, dass es dort Schlangen gibt, oder? Pech für dich, mein Guter. Ich hatte gehofft, dass du in Panik gerätst und es nicht bis zum Ufer schaffst.« Sie drückte meine Hand. »Du willst sicher wissen, woher ich mich so gut auskenne mit der Fauna des Gardasees?« Sie kicherte. »Ich hatte kurz zuvor eine Doku gesehen und das am Handy überprüft. Es sind harmlose Würfelnattern. Übrigens vom Aussterben bedroht. Und viele waren es auch nicht. Nur eine einzige. Ein einzige harmlose Natter hat dir eine Panikattacke beschert, die dein Herz nicht ausgehalten hat.« Sie seufzte und streichelte meine Hand noch einmal. »Du wolltest mich ohnehin loswerden. Das haben wir dann nun geschafft, wenn auch anders als geplant. Wir hatten aber dieselben Chancen, findest du nicht?«

Sie hatte mir einen Kuss auf die Stirn gedrückt, bevor sie mich meinem Schicksal in der Ewigkeit mit einem letzten Satz überlassen hatte. »Da haben wir am Ede eben die Mücke zu einer Schlange gemacht, nicht wahr, mein Guter?«

PETER GODAZGAR

camping palazzo

Den drei Männern fiel in exakt derselben Sekunde die Kinnlade herunter. Der Grund dafür war ein Wohnmobil, das auf den Campingplatz rollte. Nein, es war kein Wohnmobil, es war etwas … Futuristisches … etwas Raumschiffhaftes. Vor allem war es etwas Riesenhaftes.

Ungewöhnlich war auch die Farbe. Das Gefährt glänzte: golden!

So gesehen war es also kein Wunder, dass Hans, Klaus und Uli mit offenen Mündern dastanden und staunten.

Aber als das Ungetüm schließlich seine Parkposition gefunden und als sich die Tür auf der Fahrerseite geöffnet hatte und als endlich der Fahrer ausstieg, da schnappten die drei synchron nach Luft.

Denn aus dem Monstertruck kletterte: Werner.

»Werner«, rief Hans.

»Werner«, ächzte Klaus.

»Werner«, hauchte Uli.

»Tach, Jungs!«, rief Werner. »Da guckter, wa?«

Das war stark untertrieben. Fragen und Kommentare prasselten auf Werner ein:

»Wo haste das Teil denn geklaut?«

»Mein lieber Scholli!«

»Wie kommst du denn an so eine Karre?«

»Leckomio!«

»Was ist das überhaupt für ʼne Marke?«

»Ich brechʼ zusammen!«

»Wat schluckt so ein Teil denn?«

Werner lächelte und genoss den Moment. Bis eben waren sie noch gleichberechtigt gewesen in all den Sommern auf dem Campingplatz ihres Vertrauens: Hans mit seinem *Winnebago Minnie Winnie V8 Diesel*, Klaus mit seinem *Mercedes Benz Marco Polo* nebst Aufstelldach und Uli mit seinem liebevoll gepflegten *Dethleffs-Caravan*. Dagegen hatte Werner mit seinem *Fiat Alkoven-Camper* fast abgestunken. Nun ja, das war Geschichte.

»Jetzt erzähl doch mal!«, drängelte Hans.

Werner machte eine ausladende Geste. »Darf ich vorstellen: der *eleMMent Palazzo Superior*.«

»Was? Element?«, fragte Uli.

»Element mit zwei großen M in der Mitte«, sagte Werner. »So viel Zeit muss sein.«

»Und was kostet so ein Teil?«, fragte Klaus.

»Zwo Komma zwo«, sagte Werner mit größtmöglicher Lässigkeit.

Hans runzelte die Stirn. »Zwo Komma zwo? Was soll das heißen?«

»Mille.«

Uli entfuhr ein seltsames Geräusch, eine ungesund klingende Mischung aus Pfeifen und Ächzen. »Mille? Du meinst … Millionen?«

Werner nickte gnädig.

»Zwei Komma … Millionen … Euro?«

»Nein, Lire.« Werner lachte. »Natürlich Euro!«

Klaus kratze sich am Kopf. »Das Ding braucht ja mindestens fünf Stellplätze. Darum war es hier die ganze Zeit so leer.«

Werner nickte. »Hab beim Dieter vorbestellt. Die Kiste braucht schon ein bisschen Raum. Hab ich dem Dieter natürlich schön bezahlt. Er hat mir gleich einen Dauerplatz angeboten.« Werner beendete jeden seiner Sätze mit einem gönnerhaften Lacher.

Im nächsten Moment öffnete sich an der Seite des Monstrums eine Tür, und eine Frau trat heraus. Nun ja, Frau war vermutlich nicht ganz das richtige Wort, aber jede möglicherweise passendere Beschreibung könnte als sexistisch missverstanden werden. Die Frau trat auch nicht einfach heraus. Sie … tänzelte, nein, sie glitt, sie schwebte, sie … erschien.

Sie materialisierte sich.

Die … Frau blickte sich um, und man hätte auf den Gedanken kommen können, in ihrem Gesicht spiegelte sich so etwas wie Abscheu. Gepaart mit Widerwillen. Und Abneigung. Auch Ablehnung. Animosität. Ekel. Vielleicht auch eine Spur von … Grauen.

Werner umfasste die … Frau an der Taille und zog sie an sich heran. »Jungs, das ist die Galina.«

»Galina«, wiederholte Klaus tonlos. »Und wer ist … die … die Galina? Die Tochter, die du nie hattest?«

Werner überhörte die Unverschämtheit.

Klaus legte nach: »Und wann macht die Galina ihr Abitur?«

»Idiot. Galina ist vierundzwanzig. Die modelt.«

Hans, Klaus und Uli versuchten krampfhaft, Galina ins Gesicht zu schauen. Oder wenigstens nur auf den Hals. Maximal auf die Schultern. Es gelang ihnen mehr schlecht als recht.

Werner zerrte Galina noch ein Stück näher an sich heran. »Ja, so 'ner Frau musste schon was bieten.«

Galina schaute sich betont gelangweilt um.

Hans schluckte. »Aber was ist denn mit der … Susi?«

Werner machte eine wegwerfende Handbewegung. »Die kann sich nicht beschweren. Der geht es gut. Finanziell top abgesichert, erst recht, wenn demnächst die Scheidung durch ist. Aber das lief einfach nicht mehr mit uns.«

»Wie jetzt? Haste die etwa … ausrang…, ausgemus…, also abgelegt?«

»Alles drei.« Werner lachte.

Hans, Klaus und Uli wechselten Blicke.

Abends saß das Trio beim Bier und ließ die Ereignisse Revue passieren: Werner hatte also tatsächlich vor einem knappen Jahr im Lotto gewonnen. Die drei Männer konnten sich noch an die Meldungen erinnern. 31,7 Millionen Euro! Die bislang zweitgrößte Summe, die in Deutschland ein Einzelspieler gewonnen hatte. Werner hatte dichtgehalten, ansonsten aber nicht lange gefackelt: Er hatte seine Susi in die Wüste geschickt und sich irgendwie Galina geangelt – einzig und allein mit seinem umwerfenden Charme, hatte Werner behauptet, aber das hatten ihm die drei anderen nicht so ganz geglaubt.

Ja, und dann hatte sich Werner seinen Traum erfüllt: den Kauf ebenjenes *eleMMent Palazzo Superior*. Mit unverhohlener Freude hatte er die drei Männer durch den Palast auf Rädern geführt. Der Innenraum war inzwischen zu einer Seite hin ausgefahren, wodurch sich die Gesamtbreite des Fahrzeugs annähernd verdoppelt hatte. Das Ding war ausgerüstet mit jedem nur erdenklichen Schnickschnack. Allein die Küche! Kühlschrank, Gefrierschrank, Eiswürfelmaschine, Kochfeld mit Dunstabzug.

Werner hatte Galina zugeschnippst. »Linchen, mach uns mal ein Schampützchen auf.« Galina ließ routiniert den Korken einer Flasche Pommery Royal knallen.

Im sogenannten Lounge-Bereich stand ein vier Meter langes Sofa, das man individuell verstellen konnte. Außerdem gab es eine Bar mit Getränkekühlung, einen Weinschrank und einen eingebauten Kaffeevollautomaten. Im Bad wartete die nächste Überraschung: Das Ding hatte einen eigenen Spa-Bereich! Mit Erlebnis-Regendusche und Lichttherapie-Funktion, dozierte Werner. Schließlich das Schlafzimmer: Dort stand ein Kingsize-Bett. »Die Dinger werden zusammengedengelt vom Bettenbauer der Queen«, erklärte Werner.

Die drei Männer hatten versucht, nicht allzu beeindruckt zu wirken. Ihre Laune indes hatte sich von Minute zu Minute verschlechtert.

Jetzt saßen sie also vor Ulis Camper. Hans köpfte eine weitere Bierflasche. »Ich weiß nicht, was die Leute am Champagner finden.«

Die anderen beiden nickten. »Kapier' ich auch nicht«, sagte Klaus.

»Zieht dir doch alles im Mund zusammen«, ergänzte Uli. »Kannste mir nicht erzählen, dass das dem Werner schmeckt.«

Mürrisch nuckelten sie an ihren Flaschen.

Klaus durchbrach die Stille. »Das ist doch pervers! Diese Riesenkarre! Ich meine, das hat doch nichts mehr mit Camping zu tun!«

Hans schüttelte den Kopf. »Zwei Millionen für einen Campingwagen!«

»Zwei Komma zwei«, korrigierte Klaus.

»Die Alte kostet ihn vermutlich ebenso viel«, sagte Uli und musste aufstoßen. »Pro Jahr.«

Sie äugten zu dem Koloss hinüber, dessen Fenster erleuchtet waren. Jalousien verhinderten allerdings einen Blick ins Wageninnere.

Hans kratzte sich am Bauch. »Mannomann, ist das eine Arschgeige geworden. Aber ich fand den ja früher schon komisch.«

Klaus kratzte sich am Kopf. »Ich hab's doch immer gesagt: Geld verdirbt den Charakter.«

Uli kratzte sich unter der rechten Achsel. »Ich hätte große Lust, 'ne Kartoffel in den Auspuff von der Karre zu stecken.«

»So?«, fragte Hans. »Ich kann dir sagen, wozu ich Lust hätte: Ich hätte Lust, dem *Werner* 'ne Kartoffel in den Auspuff zu stecken.«

»Einen ganzen Sack Kartoffeln«, ergänzte Klaus.

Die Männer horchten auf. Spitze Schreie der Lust drangen aus dem Monsterwagen.

Die Männer schauten sich wortlos an.

Nach ein paar Minuten öffnete sich die Tür des Wagens, und Werner trat ins Freie. Er war mit einem schneeweißen Bademantel bekleidet und reckte sich ausgiebig. Dann erspähte er das Trio und winkte. »Jungs!«, rief er. »Ich sehe, ihr habt auch eine angenehme Abendgestaltung gefunden.«

Die drei winkten zaghaft zurück und lächelten gequält.

Werner verschwand wieder im Wagen und kam kurz darauf mit einer weiteren Flasche Pommery Royal heraus. »Hier, spendiere ich euch. Mal was anderes.« Er zwinkerte. »Kann aber leider nicht mittrinken. Ich werde erwartet.« Er machte auf dem Absatz kehrt.

Als Werner wieder im Wagen verschwunden war, sagte Hans: »Kannste mir doch nicht erzählen, dass diese … diese Gardena … Gallerina …«

»… Galina«, unterbrach Klaus.

»… Galina den toll findet. Kannste mir nicht erzählen.«

»Geld verdirbt halt nicht nur den Charakter, sondern macht auch sexy.«

»Komm, mach die Pulle auf.«

Der Korken knallte, Hans holte drei Plastikbecher aus dem Camper und knallte sie auf das Tischchen. »Sorry, Leute, meine Champagnergläser sind alle in meinem speziellen Champagnerglas-Geschirrspüler.«

Sie lachten matt, prosteten sich missmutig zu und nippten.

Klaus schüttelte sich. »Kannste mir nicht erzählen, dass dem das schmeckt.«

Hans besah das Etikett. »Pommery – Pommes wären mir lieber.«

Uli kippte sein Glas auf ex und schüttelte sich ebenfalls. »Total überschätzt, das Zeug.«

»Kannst. Du. Mir. Nicht. Erzählen. Dass. Dem. Das. Schmeckt«, wiederholte Klaus und betonte jedes einzelne Wort.

Aus dem Monstertruck erklangen erneut spitze Schreie.

Die Männer verdrehten die Augen.

Hans brach das Schweigen und wuchtete sich aus dem Campingstuhl. »Ich bin's satt, Leute. Bis morgen.«

Als Hans am nächsten Morgen aus seinem Wohnwagen trat, fiel ihm erneut die Kinnlade herab. Werners Camper war noch einmal gewachsen, diesmal in die Höhe. Klaus und Uli traten neben Hans, die Männer nickten sich ernst zu.

»Dreizehn-Siebzig, fünf und sechs«, raunte Uli.

»Was soll das heißen?«, fragte Klaus.

»Die Maße«, erläuterte Uli. »Das sind die Maße von dem Ding. 13,7 Meter lang, knapp fünf Meter breit, sechs Meter hoch.«

»Hast du nachgemessen?«, fragte Hans ungläubig.

Uli nickte verschwörerisch. »Heute Nacht.«

Jetzt erschien Werner auf der Dachterrasse. Er drehte sich einmal um die eigene Achse und blickte in die Ferne wie ein Feldherr vor der Schlacht. Als er das Trio sah, winkte er. »Morgen, Jungs! Kommt rauf! Super Aussicht! Galina hat ein leckeres Trüffel-Rührei gemacht! Ist genug für alle da! Schampützchen hab ich auch schon aufgemacht.« Er hob eine Flasche in die Höhe und wedelte damit.

Die Männer sahen sich an, verzogen das Gesicht – und setzten sich in Bewegung.

Tags drauf bog am späten Vormittag ein *Mercedes SL Roadster* in Iridiumsilber-Metallic-Lackierung auf den Campingplatz ein und kam vor dem Monstertruck zum Stehen. Ein junger, schlanker Mann in perfekt sitzendem schwarzen Anzug stieg aus und verschwand im Wohnmobil. Sekunden später traten Werner und Galina heraus und setzten sich in das Cabrio. Das Verdeck öffnete sich, Werner rief: »Bis später, Jungs!«, und gab Gas.

»So ein Penner«, blaffte Klaus.

Am nächsten Tag starrten Hans, Klaus und Uli – selbstverständlich mit heruntergeklappter Kinnlade –

auf den See, wo Werner und Galina mit zwei zuvor an-
gelieferten Jet-Skis übers Wasser bretterten.

»Was für eine Arschgeige«, murmelte Hans.

Am darauffolgenden Tag erschien ein kleiner Trupp
und baute neben dem Monstertruck eine Großbild-
leinwand nebst Tonanlage auf. »Jungs«, sagte Werner.
»Heute Abend Pokalfinale bei mir?«

Hans, Klaus und Uli verbrachten den Abend in Ulis
Caravan und verfolgten das Spiel schlecht gelaunt auf
Ulis kleinem Fernseher. Ab und zu lugten sie aus dem
Fenster und warfen hasserfüllte Blicke in Richtung
Monstertruck, wo Werner sämtliche Campingplatzbe-
sucher zum Public Viewing eingeladen hatte. Nach dem
Schlusspfiff sprach das Trio darüber, welche Schritte
man langsam mal ergreifen könnte, sollte und müsste.

Einen weiteren Tag später verkündete Werner: »Jungs!
Heute Abend Barbecue bei mir!«

»Barbie?«, fragte Hans sarkastisch. »Ich denk', deine
Neue heißt Galina.«

»Bar-be-cue«, betonte Werner. »Grillen, du Depp.
Mein Camper hat eine 1-A-Grillstation eingebaut. Die
werden wir heute Abend ans Limit bringen.«

Als die drei abends ohne ihre Frauen – Letztere wei-
gerten sich aus Solidarität mit der verstoßenen Susi,
Werner auch nur eines Blickes zu würdigen – aus den
Wohnmobilen traten, klappte ihnen erneut die Kinnlade herunter. Rund um den Camper wuselten drei junge Kerle und drei ebenso junge Frauen in schicken,
schwarz-weißen Klamotten.

Eine Kellnerin trat auf die Neuankömmlinge zu, in
der Hand balancierte sie ein Tablett, darauf – natürlich –

Champagnergläser, allerdings mit verschiedenfarbigem Inhalt.

»Guten Abend, die Herrschaften«, sagte die junge Frau freundlich. »Darf ich Ihnen einen Aperitif zur Begrüßung anbieten? Champagner? Kir Royal? Aperol Royal oder Buck's Fizz?«

Hans fragte: »Bier haben Sie wohl nicht?«

»Selbstverständlich«, sagte die Kellnerin. »Wir hätten Pils, Alt, Hefeweizen, einige Craft-Biere sowie diverse Biermischgetränke.«

»Kein Kölsch?«, fragte Hans heimtückisch.

»Doch, selbstverständlich.«

»Jetzt reicht's«, flüsterte Uli.

Drei weitere Tage später standen Hans, Klaus und Uli weit nach Mitternacht in einer abgelegenen Ecke des Campingplatzes und ergingen sich in Mordplänen. Das Trio war völlig betrunken, aber das hinderte es nicht daran, sich auszumalen, wie sie Werner aus seinem verfluchten Palazzo Prozzo zerren und im See ertränken würden, jawohl, das würden sie! Rache für Susi!

»Und was machen wir mit dieser Barbiepuppe?«, lallte Klaus, als sie sich schwankenden Schrittes dem Wohnmobil näherten, in dem kein Licht zu sehen war.

»Die wird uns dankbar sein, die wird uns die Füße küssen«, raunte Hans.

»Die kriegt doch die ganze Kohle«, ergänzte Uli.

Sie schlichen um den Truck herum und suchten nach Lücken in den Jalousien, um ins Innere des Fahrzeugs zu lugen. Jeden Moment erwarteten sie Galinas spitze Schreie.

Vorsichtig umrundeten sie das Fahrzeug. Am Seiteneingang blieben sie stehen.

»Is' offen«, sagte Hans überrascht. Unsicher kletterte er die Stufen hinauf, Klaus und Uli folgten ihm.

»Werner?«, fragte Hans zaghaft. Zögernd betraten die drei das Gefährt. Sie tappten durch den Palazzo, aber sie fanden – nichts. Jedenfalls keinen Werner und auch keine Galina. Sie beratschlagten kurz und entschieden dann, den nächsten Tag abzuwarten.

»Die machen wahrscheinlich wieder irgendeine bekloppte Aktion«, murmelte Hans. »Moonlight-Bungeespringen oder Walfisch-Reiten.« Aber er klang dabei wenig überzeugend.

Am nächsten Tag stand die Tür zum Wohnmobil immer noch offen, und die drei Männer riefen die Polizei. Während die Spurensicherung im Wohnmobil zugange war, standen die drei draußen und stellten Theorien auf:

»Die sind bestimmt zum Wochenendshopping nach New York geflogen.«

»Aber kein Mensch lässt doch ein zwei Millionen Euro teures Wohnmobil einfach so stehen?«

»Vielleicht sind die beiden entführt worden?«

»Oder nur *er* ist entführt worden.«

»Ja, von Galinas Brüdern. Und die erpressen ihn nun.«

»Geschieht ihm recht.«

Noch etwas später kam ein Kriminalbeamter und stellte Fragen, darunter auch den Klassiker: ob Werner Feinde hatte?

Das Trio schaute sich an. »Och. Nicht, dass wir wüssten.«

Der Beamte machte sich keine Notizen.

Hans zögerte. »Und was passiert jetzt?«

»Nun«, sagte der Kriminalbeamte. »Einfach zu verschwinden ist keine Straftat.«

Die drei Männer sprachen noch oft über Werners Schicksal.

Ihre Frauen sprachen auch oft miteinander. Allerdings nicht über Werner und auch nicht über Galina. Und erst recht nicht über den Entschluss, den sie gefasst und still und heimlich umgesetzt hatten. Sie sprachen über Susi, die von Werner abservierte Frau. Sie erzählten ihren Männern freilich nicht, dass sie mit Susi in losem Kontakt standen. Den seltenen Nachrichten, die Susi aus verschiedenen Ländern der Welt schickte, war zu entnehmen, dass es ihr sehr gut ging. Zehn Jahre nach Werners Verschwinden, unmittelbar nach Ablauf der im Verschollenheitsgesetz vorgesehenen Mindestfrist, ließ Susi ihren Gatten für tot erklären. Die Scheidung war nie rechtskräftig geworden.

ELKE PISTOR

schatten über waldesruh

Anneliese war noch nie einfach in der Handhabung gewesen. Auch jetzt nicht. Oder besser gesagt, gerade jetzt nicht.

Man konnte ihr nichts recht machen. Die Musik vom Nachbarmobil dröhnte zu laut, das Fernsehen bei uns plätscherte zu leise, der Wind an der Boulebahn pfiff zu kalt, die Strickjacke hielt zu warm. Die Schlange an der Kasse im Kiosk zog sich zu lang, das Buch las sich zu kurz. Es waren zu viele Leute auf dem Grillfest oder zu wenige, je nach dem. Das Kleid zu eng, die Hose zu weit (*»Diese jungen Leute in den Gammelzelten haben keinen Benimm, keinen Anstand!«*, *»Also ich bin es ja gewohnt, dass man mich zuerst grüßt. Schließlich bin ich die Dame.«*). Dass sie auch die Ältere war, verschwieg sie in diesem Zusammenhang gerne, denn das wäre ja wiederum zu unhöflich gewesen. Wenn sie solche Sätze ausspie, trug sie einen Gesichtsausdruck, der die Grundzüge ihrer normalen Miene noch verschärfte. Das ohnehin bereits vorstehende Kinn schob sich um weitere fünf Millimeter nach vorne, aus der einen Zornesfalte wurden zwei, und der schmale Mund spitzte sich wie das Maul einer Schlange. Wobei die Schlange vermutlich einen freundlicheren Eindruck hinterlassen hätte.

Dabei fuhr sie sich durch ihre silberne und nackenkurzgeschorene Prinz-Eisenherz-Frisur, immer darauf bedacht, dabei ihre blassrosa lackierten Fingernägel aufblitzen zu lassen. (*»Rot wäre zu ordinär für unsere Generation, mein Liebes«*, kombiniert mit einer hochgezogenen Augenbraue.)

Mein Liebes. Mir kommt schon die Galle hoch, wenn ich nur daran denke. Dieser Ton. So von oben herab, mit einer gewissen Gnade. Seit fünf Jahren immer das gleiche Spiel, die gleichen Zicken. Dabei bin ich es gewesen, die ihr den Platz in unserer Rentner-Wohngemeinschaft auf dem Campingplatz Waldesruh e.V. verschafft hat. Ich habe die anderen davon überzeugt, sie aufzunehmen. Was nicht einfach war. Da ich es aber auch gewesen bin, die unsere WG vor Jahren überhaupt gegründet hat, nachdem von den vielen Ehepaaren hier auf dem Platz entweder der eine oder die andere weggestorben ist, hatte ich letztlich das letzte Wort. Daran waren die anderen aber auch gewöhnt. Immerhin schickten sie mich auch immer vor, wenn etwas mit der Platzverwaltung zu regeln war.

So wie die Sache mit dem Sonnenschutzdach über unseren Wohnwagen. Seit das Wetter im Sommer so heiß geworden ist, verwandeln sich die Wagen in Backöfen. Deswegen brauchten wir das Dach. Mein Plan sah vor, darauf direkt eine Solaranlage und uns damit als *Omas for Future* aufzustellen. Es dauerte eine Weile, bis ich die Platzverwaltung davon überzeugt hatte, uns die Genehmigung zu geben, aber schließlich gelang es mir. Ob dabei die Unterlagen der doppelten Buchführung, die ich als ehemalige Beisitzerin des Vereins noch besaß, halfen, sei mal dahingestellt. Es ist ja auch egal. Helga war ja nicht so begeistert von der neuen Mitbewohnerin, sie kannte Anneliese noch von früher. Aber Helga war zu diesem Zeitpunkt schon sehr krank gewesen. Sie hat uns bald darauf verlassen.

Margret hielt sich zurück. Sie wolle mich nicht brüskieren, wie sie es nannte, schließlich sei ich die, die schon am längsten hier wohnte. Was ja stimmte.

Ich habe bereits einige Dauercamper kommen und von uns gehen sehen. Bisher hat niemand einen Zusammenhang zwischen dem Grad der, sagen wir mal, gegenseitigen seelischen Übereinstimmung und der Terminierung des jeweiligen Ablebens gesehen. So ungewöhnlich ist es nicht, wenn ein Mitglied einer solchen Campingwohngemeinschaft stirbt. Ein rascher Herztod kann gnädig sein, ein kleiner Fehler mit dem Insulin fatale Folgen haben. Und diese vielen kleinen roten, blauen und grünen Pillen sehen sowieso alle gleich aus. Wie schnell hat man danebengegriffen. Sei es drum. Erkenntnis Nummer eins ab einer bestimmten Differenz zwischen dem aktuellen Datum im Kalender und dem im Personalausweis: Das Leben ist endlich. Ohne weiteres Adjektiv. Da ist es wichtig, sich mit Menschen zu umgeben, die man mag. Mit denen man gemeinsame Hobbys und Vorlieben teilt. Leute, die einem auf den Nerv gehen, verschlechtern die eigene Lebensqualität.

Walther zeigte sich von Anfang an von Anneliese begeistert. Das hätte mich misstrauisch machen sollen. Schließlich war Anneliese kein Hobby, das ich teilen wollte. Und Walther war *mein* Walther. Er folgte mir, wohin ich auch ging. Zum Kiosk, zum Minigolfplatz, zum See – Walther war mein Schatten. Was daran gelegen haben mochte, dass ich ein Auto mitsamt einem gültigen Führerschein besaß und er nicht mehr. (Dieser Gedanke kam mir allerdings erst später.) Unsere Betten standen dicht nebeneinander. Nur getrennt durch die Wände unserer beiden Wohnwagen. Nachts konnte ich ihn durch die gekippten Fenster schnarchen hören und fühlte mich ihm sehr, sehr nah. Nicht, dass wir offiziell ein Paar …, nein, das macht man in unserem Alter nicht mehr, und schließlich hatten wir unsere Jugend in den wilden Sechzigern verlebt, und schon da mochten wir uns nicht nur an einen Partner binden. Sagt Walther. Ich denke zwar ein wenig anders, aber man will sich ja auch keine Blöße geben. Obwohl das mit der Blöße so im wörtlichen Sinn durchaus eine Sache ist, die ich nicht grundsätzlich ablehnen würde. Aber gut. Unnötige Diskussionen bringen einen lahmenden Esel auch nicht zum Galoppieren.

Anneliese zog also mit Sack und Pack hier ein. Kurz stellte sich das Problem, in welchem unserer Wohnwagen sie ihr eigenes Reich haben sollte. Denn auch wenn wir uns eine Parzelle, das feste Vorzelt und die Umrahmung des Dauerstellplatzes mit einem wadenhohen Jägerzaun teilen, besteht der hintere Part aus drei getrennten Wohnwagen. Quasi wie einzelne Zimmer in einer Wohnung, nur dass unsere Zimmer auf Rädern und Steinböcken standen. Rechts Margret und Helga, in der Mitte Walther und links mein persönliches Reich. Mein Wagen ist geräumig und kann mit zwei abgetrennten Bereichen aufwarten, von denen einer bis jetzt leer stand.

Dort machte sich nun Anneliese breit. Mit Koffern, Kisten, Tüten, Krims und Krams. Und mit Rühmann. Wo sie ging und stand, war Rühmann mit Sicherheit nicht weit. Sie genoss seine Ergebenheit und Treue mit dem Bewusstsein, nichts anderes verdient zu haben. Rühmann stellte in der Sache den größten Stein des Anstoßes dar. Vor allem für Helga und Margret. Von wegen der Hygiene. Und der zusätzlichen Arbeit. Dabei erwies sich der Kater als ungeheuer sauberer und vor allem nützlicher Mitbewohner. In der ersten Woche seiner Anwesenheit erlegte er in unserer Parzelle 23 Mäuse, zwei Ratten und das Zwergkaninchen des Schwaben im Mobilhome zwei Reihen weiter.

Die Beute präsentierte Rühmann voller Stolz und strich uns mit hocherhobenem Schwanz um die Beine. Ich lobte ihn überschwänglich. Helga und Margret nicht. Anneliese herzte, Walther ignorierte ihn. Er hatte keine rechte Verbindung zu Haustieren (*Vieh ist Vieh. Das gehört auf den Teller und nicht auf den Schoß*). Vielleicht war er auch nur eifersüchtig auf die Aufmerksamkeit, die Anneliese und ich Rühmann schenkten und die er stirnrunzelnd *total übertrieben* nannte. Er bereute es ganz unverhohlen, auf einen Platz gezogen zu sein, der überall auf seinen Werbetafeln den Zusatz *tierfreundlich* präsentierte.

An manchen lauen Abenden im Vorzelt hat Walther einen Ausdruck auf dem Gesicht, als ob er ebenfalls gerne vor uns auf dem Rücken liegen und sich den Bauch streicheln lassen würde. Was wir natürlich nicht tun. Ich jedenfalls nicht. Für Anneliese kann ich im Nachhinein keine Garantie abgeben. Was das betrifft, hat sie mir, so fürchte ich, einiges verschwiegen.

Nein. Anneliese war nie einfach in der Handhabung. Sie war so sperrig. Und das gilt jetzt erst recht, wo sie nun tot ist.

Sie sitzt auf ihrem eigens neu angeschafften Luxus-Klappstuhl, leicht zur Seite geneigt. Ihr rechter Arm hängt über der Lehne, ihr linker ruht auf dem Oberschenkel. So, wie ihr Kinn auf die Brust gesunken ist, könnte man meinen, sie schläft. Wäre da nicht der Speichelfaden, der sich von ihrem Mundwinkel auf den Weg nach unten macht. Im Leben wäre ihr das nie passiert. (»*Ich sabbere nicht. Niemals. Das ist zu unwürdig.*«)

Anneliese sitzt dort schon eine geraume Weile. Zuerst noch in einem heiteren Zustand, der der allgemeinen Stimmung unserer kleinen Runde entsprach. Anneliese, Walther und ich. Und Rühmann. Kaffee und Kuchen. Für Walther und für mich. Die Sahne für Rühmann. Anneliese wollte keinen Kuchen. (*Zu viele Kalorien, zu ungesund.*) Geplauder, Pläne für unsere nächsten Ausflüge. Ich beobachtete sie. Es hatte eine Weile gedauert, bis sie zum ersten Mal das Gesicht verzog, und ich dachte schon, ich hätte das falsche Pulver genommen, aber dann ging es doch verhältnismäßig rasch. Das beruhigte mich. Ich hatte ja noch etwas vor heute Abend und wollte diese unangenehme Angelegenheit hinter mich bringen.

Der Kaffee in der Tasse vor ihr auf dem Tisch ist kalt. Ich nehme auf dem deutlich unbequemeren Stuhl ihr gegenüber Platz. Rühmann streicht um meine Beine und maunzt. Um Anneliese macht er einen großen Bogen. Vermutlich riecht sie schon. Tiere sind sensibel in dieser Beziehung.

Ich betrachte die kleine silberne Kapsel zwischen meinen Fingerspitzen und rolle sie ein wenig hin und her. Ich habe sie im Nachlass meines Vaters gefunden, neben einigen anderen schönen Erbstücken und einer

Dose mit weißlichem Pulver, das seltsam roch. Zuerst wusste ich nicht, was es sein sollte, aber nach einigen nachbarschaftlichen Experimenten unterschiedlichsten Ausganges war ich nicht nur um das Wissen reicher, was es war, sondern auch um die Kenntnis der Dosierung. Es passt genau die Menge an Gift hinein, die notwendig ist, um bis zu 70 Kilo Mensch den Weg ins Jenseits zu erleichtern. Zum Glück war bisher noch keiner meiner Mitbewohner ein Schwergewicht gewesen. Ich kann die Kapsel blind mit einer Hand öffnen und ihren Inhalt in das jeweilige Getränk rieseln lassen. Eine wunderbar unauffällige Angelegenheit. Sogar Walther ist vorhin nichts aufgefallen. Er hat die dritte Tasse bekommen. Selbstverständlich ohne Gift, denn sonst ergibt der ganze Umstand ja keinen Sinn. Um ihn geht es schließlich.

Anneliese war so freundlich, mit ihrem Ableben zu warten, bis Walther in seinen Wohnwagen gegangen war, um sein Handy zu suchen. Er wollte den Notarzt alarmieren, als es Anneliese rapide schlechter ging, aber der Platz auf der Ladestation war leer. Ich hatte mir gedacht, dass er etwas Zeit für sein Vorhaben benötigen würde. Auf die Idee, das Telefon unter meinem Kopfkissen zu suchen, wird er so schnell vermutlich nicht kommen.

Ich greife nach der Wasserflasche und gieße mir den letzten Rest in mein Glas. Ein bisschen ärgerlich ist es schon, dass wir es nicht geschafft haben, unsere Einkäufe zu erledigen, bevor wir uns zum Kaffee hingesetzt haben. Jetzt ist das Mineralwasser alle, und ich bin mir nicht sicher, ob Walther es heute rechtzeitig zum Kiosk schafft. Er hat Getränkedienst in dieser Woche. Eigentlich hat er immer Getränkedienst, weil weder Margret noch ich noch Anneliese die schweren Kisten schleppen möchten. Deswegen tauschen wir immer unsere Dienste gegenseitig so lange, bis jeder wieder bei dem gelandet ist, was er am besten kann. Ich betrachte Anneliese stirnrunzelnd. Dabei fällt mir ein, dass wir unbedingt darauf achten müssen, dass der oder die nächste Mitbewohnerin bügeln kann.

Ich schüttele den Kopf. Die Bügelwäsche ist jetzt nicht mein drängendstes Problem. Mein drängendstes Problem ist Anneliese selbst bzw. was von ihr übrig geblieben ist. Ich glaube, sie wollte mir in ihren letzten Augenblicken noch etwas sagen. Etwas Wichtiges. Möglicherweise, wo sie ihr Sparbuch versteckt hat. Vielleicht hat sie aber auch meine Unterstützung für ihren letzten Weg realisiert und war ein bisschen böse auf mich. Schwierig zu unterscheiden. Dem Gestammel konnte ich beim besten Willen keine sinnvollen Worte mehr entnehmen. Ich habe kurz überlegt, mich zu ihr hinüberzubeugen, um sie besser zu verstehen. So wie in den Fernsehsendungen. Mein Ohr an ihrem Mund. Trotz der – zugegebenermaßen sehr gelungenen – Dramatik konnte ich dem Ganzen aber nichts weiter abgewinnen, und habe Abstand genommen. Von der Idee und von Anneliese. Am Schluss hat sie noch einmal gequietscht. Nur kurz. Nun ja. Manchmal ist es sowieso besser, wenn Dinge unausgesprochen bleiben.

Anneliese hat ja immer steif und fest behauptet, nicht mehr als 55 Kilo zu wiegen. Ich hingegen habe immer schon vermutet, dass sie log. Jetzt weiß ich es und kann von Glück sagen, dass das Gift aus der Kapsel ausgereicht hat.

Dabei muss ich auf meine Bandscheiben achten. (»*Heben Sie nicht zu schwer, Fräulein Reumes, das bekommt Ihnen nicht.*«)

Ich lasse Anneliese wieder sanft auf den Klappstuhl gleiten und stütze sie mit Kissen ab, damit sie nicht auf den Boden plumpst. Meinen ursprünglichen Plan, sie wieder in ihr Bett zu verfrachten (*Sie meinte, es sei ihr nicht gut und sie wolle sich einen kurzen Moment …*) und dann überrascht zu tun (*Nein, wie schrecklich, wenn ich geahnt hätte, dass aus dem Moment die Ewigkeit …*), konnte ich damit vergessen.

Gut. Planänderung. Wenn ich sie nicht umbetten kann, muss ich es so aussehen lassen, als ob sie der Tod hier ereilt hat. Was natürlich vom Prinzip her stimmt.

Nachdenklich kraule ich Rühmann den Rücken, während er um meine Beine streicht, und ziehe seinen Schwanz nach oben. Er mag das, drückt seine Flanken fester an mich und schnurrt laut. Er zeigte sich in den letzten Tagen sowieso eher mir zugetan. Das gefiel Anneliese nicht. Zuerst schaute sie mit so einem »Ach schau, der Kater mag dich ja auch«-Blick. Diese Variante erhielt sehr schnell eine eifersüchtige Komponente (»*Was macht sie bloß, dass er ihr nicht mehr von der Seite weicht?*«). Natürlich hätte sie nie etwas gesagt. Aber ich habe auch sehr darauf geachtet, unsere heimlichen Kühlschrankorgien in der Nacht zu verheimlichen. Nur Rühmann und ich und eine Packung feinster Hähnchenbrust. Einfach auf die Hand respektive auf die Pfote. Manchmal auf dem Campingstuhl, im Dunkeln, unterm Vorzelt. Was man nachts alles hört auf dem Platz. Rühmann gewöhnte sich sehr schnell daran. Vor allem das Geräusch der sich öffnenden Kühlschranktür wirkte auf ihn wie ein Magnet. Egal wo er sich befand, er schoss innerhalb von Sekunden aus dem Nichts hervor und hockte sich mit erwartungsvoll forderndem Blick vor unsere kleine Kochzeile. Anneliese war sehr verärgert. (»*Irgendwer muss ihn doch füttern. Er hat nie gebettelt. Nie. Dazu ist er zu gut erzogen.*«)

Des Abends scharwenzelte er um meine Beine, maunzte und sprang er auf meinen, nicht mehr auf ihren Schoß.

Walther scharwenzelte vom ersten Augenblick um Anneliese herum (»*Möchtest du noch einen Kaffee? Lass mich das tragen/machen/holen. Das ist doch viel zu schwer für dich.*«) und wäre am liebsten wie der Kater auf ihren Schoß gesprungen. Nicht, dass er es aussprach, aber eine Frau sieht so etwas. An den Blicken, den Gesten und dem leisen »Hach«. Mich hat er nie angehacht, für mich sich nie so angestrengt. (»*Du bist so eine ungeheuer selbstständige Frau, Hildegard. Ich bewundere, wie du alles schaffst. Bringst du mir noch einen Tee/Bier/Teller mit Bratkartoffeln mit, wo du schon mal gerade stehst?*«) Blablabla. Auf unseren gemeinsamen Spaziergängen um den an den Platz angrenzenden See trotteten Margret und ich hinter den beiden her, während Walther Anneliese mit großer Geste die Schönheiten der Natur erläuterte und nicht müde wurde, den direkten Vergleich mit Annelieses Gesichtszügen zu ziehen, bei dem die Landschaft deutlich schlechter abschnitt. Ich fand den Vergleich grundsätzlich gar nicht so weit hergeholt. Bei mir fiel die Wertung aber eher zugunsten der Landschaft aus. Vor allem, wenn wir in felsigen Kraterumgebungen unterwegs waren.

Margret wurde es irgendwann zu viel. Sie zog Konsequenzen und verließ unsere Camping-WG in Richtung einer Seniorenresidenz mit deutlich mehr Luxus. Vielleicht hätte ich ihrem Beispiel folgen sollen. Aber ich tat es nicht. Was letztlich dann auch Vor- und Nachteile hatte. Die einen für den, die anderen für andere. Aber nun ja. Man kann nicht alles haben im Leben.

Besuch in meinem Bett bekam ich nun nicht mehr von Walther, sondern von Rühmann. Der hatte, neuerdings aus Annelieses Wohnbereich ausgesperrt (»*Nein. Da bin ich konsequent. Ein Tier im Bett. Das ist zu unhygienisch.*« – *als abgeschwächtere Form von Walthers ›Vieh ist Vieh‹-Aussage*) so lange an meiner Tür gekratzt, bis ich nachgegeben und ihn eingelassen hatte. Ich muss sagen, es gefiel mir. Rühmann kroch unter meine Decke, rollte sich zusammen und blieb dort bis zum nächsten Morgen, ohne sich zu rühren. Wärmte meinen Rücken. Meine Rückenschmerzen schwanden zusehends. Sobald mein Wecker ertönte, streckte und reckte er sich, gähnte mir seinen Kateratem ins Gesicht und wartete dann, ohne zu mosern, auf sein Frühstück. Im Grunde betrachtet ist Rühmann der ideale Lebenspartner.

Die Kaffeetasse. Sie muss weg. Für den unwahrscheinlichen Fall, dass der Arzt, der sicher gleich kommt, weil Walter es aufgegeben hat und zur Rezeption gelaufen ist, misstrauisch wird und den Inhalt überprüfen will.

Besser ist besser. Auch wenn ich eher davon ausgehe, dass alles glatt läuft. (*»Nein, Herr Doktor. Es war alles gut. Wir haben gemeinsam einen Kaffee getrunken, dann wurde ihr ein wenig übel. So vom Herzen her. Sie verstehen?«*)

Ich stehe auf, greife nach der ersten Tasse und lege die Giftkapsel auf den Unterteller, damit ich sie nicht verliere. Das Vorzelt raschelt, und Walther steht schwer atmend vor mir. Ich zucke zusammen. Die Tasse klappert. Walther hält ein Handy wie eine Trophäe über seinen Kopf. Vermutlich das des Platzwarts.

»Der Notarzt ist unterwegs«, hechelt er und wendet sich Anneliese zu. Vor Schreck zucke ich zusammen. Die silberne Giftkapsel rollt über den Rand der Untertasse, fällt zu Boden und kullert über die Auslegeware. Vinyl in Waldboden-Foto-Optik. Der neuste Schrei der letzten Messe und laut Anneliese das unbedingte Must-Have für unsere Camping-WG (*»Stil braucht auch die kleinste Hütte«*). Unmittelbar vor Rühmanns Vorderpfoten bleibt sie liegen. Der Kater maunzt entzückt. Seine Schnurrbarthaare tanzen.

»Anneliese?«, fragt Walther, beugt sich über die Angesprochene und fasst sie behutsam an der Schulter. Rühmann streckt die Pfote aus.

»Nicht«, sage ich in harschem Ton und bücke mich, aber der Kater ist schneller. Er schiebt die Kapsel ein Stück in Richtung Walther.

»Was?« Walther fährt herum und schaut mich erstaunt an.

»Nichts«, tue ich kund, räuspere mich und schüttele den Kopf. »Nichts, was wir tun könnten, meine ich. Es bleibt uns nichts, als auf den Arzt zu warten.« Zum

Glück konzentriert Walther sich bereits wieder auf Anneliese. Er legt seine Hand auf ihre Stirn. Ich mache einen Schritt auf ihn zu und stelle meinen Fuß auf die Kapsel, damit Rühmann sie nicht wieder vor mir erwischt. Nicht auszudenken, was geschehen würde, wenn er sie bekäme. Was, wenn Walther sie entdeckte? Was, wenn der Notarzt sie fände? Ich bin mir nicht sicher, ob meine Erklärungskünste für diese Schlinge reichen würden, aus der ich mich dann ziehen müsste. Was aber noch viel schlimmer ist und was mir seit wenigen Sekunden grausame Bilder durch den Kopf jagt, ist die Vorstellung, dass Rühmann die Kapsel fressen könnte. Was, wenn sie sich in seinem Magen öffnet und ihren tödlichen Inhalt freigibt? Es sind zwar nur Reste, die von Annelieses Portion übrig geblieben sind, aber ich bin mir sicher, dass sie Rühmann umbringen würden. Meinen Rühmann. Meinen Seelenwärmer, Herzensschnurrer, Bettgefährten. Es war vorhin nicht gerade schön, Anneliese dabei zuzusehen, wie das Gift in ihr seine letale Wirkung entfaltete. Es kostete ein wenig Überwindung, nicht aufzuspringen und hinauszulaufen, um dem Ganzen nicht zusehen zu müssen. Aber ich bin diszipliniert, und schließlich ging es, weil es eben nur Anneliese war. Aber der Kater? Nein. Auf keinen Fall. Das darf nicht passieren!

»… bisschen zur Seite?« Walther. Der Kater kratzt an meiner gummierten Schuhsohle und löst kleine Streifen aus dem Material. Die Kapsel folgt seinen zerrenden Krallen. Mir bricht der Schweiß aus.

»Bitte?« Ich bin irritiert.

»Könntest du ein wenig zur Seite gehen?«, fragt Walther, und an seinem genervten Ton erkenne ich, dass das für ihn eine Wiederholung seines Anliegens sein muss, denn ansonsten ist er immer um größtmögliche Höflichkeit bemüht. Ich nicke, bleibe aber stehen. Der Kater hat sich auf die Seite geworfen, dreht und wendet sich und pult mit beiden Vorderpfoten intensiv an der Basis meines Schuhwerks.

»Herrgott, Hildegard. Jetzt bleib doch nicht so stocksteif stehen.« Walther schiebt mich zur Seite. Ich stolpere, verliere den Kontakt zum Boden, und Rühmann nutzt seine Chance. Kickt die Kapsel wie ein Fußballprofi zwischen meinen Beinen hindurch, treibt sie vor sich her durch das Vorzelt. Ich eile hinter ihm her.

»Rühmann! Nein!« Die Strenge in meiner Stimme nutzt nichts. Mit begeisterten Bocksprüngen überschlägt sich der Kater. Die Kapsel rappelt über den fotografierten Waldboden. Rühmann kauert sich zusammen, lauert. Springt, bevor ich meine Hand weit genug ausgestreckt habe, und zischt, die Beute vor sich hertreibend um die Ecke. Ich folge ihm.

»Hildegard!«, ruft Walther, der inzwischen abwechselnd an Annelieses Handgelenk, Halsschlagader und ihrer Stirn herumfummelt. »Ich glaube, Anneliese ist tot. Ich kann keinen Puls mehr fühlen. Komm her.« Ich muss das nicht glauben. Ich weiß das. Und überhaupt finde ich, dass sein Umgangston gerade merklich an Schliff verliert. Man sagt ja immer, dass das wahre Wesen eines Menschen erst in Stresssituationen zum Vorschein kommt, aber darauf möchte ich jetzt keine Rücksicht nehmen müssen. Jede Minute, ach was, jede Sekunde zählt jetzt. Es gilt, ein Leben zu retten! Was soll ich da mit Anneliese? Der Kater dreht um, wischt zwischen meinen Beinen hindurch. Die Kapsel touchiert meinen Schuhabsatz und folgt den physikalischen Winkelein- und -ausfallgesetzen. Das ist kein Spaß. Das ist eine gefährliche Giftkapsel. Keine Katzenunterhaltung. Schwankend drehe ich mich um, versuche ihn zu greifen. Vergeblich. Ich bin zu alt. Meine Reaktionen zu langsam. Also gut. Dann eben anders. Die Kühlschranktür als Lockmittel ohne Einlösung des Hühnerbrustversprechens. Mit diesem Verrat muss der Kater im wahrsten Sinne des Wortes leben. Ich beeile mich, in den Wohnwagen zu kommen, und recke den Hals, um zu sehen, ob meine List gelingt.

»Wie kannst du jetzt nur ans Essen denken, Hildegard.« Walther richtet sich zu seiner vollen Größe auf. Bisher ist mir das nie aufgefallen, was er für eine imposante Statur hat. Wobei ich sie bei näherer Betrachtung eher massig finde. Jetzt läuft auch seine Gesichtshaut so unschön rot an.

Rühmann schießt an ihm vorbei, springt zu mir in den Wagen und lässt sich auf sein Hinterteil plumpsen. Erwartungsvolle, grüne Augen starren hypnotisch zu mir hoch. Ein heiseres *Mrriaauww* folgt, als ich für seinen Geschmack nicht schnell genug reagiere. Wo ist die Kapsel? Hat er sie gefressen?

»Und dieses Viech. Schmeiß dieses Viech raus. Sicher hat Anneliese einen Allergieschock bekommen. Bei den vielen Katzenhaaren, die hier herumfliegen, ist das ja auch kein Wunder.« Ich höre den Vorwurf in seiner Stimme sehr genau heraus. Ich habe Staubsaugerdienst in dieser Woche, bin aber nicht dazu gekommen, weil ich ja die Sache mit Anneliese sorgfältig vorbereiten musste. Allerdings vermute ich bei ihm nur wenig Verständnis für diese Argumentation.

»Ich …«, setze ich zu einer Erwiderung an, aber eine nahende Sirene unterbricht mich. Walther eilt und klappt den Eingang auf. Sofort stapeln sich orangeweiße Männergestalten in unserem Vorzelt und strömen, von Walther geleitet als homogene Masse auf Anneliese in ihrem Luxusklappstuhl zu.

»Machen Sie Platz«, wirft mir einer aus der Menge zu, bevor er hinter Apparaturen verschwindet, die vor drei Sekunden noch nicht hier standen. Erst eine halbe Stunde später taucht der Arzt wieder auf und geht mit mir aus dem Vorzelt hinaus auf den Asphaltweg in den Schatten eines großen Kirschlorbeers. Walther ist zum Platzwart gegangen, um ihm das Mobiltelefon zurückzubringen. Ich sehe ihn in der Ferne am Schlagbaum beim Eingang in einer kleinen Gruppe von Campern schwadronieren und mit den Armen rudern.

Der Notarzt hat Fragen. »Wie lange sie schon so war?« Ich zucke mit den Schultern. »Ich weiß nicht. Ihr wurde plötzlich übel.« (*Sorgenvolles Altfrauengesicht.*) »Ich? Nein, nein. Mir geht es gut.« (*Seufzen.*) »Ja, ja. Wir hatten alle dasselbe: Kaffee und ein Stück Kuchen mit Sahne aus der Konditorei im Ort. Sogar der Kater …« Rühmann schlendert um die Ecke unseres Areals. Er straft mich mit Nichtachtung. Vor Doktor Neuenruhrers Füßen bleibt er stehen. Sein Blick wird glasig. Ich erstarre. Der Arzt geht vor Rühmann in die Knie.

»Was ist denn mit dem Kater?«, fragt er und zaubert professionelle Besorgnisrunzeln auf seine Stirn. Die Flanken des Katers ziehen sich ein-, zweimal heftig nach innen. Ein Geräusch, als ob ihn jemand rhythmisch zusammenpressen würde, bahnt sich den Weg durch seine Kehle.

Nein. Bitte nicht. Hat er die Giftkapsel verschluckt? Stirbt er jetzt? Hier und jetzt? Mir wird heiß. Ich spüre, wie die Röte meinen Hals hinaufkriecht. Wie die Hitze sich hinter meinem Brustbein ausbreitet. Wie der Schweiß an allen Stellen des Körpers gleichzeitig ausbricht. Wie meine Seele sich vor Angst verknotet. Konvulsivische Zuckungen erschüttern Rühmanns Leib. Immer und immer wieder. Er streckt das Kinn vor, reißt die Augen auf, krampft. Das Würgen in seiner Kehle explodiert, und dann hustet er. Ein Schwall Flüssigkeit schießt aus seinem Maul und bildet einen kleinen See auf dem Asphalt zwischen seinen Pfoten. Grashalme schwimmen auf einem Sahnesee. Keine Kapsel. Mein Blutdruck sinkt zischend ab. Das Rauschen und Branden in meinen Ohren verebbt. Rühmann weicht zurück, leckt sich einmal über das Maul und setzt sich. Gemächlich beginnt er, sich zu putzen. Alles ist gut. Ich lächle erleichtert.

Der Arzt bückt sich und krault Rühmann kurz.

»Na, Kleiner. Überlebt?« Er richtet sich wieder auf und schaut mich an. »Meine Katze macht das auch immer. Ich denke jedes Mal, sie stirbt, wenn sie anfängt zu kotzen. Ich hätte nicht gedacht, dass Katzen auf dem Campingplatz erlaubt sind. Schönes Tierchen.« Er grinst für eine Sekunde, bevor ihm einfällt, warum er hier ist. Er klappt seine Mappe zu. Vermutlich, um von seinem Fauxpas abzulenken oder als eine Art Übersprunghandlung. »Tragisch, tragisch, Fräulein Reumes«, fährt er dann fort, schaut mich an, und ich sehe in seinem Blick etwas Fragendes aufglimmen. Etwas Unausgesprochenes, ein Misstrauen, das bei seinem letzten Besuch aus ähnlichem Anlass noch nicht in seinem Blick gelegen hat. Sollte er etwa einen Verdacht …? Bei Helga hatte ich ja auch etwas … sagen wir *unterstützt*. Nein. Sicher nicht. Ich habe ihm über die Schulter geschaut, als er den Totenschein ausgefüllt hat. Seine Hand zögerte nicht den Bruchteil einer Sekunde, bevor er das Kreuz an der für mich richtigen Stelle gesetzt hat. Anneliese wird mit einer als natürlich attestierten Todesursache ins Grab steigen. Aber warum schaut er so?

»Sie sollten mehr auf sich achten, Fräulein Reumes«, empfiehlt er mir mit sanfter Stimme. Sie wirken so …«, er sucht nach Worten, » … so gehetzt.« Ich seufze und nicke stumm.

»Ist dieses Dauercampen nicht ein bisschen anstrengend?« Er betrachtet die Wohnwagen ringsum. »Ich meine, ein schönes Wohnheim hat doch auch was für sich. Man wird gut versorgt. Man hat medizinische Betreuung …«

Rühmann trollt sich. Wenn er die Kapsel nicht verschluckt hatte, muss sie ja noch da sein. Wieder wird mir heiß, und ich greife mir an die Kehle. Der Doktor zieht die Augenbrauen hoch. Ich murmele etwas von allumfassender Ordnung vor mich hin und strecke abwehrend die Hand aus. Das fehlt mir noch, dass er noch einen Aufstand wegen mir macht. Mir wird es sehr schnell wieder gut gehen, wenn ich die Kapsel gefunden habe. Aber ich kann sie erst suchen, wenn die Medizinmenagerie endlich wieder aus unserem Vorzelt abgerückt ist.

Zwei Männer in schwarzen Anzügen drücken sich an mir vorbei. Sie tragen zwischen sich eine Bahre mit einem Deckel, der mich an Autodachgepäckträger erinnert, und einen Ausdruck in den Augen, der zu sagen scheint, *warte, warte nur ein Weilchen*. Ich ziehe es vor, sie nicht zu grüßen. Vielleicht ist es bei den Beerdigungsunternehmern wie mit den Schornsteinfegern. Nur umgekehrt. Ich wende mich ab und mache mich auf die Suche nach Rühmann und/oder der Kapsel. Zur Tarnung ringe ich dabei meine Hände, und es gelingt mir auf diese Weise, mich nahezu unsichtbar zu machen. Nach einer weiteren halben Stunde ist alles vorbei. Die Medizinmänner sind ab- und unsere Stuhlgruppe samt Tisch wieder gerade gerückt. Man könnte meinen, nichts wäre geschehen.

»Rühmann?«, locke ich mit gurrender Stimme. Zur Antwort höre ich im Wohnwagen ein Plumpsen, so als ob sechs Kilo von einem hohen Schrank springen, und im Anschluss tapsende Pfoten. Ich gehe hinein, um nachzuschauen.

»Was geschieht jetzt mit dem Vieh?« Walther kommt von der Rezeption zurück, steigt schnaufend den kleinen Tritt hinauf und sinkt auf die kleine Sitzbank. Er streicht sich mit einem großen weißen Taschentuch den Schweiß von der Stirn. »Wir können ihn ja ins Heim geben.« Ich schaue Walther entsetzt an. Rühmann maunzt und quetscht sich unter das Kochelement. Etwas scheppert leise. Metall auf Kunststoff. Rühmanns sichtbarer Teil, seine Schwanzspitze, peitscht hin und her. Rappeln. In Bruchteilen von Sekunden verschwindet der komplette Kater unter dem Kochelement, ich höre hektisches Kratzen und dann rollt zuerst die Kapsel und im direkten Anschluss der Kater quer durch den Wagen vor Walthers Füße. Walter bückt sich und nimmt die Kapsel zwischen seine Fingerspitzen. Er sieht mich an, zieht eine Augenbraue hoch.

»Was ist das?«, fragt er mich, obwohl der kleine schwarze Totenkopf auf dem Silber ja nicht zu übersehen ist.

»Nichts«, entgegne ich. Er glaubt mir nicht. Das sehe ich ihm an. Rühmann streicht um meine Beine. Maunzt. Unbewusst bücke ich mich und streichele kurz über seinen Rücken. In Walthers Augen glimmt Erkenntnis auf. Er weicht vor mir zurück. Entsetzen im Blick. Sein Atem beschleunigt sich. Rühmann stellt sich auf die Hinterpfoten und gibt Köpfchen an meiner Hand, die schlapp an meiner Seite hängt. Ich sehe ihn an, lächele. Dann hebe ich meinen Kopf und blicke Walther in die Augen. Er atmet schwer. Sein Gesicht rötet sich. Die Sache ist klar. Auch wenn es mir leidtut, dass er gleich vor lauter Aufregung einen Herzinfarkt erleiden wird.

Ich werde darauf achten müssen, dass der nächste Mitbewohner kräftig genug ist, um den Getränkedienst zu übernehmen.

IRA SCHNEIDER

braun gebrannt im himmelreich

Pfingsten – wie jedes Pfingsten fuhren Sigi und Kriemhild an den Bodensee.

Wie *jedes* Pfingsten.

Jedes.

Auf dem Campingplatz *Himmelreich* fühlten sie sich wohl. Jeder auf seine Weise. Der Name versprach vieles und hielt alles – so sagte Sigi immer. Eigentlich war es ja Sigi gewesen, den es immer wieder hier hinzog. Er hatte Kriemhild damals mit der Anschaffung des Wohnwagens regelrecht überrumpelt. Kriemhild, die gestandene PR-Frau, war eines Abends im März abgespannt von einer kräftezehrenden Lebensmittelmesse aus Süddeutschland zurückgekommen, mit sirrenden Geräuschen im Ohr und Schmerzen in den Schultergelenken, und ihr Sigi hatte ihr zum Abendessen ein Grillwürstchen serviert und dazu den *Lord Münsterland*. Einen Wohnanhänger. Er eröffnete ihr eher beiläufig, dass er auf Ebay ein regelrechtes Schnäppchen gemacht habe, dass die gemeinsam angesparten 20.000 Euro gut angelegt seien und die Campingurlaube nun erst recht richtig günstig würden. Kriemhild wurde rot wie der Burgunder, an dem sie nippte. 20.000 Euro in einen *Lord Münsterland* investiert? In einen gebrauchten Wohnanhänger mit Macken und Kratzern? Ohne mit ihr zu sprechen? Dabei hatten sie sich doch auf ein flammneues Wohnmobil der Luxusklasse mit Clever Leasing verständigt!

»Das ist eine Überraschung, was?«, fragte Sigi und grinste schelmisch.

In der Tat.

»Und? Gelungen? Da verschlägt es dir die Sprache, was?«

Sie kochte innerlich, kriegte aber kein Wort raus. Sie war es nicht gewohnt, dass man sie vor vollendete Tatsachen stellte und sie in sieben Quadratmeter mit Häkelgardine pferchte.

Insgeheim war Kriemhild keine Camperin, sondern behütetes Einzelkind mit Vier-Sterne-Glück, und sie hatte gehofft, dass es bald wieder *komfortable Urlaube* geben würde. Ein einziger Ebay-Kauf, und er war einfach erloschen – ihr Lichtblick vom Glamping im High-End-Wohnmobil der Extraklasse an der Côte d'Azur, auf einem Platz in Nizza, wo man sich mit ihresgleichen einfand. Oh, wie sehr hatte sie sich in Sigi getäuscht.

Weltmännisch und großzügig hatte ihr Mann sie in der ersten Zeit des Kennenlernens zu Jazz-Abenden, Lesungen und Klassik-Konzerten ausgeführt. Er philosophierte über Wein, Spezialitäten aus aller Welt und über Oldtimer. Dass er jetzt Schritt für Schritt seine knauserige Seite enthüllte und sie jetzt in allen Ferien auf Campingplätzen unterwegs waren, dass sie schon morgens zum Toilettengang mit Hinz und Kunz Schlange stehen musste – das empfand Kriemhild als erniedrigend!

Am Anfang dachte sie noch, dass alles »ganz interessant« und »lehrreich« sein könnte. Sie versuchte es drei Jahre lang. Gute Miene zum bösen Spiel. Immer öfter widerte es sie aber an, wenn Sigi mal wieder ganz spontan einen Kurzurlaub oder ein Wochenende am Bodensee plante. Zum *Braunwerden*. Das war ihm wichtig. Von Kindern sprach er immer weniger. Dabei war das einer von Kriemhilds sehnlichsten Wünschen. Stattdessen wurde er immer selbstgefälliger, launischer und fetter. Es verging kein Abend, an dem er sich nicht Bier,

Wein oder Whisky in den Hals schüttete. Kriemhild widerte sein Verhalten immer mehr an, und das alles gab ihr sehr zu denken. Je mehr sie nachdachte, desto fataler wurden ihre Gedankengänge. Jede Rüge, jede Kritik von Sigi – zum Beispiel über ihre neu kreierte Konfitürensorte *Wassermelone mit Rosmarin* – ließen in ihr die Gischt aufschäumen.

Warte du nur ab, dachte Kriemhild. Eines Tages würde das Ganze für Sigi katastrophal enden – nicht wegen des Alkohols, sondern wegen eines … Campingunfalls. Ja, warum nicht? Camping kann mordsgefährlich sein. Ein Unfall. Ein klitzekleiner, nicht vorhersehbarer, schrecklicher Unfall …

Den ganzen Winter brütete sie – heimelig bei einem Glas Rotwein mit Sigi am Kamin sitzend – über eine rein zufällige Begebenheit, die alle Pläne von noch kommenden Campingurlauben mit einem Schlag schicksalhaft enden lassen würde. Wie wäre das: Die Flamme auf dem Gasherd im *Lord Münsterland* heimlich anlassen, während sie einen Ausflug machten? Es wie ein Schwelbrand aussehen lassen? Viel zu einfach. Die 20.000 Euro Investment in den Caravan wären weg, und mit Sigi wären da ja immer noch die künftigen Campingurlaube. Es musste schon etwas aufwendiger geplant sein, dachte Kriemhild. Irgendwie überraschend für alle Beteiligten und final. Final, ja.

Kriemhild, die sich auch als Food-Bloggerin einen Namen gemacht hat, bestellte sich für den kommenden Urlaub den neuen *Wegner-Gasgrill* – als Testexemplar für ihren Blog sozusagen. Sie erklärte Sigi, sie wolle das Bräunungsverhalten der neuen emaillierten Grill-Oberflächen testen. *Gesundes Grillen bei klassischer Bräune* versprach der Hersteller in seinem Prospekt. Sigi fand das schmackhaft und interessant. Er mochte Kriemhilds Testreihen. Und sein Bauch wurde in der Sonne Süddeutschlands nicht nur bräuner und bräuner – er wölbte sich auch mehr und mehr.

Es war ein lauschiger Pfingstmontag ... Der Tag war ungemein harmonisch verlaufen. Kriemhild hatte für ein üppiges Feiertagsfrühstück gesorgt, mit besonders viel Liebe und ein paar regionalen Köstlichkeiten, die sie zuvor in Allensbach besorgt hatte. Sigis verantwortungsvoller Part hatte darin bestanden, alles restlos zu vertilgen. Da konnte sie sich auf ihn verlassen.

Für abends hatten sie ein paar Bekannte vom Platz eingeladen.

Da war das einfältige Paar aus Wuppertal, das schon morgens um sechs ohrenbetäubend laut juchzend in den Bodensee sprang. Außerdem der obligatorische Campingplatz-Clown ohne Haare mit seiner Freundin und deren verzogenem Sprössling und das junge Paar aus Worms mit den baldigen Heiratsabsichten. Alles Leute, die immer wieder hierherkamen und Kriemhild mit ihrer Normalität und Leutseligkeit bis aufs Blut reizten. »Auf zum Würstchen-Contest!«, flötete Kriemhild mit einem Glas Prosecco in der Hand.

»Habt ihr eure Würstchen dabei? Jetzt wird's ernst«, sprach Sigi feierlich und schloss den nigelnagelneuen Grill an. Um die Gasflasche hatte sich Kriemhild heute Morgen persönlich gekümmert und sie schon für ihren Mann bereitgestellt, als dieser noch fest schlief. Sigi war ein Mann des urigen Kohlenfeuers, und *gesmoked* hatte er selbstverständlich auch schon. Mit Gasgrills hatte er keine Erfahrung, aber eine Gasflasche an den neuen *Wegner* anschließen, das Ventil aufdrehen und zünden, das traute er sich schon zu. Was hatte Kriemhild heute Morgen noch gesagt? »Kinderleicht.«

Während Kriemhild im Vorzelt der Nachbarn – wo sie einen bunten Willkommens-Aperitif-Ausschank mit köstlichen Knabbereien aufgebaut hatte – den Prosecco ausschenkte, zündete Sigi den Gasgrill. »Stößchen zusammen«, lachte Kriemhild, und zeitgleich mit dem Klirren der Sektgläser sprühte eine monumentale Stichflamme gepaart mit einem grässlichen Aufschrei in die Luft über dem Platz. In der aufsteigenden Dämmerung hallte der letzte Ton von Sigi noch lange über den stillen See nach und ließ alle Umherstehenden erstarren.

Neben dem Prosecco-Ausschank wurde es jetzt taghell und wohlig warm. Es war jedoch nicht das allabendliche Lagerfeuer der Dortmunder mit Absacker, Popgedudel und allem Drum und Dran. Eine zackige Flammenkette zog sich in Sekundenschnelle kaskadenartig über das Vorzelt ... der gesamte *Lord Münsterland* stand plötzlich in Flammen, noch ehe die Prosecco-Trinker begreifen konnten, was geschehen war.

»Wo ist mein Sigi?« – schrie Kriemhild immer wieder stoßartig und nahezu hysterisch in den Abend. Konsternierte Blicke fixierten sie und dann ihren Sigi.

Das arme Würstchen stand lichterloh in Flammen. Seine Haut war von einem Augenblick auf den anderen so dunkel wie noch nie zuvor. *Gesundes Grillen bei klassischer Bräune*, dachte Kriemhild insgeheim. Ein herkömmlicher Gasgrill-Unfall. *Anfängerfehler* würde morgen in der Zeitung stehen. Gewöhnlich und dennoch raffiniert. Das schöne Wetter hatte seine Arbeit gut gemacht. Auf der Gasflasche hätte man vorhin schon Spiegeleier brutzeln können, so günstig hatte Kriemhild das gute Stück positioniert. Zehn Stunden permanent der wandernden Sonne ausgesetzt, fürsorglich von jedem kühlenden Windchen abgeschirmt …

Als Sigis Leichnam endlich abtransportiert wurde, war Kriemhild zufrieden. Knackig braun, beinahe ein bisschen zu dunkel – da hätte auch kein höherer Lichtschutzfaktor geholfen.

Sie hatte eigentlich nichts gegen das Campen. Also gegen Urlaub in freier Natur an sich. Aber ihr schwebte etwas Höheres vor. Wer weiß, vielleicht würde sie im nächsten Jahr zu Pfingsten wieder zurückkehren ins Himmelreich. Aber mit etwas, das ihr den nötigen Luxus bot.

Mit so einer Lebensversicherung konnte man sich ja jetzt schon was leisten. Da konnte dann auch der Name *Himmelreich* für sie wieder halten, was er versprach.

REGINA SCHLEHECK

zelten mit opa

Liebes Tagebuch,
Mama hat heute geheult. Das ist ja nichts Neues.
Nur dass es diesmal nicht wegen Papa war, sondern es
ging um Opa. Eigentlich ist er mein Uropa und schon
neunzig. Papas Opa. Er wohnt gar nicht weit weg. Ich
seh ihn trotzdem nie. Weil Mama ihn nicht leiden kann.
Papa konnte ihn auch nicht leiden, aber der kann jetzt
nichts mehr sagen, weil er ja tot ist. Na, und jetzt kommt
er uns besuchen. Nicht Papa. Opa. Opa Georg. Andere
Opas oder Omas hab ich nicht mehr.

Mama sagt, Tine hätte angerufen. Tine ist die Schwester von Papa. War sie. Ich meine, wenn er nicht mehr
lebt, hat sie ja keinen Bruder mehr, also ist sie auch keine Schwester mehr. Oder bleibt man das lebenslänglich?
Ich bin ja auch kein Kindergartenkind mehr. Aber Sohn
meines Vaters? Wenn Tine eigentlich keine Schwester
mehr ist, bleibt sie doch trotzdem meine Tante, weil wir
nämlich blutsverwandt sind. Sagt jedenfalls der Herr
Huber, der bei uns Biologie unterrichtet. Der hat mit
uns Abstammungslehre gemacht, und da haben wir gelernt, dass ein bisschen von unseren Vorfahren immer
in uns steckt. Ein halber Vater, ein Viertel Opa und ein
Achtel Uropa. So ungefähr jedenfalls. Ich musste eine
Zeichnung von unserem Stammbaum machen und alle Namen von meinen Vorfahren aufschreiben. Mama
hat aus dem Schreibtisch eine alte Kopie rausgekramt,
da stand *Arierpass* drauf. Der war von Opa Georg. Sie
hat die angefasst wie meine schmutzigen Socken, mit
spitzen Fingern und einem Gesicht, als müsste sie sich
die Nase zuhalten. Die Namen hat sie mir diktiert, weil

ich die gar nicht lesen konnte, so gekritzelt waren die. Ich hab gefragt, was *Arier* heißt und wieso Opa so einen Pass hat. Aber sie hat gesagt, das würde ich in der Schule noch lernen.

Egal. Opa Georg soll jedenfalls in den Sommerferien zu uns kommen. Weil Tine eine Auszeit braucht, sagt Mama. Die muss den nämlich pflegen. Mama hat gesagt, der Opa wär super anstrengend, wenn man mit dem zusammenleben müsste. Ein altes Nasenschwein und ein Matscho wär er. Bei dem *Nasenschwein* hat sie so die Nase gerümpft, dass es fast wie ein unterdrücktes Niesen klang. Aber ich dürfte ihm nicht verraten, dass sie ihn so genannt hätte. Ich wusste nicht genau, was sie meinte, aber es hörte sich an, als würde der Opa sich immer dreckig machen. Stinkefaul wäre er, hat Mama geschimpft. Einen Herd oder eine Waschmaschine zu bedienen, hätte der nie gelernt, und das würde auch nichts mehr, er baute immer mehr ab. Ich hab nicht weiter gefragt, was Opa abbaute. Aber irgendwie hab ich mich auch gefreut auf ihn. Hier ist nämlich nicht gerade der Bär los. In den Ferien schon gar nicht. Mama muss arbeiten, die Jungs aus meiner Klasse sind alle in Urlaub, und die, die nicht verreisen, sind Weicheier, die nur mit ihren Smartphones rumdaddeln. Ich hab keins, weil wir kein Geld dafür haben, sagt Mama, aber ich will auch gar keins. Ich bin am liebsten draußen unterwegs. Im Wald kraxeln und Buden bauen. Wir haben den Kaitersberg praktisch direkt hinterm Haus. Da gibt es eine Bärenhöhle, zu der ich immer wieder hochklettere, da kann ich stundenlang drin hocken und nachdenken. Vor zweihundert Jahren ist in der Höhle zuletzt ein Bär getötet worden. Ich stelle mir vor, wie das ist, wenn man so einem Viech gegenübersteht, Auge in Auge. Man könnte dem nicht einfach ein Bein stellen, sodass er den Berg runterpurzelt und sich das Genick bricht. Das wär dann ein Kampf auf Leben und Tod. Ich finde das gut. Ich meine, wenn man einen Gegner hat, der stark ist. Was für richtige Männer halt.

Ich höre Mamas Auto. Gleich will sie, dass ich ihr helfe, die Einkäufe auszupacken. Also Schluss für heute.

Donnerstag, 2. Juli

Hallo, Tagebuch!

Eigentlich dachte ich, ich mach das jetzt öfter. Fühlte sich cool an, alles aufzuschreiben. Das kriegt dann irgendwie eine Ordnung. Es ist dann nicht einfach nur ein Gedanke, sondern etwas, was da steht. Kommt einem viel wichtiger vor, was man erlebt hat oder denkt. Aber ist auch anstrengender, als sich alles so vorzustellen. Und dauert halt. Also, das war so:

Als ich vor drei Tagen aufgewacht bin und aus dem Fenster geguckt hab, stand etwas im Garten, was vorher nicht da gewesen war. Ich dachte erst, es wäre ein Komposthaufen. Aber als ich mir die Augen rieb, erkannte ich, dass es ein Zelt sein musste. So mit Tarnflecken. Wie eine kleine Pyramide. Ich nichts wie raus aus dem Bett, unten an der Küche vorbei, wo meine Mutter mit Geschirr klapperte und sich mit irgendjemand unterhielt – eine Männerstimme – und in den Garten. Tatsächlich! Ein dreieckiges kleines Zelt. Die Heringe waren aus massivem Metall und hatten Löcher, durch die Seile gezogen waren, richtig dicke gedrehte Kordeln statt Nylonschnüren. Und am Eingang waren metallene Knöpfe statt einem Reißverschluss. Total altmodisch! Ich horchte, lugte vorsichtig unter der Plane her, aber da war niemand. Also knöpfte ich es vorsichtig auf, gerade so weit, dass ich reingucken konnte. Neben einer Holzstange in der Mitte, die das Zelt hielt, lag eine Plane auf dem Boden, darauf eine Luftmatratze und darauf ein Laken und eine zusammengerollte dunkelgrüne Wolldecke. In der anderen Zelthälfte standen eine braungrüne Metallkiste und ein grauer Rucksack aus grobem Stoff. Ur-ur-alt. War das etwa von Opa? Wie geil war das denn!

Ich machte die Knöpfe wieder zu, flitzte nach oben, zog mich blitzschnell an und lief in die Küche. Da saß er. Guckte mich unter dicken Augenbrauen an und grollte: »Was ist mein Fleisch und Blut denn für ein Langschläfer!«

Er war kein bisschen dreckig. Trug eine Lederhose, braunes Hemd, der Bart war bis auf einen Streifen über der Oberlippe rasiert. Auch wenn er nicht besonders groß oder dick war, wirkte meine Mutter ganz winzig neben ihm. »Ah, da bist du ja«, sagte sie mit einer komisch hohen Stimme. »Opa hat überraschend heute früh schon seine Zelte hier aufgeschlagen. Und ich muss jetzt los ... ist das okay? Du kannst deinem Großvater ja erst mal alles zeigen. Vielleicht könnt ihr ein bisschen spazieren gehen?«

»Ich komm schon klar«, sagte ich.

»*Ist das okay!*«, echote Opa. »Was für ein Besatzer-Kauderwelsch!«

»Äh, Essen steht im Kühlschrank!«, rief Mama und war weg. Draußen fiel die Haustür ins Schloss, dann startete der Motor ihres Autos und entfernte sich brummend.

»Na, dann zeig mir mal dein Zimmer.« Opa stand auf.

Er war sauer. Über den ganzen Blödsinn, der bei mir rumstand. Zog Kisten und Bücher aus dem Regal, guckte rein, blätterte, knurrte »Schund!« und machte ein wütendes Gesicht. Nahm mein Bettzeug hoch, setzte sich auf die Matratze, wippte ein bisschen. Sagte: »Das ist was für Memmen. Höchste Zeit, dass du hier rauskommst.«

Den Rest des Vormittags durchstöberten wir Keller und Dachboden, fanden eine alte Luftmatratze und eine kratzige Wolldecke und richteten mir eine Übernachtungsmöglichkeit in seinem Zelt ein. Mittags entfachten wir mithilfe einiger Bücher, die er aus meinem Regal gezogen hatte, ein kleines Feuerchen im Garten und wärmten das Essen auf, das wir im Kühlschrank gefunden hatten. Dann erkundeten wir erst einmal die Gegend. Davon ein andermal mehr. Ich bin zum Schreiben aufs Zimmer gegangen, während Opa Mittagsschlaf im Zelt machte. Gerade höre ich die Klotür klappern.

Dienstag, 7. Juli

Liebes Tagebuch.

Nein, faul ist Opa überhaupt nicht. Wieso Tante Tine ihn pflegen muss – keine Ahnung. Klar hilft er nicht im Haushalt, er lebt schließlich im Zelt. Hausarbeit mache ich ja auch nicht, und auch wenn Mama mit mir meckert, hat sie deswegen noch nie geheult. Opa unternimmt viel mit mir, und wir verstehen uns super. Ich glaub, das mit dem Achtel kann gar nicht sein. Vielleicht hat es ja damit zu tun, dass dazwischen jetzt so eine Lücke ist. Also Opa Georgs Sohn, der Karl, und der Sohn von dem, also mein Vater, der Walter, die gibt es ja nicht mehr, weil sie gestorben sind. Vielleicht sorgt die Natur dafür, dass man ausnahmsweise auch mal die Hälfte abkriegen kann, also der Urenkel die direkt vom Uropa erbt. Ich muss Herrn Huber mal fragen nach den Ferien.

Als Mama am ersten Tag nach Hause gekommen ist, hat sie wegen dem Feuer im Garten geschimpft. Als sie dann noch hörte, dass ich jetzt im Zelt schlafe, hat sie die Augen gerollt und gestöhnt. Dabei kann sie doch froh sein, dass Opa sich kümmert. Sie hat mich in ihr Schlafzimmer gezogen, mir ganz ernst in die Augen geguckt und gesagt, ich sollte bloß nichts glauben, was Großvater erzählt. Er wär im Dachstübchen ein bisschen krank. Alte Menschen könnten körperlich noch fit sein, aber der Kopf würde abbauen. Okay, Opa hat keine Haare mehr. Herr Huber auch nicht, und der ist höchstens halb so alt. Ansonsten ist alles dran an Opas Kopf.

Die Nächte im Zelt sind einfach super. Dann erzählt Opa so spannende Geschichten von seiner Jugend und dem Gesocks, gegen das er und seine Kameraden zu kämpfen gehabt hätten, böse Menschen, die ihnen alles nehmen wollten, bis es einen furchtbaren Krieg gab.

Ich hab keine Kameraden in der Schule. Abenteuer gibt es da auch nicht. Da wird nur gemobbt.

Tagsüber kraxeln wir in den Bergen, finden Wege, wo keine sind, also nur mit dem Kompass, und irgendwann wird gevespert. An einem Bach, wo wir ein Feuerchen mit Reisig und Büchern machen – Opa hat auch im Wohnzimmer welche gefunden, die gut brennen. Die zündet er ohne Streichhölzer oder Feuerzeug an! Nur mit trockenem Moos und Laub und Ästen. Einer muss hart, der andere weich sein. Opa spitzt das harte Holz mit seinem Taschenmesser, dann dreht er es auf dem weichen Holz ganz schnell, bis es Funken schlägt. Er sagt, so ist das auf der Welt, es müsste immer Harte und Weiche geben. Die Harten wären die, die für Fortschritt und so sorgten. Das weiche Holz ist nur zum Nachgeben gut.

Ich übe seit Tagen, aber hab's noch nicht geschafft.

Wenn abends Mamas Auto vorfährt, sitzen wir am Feuer vor dem Zelt. Dann schiebt Opa schnell Reisig über die brennenden Bücher. Wir hatten, damit Mama nicht meckern konnte, Backsteine um die Feuerstelle gelegt. Sie winkt nur kurz und verschwindet im Haus zum Duschen. Wenn sie sich nachher dazusetzt, bringt sie eine Brotzeit mit und will wissen, was wir gemacht haben, und freut sich, wenn wir von unseren Ausflügen erzählen.

Doofe Sachen erzählt Opa ihr lieber nicht. Zum Beispiel findet er es richtig blöd, dass wir in der Schule nichts Anständiges wie Feueranmachen mehr lernen. Ob sie das im Biologieunterricht durchgenommen hätten, hab ich ihn gefragt. Da ist er erst sauer geworden, weil er nicht wusste, was das für ein neumodisches Fach sein sollte, aber das mit den Stammbäumen fand er gut. Bei ihnen hätte das *Rassenlehre* geheißen. Da hätten sie alles über Hygiene gelernt. Als ich ihm erklärt hab, dass Hygiene bei uns in Hauswirtschaft gemacht wird, ist er dunkelrot geworden. Wieso sein Junge so einen Weiberkram an der Schule machen müsste? Das wär was für das schwache Geschlecht, nicht für Männer. Irgendwie fand ich es schön, dass er sich so aufgeregt hat. Und dass er mich »mein Junge« genannt hat.

Opa kommt vom Häuserl zurück. Gleich wollen wir wieder los.

Freitag, 10. Juli

Servus, Tagebuch,

wir sind gestern stundenlang geklettert und schließlich ganz oben auf dem Kaitersberg angekommen. An der Kötztinger Hütte haben wir eine Pause gemacht und sind dann über die Höhe zum Kreuzfelsen gewandert, unter dem die Räuber-Heigl-Höhle ist. Ich bin mit meiner Klasse mal dagewesen, das ist lange her. Die Geschichte vom Räuber Heigl hatte ich aber noch im Kopf. Ungefähr um die Zeit, als sie am Berg den letzten Bären erschlagen hatten, war er geboren, der war zuerst gar kein Räuber, sondern einfach nur total arm, aber der hat dann was verkauft, was er nicht durfte, da haben die Polizisten ihn gejagt, und er musste sich in der Höhle verstecken. Da hat er halt mit dem Rauben angefangen, hat aber eigentlich immer nur den Reichen was weggenommen. Okay, er war dabei nicht gerade zimperlich.

Opa nickte. »Wer Feinde hat, darf keine Memme sein«, sagte er. »In den Bergen schon gar nicht. Aber sag schon – wie ist es denn ausgegangen?«

Der Räuber Heigl wär am Ende verraten worden und hätte sich natürlich gewehrt und einen Polizisten fast getötet, erzählte ich. Im Gefängnis hätten sie ihm dafür eine Eisenkugel ans Bein gebunden, und damit wär er dann von einem anderen Gefangenen erschlagen worden.

Opa wollte unbedingt in die Höhle. Er musste im Krieg nämlich auch in den Wald fliehen, hat er gesagt. Aus der Zeit hätte er noch das Zelt. Der Ami hat ihn gejagt. Ihn und seine Kameraden. Die Amis hätten lauter Lügen über ihn verbreitet. Und so wär das bis heute, sagt er. Die Mädchen wären das schuld. Er hat das Wort so ausgesprochen, wie wenn er sich ekelte: *Meedchen*. Die erzählten nur Quatsch, am besten sollte man keine Zeitung lesen und schon gar nicht fernsehen.

Mit den Mädchen hat er ja recht. Die sind die Größten im Mobben. Aber wer der Ami ist und was das Fernsehen damit zu tun hat, weiß ich nicht. Manchmal ist es schwer, Opa Georg zu unterbrechen, wenn man ihn was fragen will. Ein bisschen flunkert er auch. Am ersten Tag hat er mir erzählt, dass sie den Ort, wo er wohnt, nach ihm benannt hätten. Ich hab gelacht, aber er hat es mir auf der Karte gezeigt, die er im Rucksack hat. »Georgenberg« stand da, und ein Stück darüber stand »Floß« und »Flossenbürg« und »Püchersreuth«, lauter so lustige Namen. Vielleicht hat er die Karte ja selbst geschrieben. Er sagt, er hat früher Buch geführt in einem großen Lager, und da wäre so viel zu tun gewesen, dass man bei den Einträgen schon mal mogeln musste. Ich wollte ihn eigentlich fragen, was er mit Buch führen meinte. Natürlich ist er nicht mit dem Buch Gassi gegangen! Es konnte nur heißen, dass er das Buch quasi an der Nase herumgeführt hat, also nicht haarklein das reingeschrieben hat, was er ausgerechnet hatte oder so. Frau Strunz sagt immer, wir müssen den ganzen Rechenweg aufschreiben, aber eigentlich ist das totaler Quatsch und kostet nur Zeit.

Wir haben den Kopf in die Räuberhöhle gehalten und ein bisschen »Buh!« geschrien, damit die Mäuse und Bären und alle, die da drin hockten und uns auflauerten, wussten, dass wir kamen, und schnell hinten rausliefen. Als wir dann reingeklettert sind und weil das Rufen so schön gehallt hatte, hat Opa laut gesungen: »Die Fahnen hoch, die Reihen dicht, wir marschiern mit festem Schritt, Kameraden, die Rotfront erschossen, marschieren mit!« Das Lied ging noch weiter, aber ich hab nicht alles behalten, was noch kam, da war was von »Tag der Freiheit« und dass wir »zum »Kampfe stehn« wollten. Es klang jedenfalls cool, und ich hab versucht mitzusingen, weil ich gedacht hab, wenn der Räuber Heigl uns hören kann, dann freut er sich bestimmt über die Kameraden, die erschossenen, die mitmarschieren. Auch wenn der Räuber Heigl ja an einer anderen Art Kugel gestorben war.

Mama hat geschimpft, weil wir erst so spät zurückkamen. Sie hätte sich Sorgen gemacht. Ich war hundekaputt. Heute Morgen ist Mama früh zur Arbeit, aber Opa hat die ganze Zeit geschlafen, deshalb konnte ich auch so lange schreiben. Gerade eben ist er aufs Häusl, deshalb höre ich jetzt auf.

Liebes Tagebuch,

ich hab geschworen, dass ich den Rest dieser Geschichte noch aufschreibe, aber dann ist auch erst mal gut. Wahrscheinlich sollte ich dich an unserer Feuerstelle vor dem Zelt verbrennen. Aber erst will ich alles aufschreiben. Ein bisschen zittere ich, obwohl ich gestern überhaupt nicht gezittert hab. Es ist so viel passiert!

Opa hat ein paar Tage gebraucht, ehe wir wieder auf den Berg konnten. Hat was von Muskelkater und alten Knochen und Herz gestöhnt, das fand ich ein bisschen albern, weil er vorher doch so laut getönt hat, dass er mutig mit festem Schritt marschiert. Gehört er nun zu den Harten oder ist er doch eine Memme? Vormittags wollte er nur ein bisschen spazieren. Mittags hat er sich nach dem Essen gleich im Zelt verkrochen und ewig geschlafen. Ich hab die ganze Zeit Feuer machen geübt und hatte es irgendwann raus, sodass es richtig schön brannte, ehe er wieder aufgewacht war. Als Mama vorgestern von der Arbeit zurückkam, zog sie mich beiseite und meinte, ich soll Opa besser in Ruhe lassen, er wär nun mal alt und irgendwann müsste jeder den Löffel abgeben.

Ich hab aber so lange rumgequengelt, bis er gestern doch wieder eine Tour mit mir gemacht hat. Zu den Rauchröhren. Das sind so richtig hohe Felsen auf der anderen Seite von der Kötztinger Hütte, wo man total gut klettern kann. Die sind halt richtig steil, und die heißen so, weil die Menschen sich früher im Dreißigjährigen Krieg dazwischen versteckt haben, wenn der Feind kam, und wenn sie dann Feuer gemacht haben, dann konnte man das Feuer natürlich nicht sehen hinter den Felsen, aber der Rauch, der oben aufstieg, der sah dann so aus, wie wenn der aus den Felsen kam, also als wenn das so hohe Schornsteine wären.

Diesmal hat Opa dauernd gewollt, dass wir Pausen machen. Dadurch hat es ziemlich lange gedauert, aber er hat auch viel erzählt, richtig coole Geschichten vom Krieg. Opa und seine Kameraden hätten bis zum Umfallen gegen das ganze Gesindel gekämpft, hat er gesagt. Und als sie es fast geschafft hatten, wäre der Ami gekommen mit seinen Bomben, und dagegen hatten sie dann keine Chance mehr. Der Ami, hat er mir dann erklärt, das sind die Amerikaner. Die haben hier gar nichts verloren, das ist ja ein ganz anderer Kontinent, der vor gar nicht so langer Zeit entdeckt wurde. Damals ist das Gesindel aus der ganzen Welt dahin geflüchtet, Neger, Juden und Japse. Die mischen sich heute überall ein, und weil sie so viel Geld ergaunert hätten, hätten sie die stärksten Waffen, aber eigentlich wären sie Memmen. Die Gauner im Lager wären auch bei der kleinsten Anstrengung zusammengebrochen und gestorben. Die hatten da so Schornsteine wie die Röhrenfelsen, wo immer Rauch rauskam, weil sie so viel verbrennen mussten. »Eine richtige Drecksarbeit«, hat Opa gesagt. »Da muss man stark sein. Da zeigt sich, wer ein Mann ist.«

Als wir endlich an den Röhrenfelsen ankamen, hat er gestaunt, wie hoch die sind. »Müssen wir da wirklich rauf?«, hat er gestöhnt. Ich hab gelacht und ihm gezeigt, dass ich keine Memme bin. Ich war im Nullkommanichts da oben. Opa hat viel länger gebraucht, ich dachte schon, er kommt überhaupt nicht mehr an. Aber dann hab ich ihn endlich schnaufen gehört. Es klang, als hätte er Keuchhusten oder so. Er ist neben mir auf die Knie gefallen und hat sich ans Herz gefasst wie in einem Schmalzfilm, als wollte er mir einen Heiratsantrag machen. Ich dachte, er sagt mir jetzt, wie stolz er auf mich ist. Aber stattdessen hat er angefangen zu jammern! Es ginge ihm so schlecht, hat er gesagt, er könnte nicht mehr, und ich sollte dringend Hilfe holen. Hallo, was war das denn? Und dann hab ich ihn deutlich gehört. Den Räuber Heigl. In meinem Ohr. Wie damals. Von wegen Gerechtigkeit und sich nicht erwischen lassen und stark sein.

»Was bist du bloß für eine Memme«, hab ich gesagt. Und dann hab ich ihm gezeigt, dass ich ein richtiger Mann bin. Es hat mich fast gar keine Kraft gekostet. Er ist fast von selbst an den Rand des Felsens gekullert. Und da war kein Geländer, an dem er sich hätte festhalten können. Obwohl er noch so komisch die Arme hochgeworfen hat.

Als ich unten ankam, waren da schon andere Wanderer, die die Bergwacht gerufen und ein Riesengeschrei gemacht haben. Von wegen, was das für ein Leichtsinn wär, so ein alter Mann, klar, dass der geschwächelt hätte und gestürzt wär! Ein bisschen hab ich geheult, weil ich ja schon eine schöne Zeit gehabt hatte mit Opa. Aber er sah jetzt auch richtig erbärmlich aus, nur noch ein Haufen Blut und Knochen.

Dagegen hatte mein Vater richtig groß und stark ausgesehen, als er die Treppe runtergefallen war. Nur der Kopf war so komisch verdreht, und am Mund hatte er ein bisschen Blut. Gesagt hat er aber auch nichts mehr und kein bisschen geschnauft, mich nur mit großen bösen Augen angestarrt. Er war so sauer gewesen, als er mich zu Hause erwischt hatte! »Ab in die Schule!«, hat er geschrien. Blaumachen wär feige und nur was für Memmen! Na, da bin ich aber geflitzt! An der Treppe hab ich mich ganz schnell rumgedreht, weil ich auf einmal das mit dem Räuber und sich wehren im Ohr hatte, und hab ihm ein Bein gestellt. Also meinem Vater. Der hat dann genauso mit den Armen gerudert, aber das Geländer nicht zu fassen gekriegt. Dann bin ich runter, über ihn weggestiegen und zur Schule gerannt. Als Mama mittags nach der Arbeit nach Hause kam, hat sie mich gleich wieder von der Schule abgeholt, und ich brauchte zwei Wochen nicht mehr hinzugehen.

Blöd eigentlich, dass jetzt grad sowieso Ferien sind. Ein bisschen Belohnung hätte ich für die Drecksarbeit eigentlich verdient.

Immerhin habe ich jetzt das Zelt, sodass ich mich, wenn ich darin liege, immer an die schöne Zeit mit Opa erinnern kann.

KLAUS STICKELBROECK

camping-chaos

Lutz Pasullke saß mir im Vernehmungszimmer gegenüber und rutschte unruhig auf seinem Bürostuhl vor und zurück. »Das ist jetzt alles ... doof, aber ... ich kann doch nichts dafür.«

Ich blätterte in meinen Unterlagen ein paar Seiten zurück an die Stelle, an der sich die Fotos befanden. »Ich möchte aber schon ganz genau wissen, was da passiert ist.«

Der Alte vor mir jammerte tonlos.

Ich gab ihm zum Einstieg ein Stichwort. »Wieso denn jetzt überhaupt Camping?«

Mein Gegenüber nickte heftig. »Herr Kommissar, das, das hab ich mich auch gefragt. Camping ist doch hier bei uns im Ruhrpott genetisch-kulturell ja gar nicht vorgesehen. In Amerika, klar. Da wird ja traditionell viel gezeltet. Die Indianer, die Tipis. Aber bei uns in Wattenscheid? Wir sind ja historisch und von der Evolution aus jetzt mal ganz genau drauf geguckt eher die Höhlenmenschen. Ich Mammut, du Feuer!«

»Hurga, Hurga!«, stimmte ich zu.

»Genau, Herr Kommissar. Ich bin nich so für Zelten. Wir ausm Pott haben von jeher die Behausungen mit kräftigem Schlag in den Stein geklopft. Daher ja auch der Bergbau!«

Ich blinzelte. »Aber jetzt ...«

Lutz Pasullke stöhnte laut. »Ja, jetzt war die Mehrheit unserer wilden Rasselbande fürs Zelten. So ein Quatsch!«

»Ähm ... Rasselbande?«

»Ja, hier: Heinz Chilonka, Bert Breitscheid, der dicke Arno Kositzki, der Udo Mattuschek, der Paul Schabulski, Horst Zdrenka und ich. Wir spielen beim Arno im Garten immer Doppelkopf. Beinhart. Mit Bock und Ramsch und alles.«

»Ja, ... aber *Rasselbande*? Der Begriff ist ja eher ein wenig irreführend.«

Lutz Pasullke schüttelte den Kopf. »Nein, nein, Herr Kommissar, die Kollegen sind schon alle deutlich jünger als ich.«

»Sie sind 86.«

»Das ist richtig. Aber unser Jüngster, der Arno Kositzki, also ... Als ich das erste Mal auf Sohle 3 auf *Zeche Prosper Haniel* in Bottrop eingefahren bin, da ist der kleine Arno noch mit der Trommel laut schreiend um den Christbaum gerannt.«

»Arno Kositzki ist 76.«

»Genau. Der olle Jungspund.«

Ich verdrehte die Augen. Jungspund war eine Formulierung, bei der es scheinbar auch sehr stark auf den Blickwinkel ankam.

»Ja. Und der Heinz Chilonka, der hat jetzt gesagt, dass es diesmal auf Herrentour aber nicht wieder nach Bad Hönningen gehen sollte. Da haben alle gefragt: Wieso? Und der Heinz hat gemeint, weil die Frauen da ja auch nicht jünger werden.«

»Aha.«

»Der Bert Breitscheid hat daraufhin vorgeschlagen, dass man mal wieder zelten gehen könnte. Weil es da in den Gemeinschafts-Baderäumen immer so viel zu gucken gibt.

Wie in Bad Hönningen.

Der Paul Schabulski hat gleich einen Campingplatz bei Oberwesel ins Spiel gebracht, weil der da im Krieg als Flakhelfer stationiert war. Der schwärmt immer davon, was das damals für ne schöne Zeit war. Jetzt von dem Krieg mal abgesehen.

Dem Udo Mattuschek und dem Horst Zdrenka war das egal. Kann auch sein, dass der Udo das gar nicht mitbekommen hatte, denn der Udo ist extrem schwerhörig. Fast taub. Den muss man feste anschreien, damit der überhaupt was mitkriegt. Und seit zwei Jahren ist der außerdem sehr kurzsichtig. Extrem. Fast blind. Und tüttelig. Für Doppelkopf eigentlich nur noch bedingt geeignet.«

»Und welche Rolle spielen Sie?«, wollte ich wissen.

»Ich bin ja jetzt der Älteste. Ich pass immer auf alle auf. Manchmal geht es bei der Rasselbande ja auch ein bisschen drunter und drüber. Je oller, je doller! Aber einer muss ja die Zügel auch mal in die Hand nehmen und Vernunft anordnen. Manche von den Kerlen – glaub ich – werden nie erwachsen.«

Mein Blick fiel auf die Notizen. Ich nickte. Da konnte der alte Pasullke auf seine Art tatsächlich recht behalten …

»Ja. Und wie war das denn jetzt alles ganz genau?«

»Herr Kommissar, wir sind mit dem alten VW-Bus von Heinz Chilonka losgefahren und waren eine Stunde später auf dem Campingplatz. Bert Breitscheid hat uns dann gleich auf eine besonders schöne Parzelle aufmerksam gemacht.

Ich für meinen Teil war froh, dass wir da waren. Der Horst Zdrenka ist ein ganz, ganz schlimmer Allergiker. Und weil dem Heinz Chilonka seine Tochter ihr Verlobter für einen Biobauernhof Gemüse ausfährt, waberte durchs Fahrzeug so ein leichter Kohlgeruch. Nicht schlimm, aber das hat schon gereicht, um dem Horst die Augen rot zu färben. Der Horst Zdrenka ist gegen fast alles allergisch. Erdnüsse, Ahorn. Die SPD. Seit neuestem auch gegen *Atemlos* von Helene Fischer.

›Hier sind wir richtig, eine super Aussicht‹, tönte dann der Bert Breitscheid.

Ich hab ausm Fenster geguckt. Na ja. Über eine halbhohe Holzabsperrung hat man freie Sicht auf den Rhein, der genau da in Oberwesel einen Bogen schlägt. An der Kante geht es steil tief runter, man guckt direkt auf den Rhein, aber – Herr Kommissar, mal ehrlich – so ein Fluss, auch wenn der einen Bogen schlägt, der fließt ja immer nur in *eine* Richtung. Besonders spektakulär is das nicht. Kennste einen Fluss, kennste alle.

›Suuuuper‹, rief aber plötzlich auch der dicke Arno Kositzki, und jetzt sah ich erst, was die beiden meinten.

In der Parzelle neben uns stand ein schwarzer Sportwagen mit holländischen Kennzeichen. Und zum Zelt auf der Parzelle gehörten zwei Frauen. Sehr jung. Sehr schlank. Sehr blond. Bei den beiden hatte der liebe Gott sich richtig Mühe gegeben. Die lagen in ihren Liegestühlen und sonnten sich oben ohne. Oben *ohne* war in dem Sinne auch fast schon verkehrt gesagt, denn die hatten oben *sehr viel*. Also eher: oben ohne mit oben viel. Wie heißen noch mal diese Ballon-Früchte aus den Tropen?«

»Melonen?«

»Genau. Ich war trotzdem gar nicht sooo begeistert von dem Standort, weil direkt auf der anderen Seite unserer Parzelle der Sammelcontainer für die Bioabfälle stand. Bio-Abfälle locken ja das ganze Stechzeug an.

Dat is ja auch nicht soooo klasse, aber … *Melonen aus Holland*? Herr Kommissar, die Entscheidung war gefallen.

›Hier bleiben wir‹, strahlte der dicke Arno.

›Besser als Bad Hönningen!‹, jubelte Bert Breitscheid.

›Schuperschönhier‹, rief Paul Schabulski.

Paul hatte – wie immer, wenn es auf Doppelkopf-Tour ging – sein Gebiss zu Hause gelassen. Die Dritten gingen dem nämlich immer verloren. Zahlt auf die Dauer ja keine Versicherung. Deshalb hatte der Paul sich im Internet eine Ersatz-Kauleiste aus Taiwan bestellt. Die war zwar extrem billig, aber da war links und rechts ein bisschen Spiel in der Keramik, worunter seine Aussprache sehr litt.

›Ich muss Pipi‹, sagte Udo Mattuschek.

›Isch melde unsch an der Reschepschion an‹, erklärte Paul Schabulski, sein Gebiss wackelte wild.

›Wir anderen bauen das Zelt auf‹, schlug ich dann auch mal was vor.

Gesagt, getan. Also, … gesagt … und erst mal angefangen.

Das war nämlich gar nicht so einfach, das mit dem Zelt. Paul Schabulski hatte das Zelt nämlich ein paar Jahrzehnte lang im Keller gelagert. Das war noch alter Wehrmachtsbestand. Und roch arg muffig. Herr Kommissar, solche Schimmelkulturen haben Sie noch nicht gesehen.«

»Nicht schön!«

»Nee. Das sagte auch gleich der Horst Zdrenka, der mit Spontanschweiß auf der Stirn auch sofort zu hüsteln anfing.

Der dicke Arno Kositzki schüttelte dann Zeltstangenstücke aus einem staubigen Beutel. Dabei kullerten auch drei Mäuseskelette mit auf den Rasen. War lange nicht aufgebaut worden, das Zelt.

Eine der Stangenstücke schlug der Arno dem Bert Breitscheid versehentlich vor den Kopf. Der Bert hatte nicht aufgepasst, weil eine der Holländerinnen anfing, sich mit Sonnenmilch einzucremen. Mein lieber Scholly! Ich sag ja, die kriegen nich viel gebacken, die Holländer, aber sich mit Sonnenmilch einreiben … dat können die.

Arno selbst widmete sich jetzt schnaufend den Heringen. Der Arno hatte so ein kleines Campinghämmerchen und kloppte jetzt sofort wie wild auf die Pflöcke ein.

Ich hab derweil versucht, das alles unter Kontrolle zu halten.

Die beiden Holländerinnen fest im glasigen Blick, fing der Bert an, die ersten Zeltstangenteile ineinander zu drücken, damit das Zelt von innen schon mal grob aufgerichtet werden konnte. Dazu ist der Heinz Chilonka in das schlaffe Stoffteil reingekrochen. Und wie die Außenwand dann das erste Mal aufgerichtet sichtbar wurde, hab ich den ersten, riesigen Schreck bekommen!« Lutz Pasullke schnappte nach Luft. »Wie sich das Zelt so spannt, seh ich, dat dat beschriftet ist. Also quasi. Die Nazis haben ja seinerzeit alles vollgeschmiert mit ihren Hakenkreuzen. Da prangte jetzt dick und fett ein weißes Hakenkreuz auf dem Zeltstoff.

Da hab ich sofort an die Holländerinnen gedacht.

Ich schnappte mir ganz schnell eines von Bert Breitscheids Frotteebadelaken und warf es hastig über das Kreuz. Das war ein großes, weißes Saunalaken. Mit rot gestickter Schrift. Aus Berts Stammkneipe: *Golden Lover Swinger Club*. Na ja, besser Swinger Club als Hakenkreuz.«

Ich nickte hastig. »Auf jeden Fall! Viel besser!«

»Ja, Herr Kommissar, das meine ich mit ›alles ein bisschen unter Kontrolle halten‹. Nun ja. Jetzt waren alle irgendwie beschäftigt. Der Heinz beulte gruselig von innen mit seinem Kopf das Zelt immer wieder aus, Arno kämpfte tapfer gegen die Heringe, Bert schob mit abwesendem Blick die Zeltstangenteile ineinander, und Horst Zdrenka hantierte – die Nase schniefend – mit den Spannleinen rum.

Da brach plötzlich bei den Sanitäranlagen der Tumult aus. Ich rannte sofort hin.

›Mann, gehört der zu Ihnen?‹, herrschte mich ein braun gebrannter Security-Kerl an und drückte mir den Udo Mattuschek in die Arme. ›Der belästigt die Leute.‹

›Ich war nur Pipi machen‹, maulte Udo.

›In der Damentoilette!‹

Udo hatte, kurzsichtig wie er war, Herren- und Damentoilette verwechselt. Und war dann falsch abgebogen. In den Duschbereich. Für Frauen. Wo er sich hin verlaufen hatte. Außerdem hatte er tüttelig vergessen, den Reißverschluss an seiner Hose zuzuziehen. Und vorher alles ordentlich einzupacken. Was jetzt leider falsch gedeutet wurde.

›Wat stellen die sich denn so an?‹, keifte Udo.

›Lass gut sein.‹

›Sind wir denn nicht in Bad Hönningen?‹

Ich konnte dem Security-Mann glücklicherweise schnell alles erklären und verstaute beim Udo alles, was raushing, dahin, wo es reingehörte. Wenn Männer alt werden, dann werden die komisch.

Dann bugsierte ich Udo eilig zurück auf unsere Parzelle und stellte ihn an einen Baum. ›Du wartest jetzt genau hier, bis wir das Zelt aufgebaut haben.‹

›Wat denn fürn Zelt?‹, fragte Udo.

›Lutz! Luhutz!‹, kreischte in dem Moment plötzlich der Horst Zdrenka mit entsetzter Panik in der Stimme.

Ich blickte rüber. Horst stand neben dem Zelt, hielt in der einen Hand ein Spannseil und winkte heftig mit der anderen. Gleich neben ihm drückte Heinz Chilonka seinen Kopf von innen gegen die stramme Zeltwand. Seine verzerrten Gesichtszüge waren deutlich im Stoff zu erkennen. Sah ebenfalls ein bisschen nach Verzweiflung aus.

›Aua‹, schrie Bert Breitscheid.

Eine der Holländerinnen hatte ihn abgelenkt. Sie war aufgestanden, um den Liegestuhl ein bisschen mehr in die Sonne zu ruckeln. Bert hatte sich an den Zeltstangenschienen die Haut eingeklemmt.

›Bert‹, rief ich mahnend. ›Denk an deinen Blutdruck!‹

Ich trat zum Horst Zdrenka. ›Wat haste, Horst?‹

Horst Zdrenka hielt mir einen Handballen vors Gesicht. ›Mich hat eine Wespe gestochen.‹

›Äh …‹

›Ich glaub, ich bin gegen Wespenstiche allergisch.‹

Aus dem Augenwinkel sah ich überrascht, wie Udo Mattuschek sich schleichend wieder in Bewegung setzte. Der Trottel sollte doch am Baum warten.

›Horst, bist du jetzt gegen Wespenstiche allergisch oder nicht?‹

›Ich glaube schon.‹

›Überleg noch mal genau!‹

Horst Zdrenka blickte leidend. ›Muss ich sterben, Lutz?‹

Ich schüttelte den Kopf. ›Ich glaube nicht.‹

›Mann‹, fluchte Heinz Chilonka aus dem Inneren des Zeltes. ›An den Fensteraufhängungen ist alles verdreht! Gibt's denn keine Aufbauanleitung?‹

Bert Breitscheid knurrte: ›Die hat der Russe.‹

›Drecks-Sau-Heringe!‹, maulte Arno Kositzki.

Ich beugte mich zu ihm runter. Arno Kositzki schlug mit hochrotem Kopf wütend fluchend auf einen Hering ein. ›Dat wehrt sich, dat Scheißviech!‹

›Ja, Arno, der Hering ist ein Scheißvieh. Aber du hast den Hering auch mit dem stumpfen Ende nach unten aufgesetzt.‹

›Was?‹

Seine Stirnader pochte heftig.

›Der Hering. Der muss andersrum. Mit dem spitzen Teil nach unten. Dann lässt der sich auch leichter in den Boden kloppen!‹

Neben uns drückte Heinz Chilonka gruselige Geisterfiguren in die Zeltwand. Ich richtete das inzwischen wieder leicht verrutschte Badetuch aus dem Swinger Club und verdeckte die unsäglichen Insignien unserer finsteren Vergangenheit.

›Geile Schnecken‹, summte Bert Breitscheid lüstern, renkte sich den Hals Richtung Nachbarparzelle, und es war ernsthaft zu befürchten, dass ihm die Augäpfel aus den Höhlen kullern würden.

›Ich glaube, mir wird kodderig‹, murmelte Horst Zdrenka. ›Lutz, kannst du mir das Gift aus der Wunde saugen?‹

›Ähm …‹, wollte ich gerade verneinen, aber mein Blick fiel erschrocken auf Udo Mattuschek, der mit unsicheren Schritten, aber zielstrebig Richtung Klippe schluffte.

›Udo! Stehen bleiben!‹, brüllte ich so laut ich konnte und schreckte die beiden halb nackten, holländischen Grazien aus den Liegestühlen, die sich hastig aufrichteten.

›Suuuuper‹, knurrte Bert und drückte sein Breitscheider Kreuz durch. Sein Kopf wippte im Takt ihrer blanken Brüste. ›Hammer! Hammer! Hammer!‹

Ich seufzte. Bert Breitscheid hatte ganz offensichtlich seine Beta-Blocker noch nicht genommen …

›Ich spüre meine Beine nicht mehr‹, flüsterte Horst Zdrenka leise und schwankte.

›Drecks-Scheiß-Hering-Sau-Viecher‹, maulte Arno Kositzki.

Paul Schabulski näherte sich von links und maulte: ›Mensch, scheid ihr bekloppt? Ihr müscht wasch über dasch Schelt werfen. Man schieht dasch Hakenkreutsch!‹

Vor Aufregung rutschte ihm sein Taiwan-Gebiss vom Kiefer, wäre fast zu Boden gefallen, aber mit Finger und Zunge porkelte er die Keramik wieder zurück in den Mund.

›Äh …‹

›Wo isch Heintsch? Ich brauche den Fahrscheuschschein vom Busch.‹

›Im Zelt‹, flüsterte ich und bemerkte erstaunt, dass es in dessen Inneren nicht mehr schnaufte und niemand Hände oder Köpfe von innen in die Zeltwand drückte.

›Aua‹, fluchte Bert Breitscheid und hielt sich den Daumen.

›Scheiß-Sau-Drecks-Mist-Vieh!‹, maulte Arno Kositzki und holte mit dem Hämmerchen aber *ganz weit* aus.

›Udo!‹, rief ich, denn der seh- und hörbehinderte Kartenspieler näherte sich gefährlich der hüfthohen Holzabgrenzung, die den gemeinen Campingfreund an einen Sturz die Klippe runter zum Rhein hindern sollte.

Paul wühlte sich durch die Stofflappen des Zelteingangs. ›Heinsch? Boah, riecht dasch hier muffig! Wasch machsch Schdu da?‹

›Scheißvieh‹, rief Arno Kositzki, als er den Hammer auf den Hering niedersausen ließ … und sich der eiserne Kopf des Werkzeugs schwungvoll vom Holzstil löste.

›Heinsch?‹, schrie Paul drinnen im Zelt.

›Ich kippe um‹, flüsterte Horst Zdrenka neben mir und tat es.

›Aua‹, rief Bert Breitscheid, noch einen Tick lauter als sonst, und fasste sich an den Hinterkopf.

›Tschuldigung‹, knirschte Arno Kositzki, als er sah, dass das fliehende Hammerstück seinen Kartenkumpel volle Suppe am Schädel getroffen hatte.

›Hui‹, sagte ich.

Und fragte mich gleichzeitig, warum so ein Werkzeug für simple, dünne Heringe in den Boden zu schlagen unbedingt aus massivem Eisen sein musste. Ich meine, so einen Holzhammer oder einen aus Gummi an den Kopf zu bekommen, das wäre ja schon gefährlich genug gewesen …

Aber so ein Eisenstück?

Wie mit der Axt gefällt, fiel der breite Bert vorne rüber Richtung Zelteingang.

Wo im gleichen Moment Paul Schabulski wieder auftauchte. ›Um Himmels willen. Ich glaub, der Heinsch, der hat schich an den Schnüren für die Fenschtervorhänge aufgehängt … *Uuuurgh.*‹

Uuuurgh, weil der Bert Breitscheid dem Paul im Fallen das stumpfe Ende der Zeltstange in den Bauch gerammt hatte. Das war ja an sich gar nicht so schlimm. Aber Paul Schabulski griff sich jetzt an die Kehle. Mit weit geöffnetem Mund. Ich konnte da im Mund … alles sehen. Nur nicht das asiatische Ersatzgebiss. Dafür sah ich eine Beule im Hals vom Paul. Verdammt, der Paul hatte seine Zähne aus Taiwan verschluckt.

Röchelnd fiel Paul Schabulski zurück ins Zelt.

›Aaaaaaah‹, hörte ich plötzlich Udo Mattuschek schreien.

Ich wirbelte entsetzt herum. Udo Mattuschek hatte das hölzerne Absperrgeländer erreicht. Ich sah gerade noch, wie er mit einem spektakulären Salto über Holzgestänge und Klippe nach unten rauschte. Zuletzt verschwanden seine Schuhe Richtung Gevatter Rhein.

Schuhe … Gutes Stichwort.

Ich blickte nach unten. Zu meinen Füßen war Horst Zdrenka inzwischen dunkelblau angelaufen. Er tat einen letzten, krampfenden Zucker … und schloss seine Augen. Allergieschock.

›Hoppla‹, summte plötzlich hinter mir der dicke Arno Kositzki, der – sich hektisch aufrappelnd – just in diesem Moment über eine vom Horst Zdrenka falsch gespannte Zeltschnur stolperte und …

Ich hatte es ihm doch gesagt! Dass er den Hering mit der scharfen Seite nach unten in den Boden einschlagen soll. So stürzte er jetzt ganz unglücklich. Und rammte sich das spitze Ende der Halterung mitten in den Bauch.

Herr Kommissar, so is das alles passiert. Jetzt, jetzt war auf unserer Parzelle Ruhe eingekehrt. Jetzt hatte ich endlich die ganze Rasselbande unter Kontrolle. Irgendwie. Herr Kommissar, ich hab ja gleich gesagt: Ich bin nich so für Zelten!«

Nachtrag:

Noch bevor die von Lutz Pasullke hinzugezogenen Rettungswagen eintrafen, war Bert Breitscheid schon wieder bei Besinnung und trotz Beule am Kopf guter Dinge.

Udo Mattuschek war relativ glimpflich in einem Dornenstrauch gelandet und hatte sich nur ein paar kleinere Kratzwunden zugezogen. Seine Worte, als ihn die Feuerwehr über den Klippenrand hochhievte, waren: »So ein Scheiß! Nie wieder Bad Hönningen!«

Den Feuerwehrleuten gelang es ebenfalls, Horst Chilonka mit ein paar scharfen Messerschnitten aus seiner Selbstfesselung und -knebelung zu befreien.

Dabei nahm das Zelt Schaden.

Der dicke Arno Kositzki hat es noch am gleichen Nachmittag samt Hakenkreuz im Müll entsorgt. Ja, genau, der Arno, der sich beim Sturz über die Spannleine den spitzen Hering in den Bauch gerammt hatte. Aber nicht besonders tief, nur ein ganz kleines Stückchen.

Fleischwunde. Und Fleisch, davon hat der dicke Arno ja immer schon reichlich gehabt.

Paul Schabulskis asiatisches Zweitgebiss war tatsächlich in seine Luftröhre gerutscht. Gefährlich, gefährlich. Oft tödlich.

In diesem Fall ... nicht.

Hier hatten sich die Beißerchen nämlich gleich so quer gestellt, dass ausreichend Restluft links und rechts an der Billigkauleiste hatte vorbeiströmen können.

Richtig neidisch waren allerdings alle auf Horst Zdrenka. Um den nach Wespenstich um die Besinnung ringenden Allergiker hatten sich sofort die beiden holländischen Krankenschwestern gekümmert. Halb nackt, wie sie waren, leisteten sie Erste Hilfe, redeten dem armen Horst gut zu und brachten seinen panikturbulenten Kreislauf gefühlvoll wieder in den grünen Bereich.

Das fand Bert Breitscheid: »Suuuuper!«

RALF KRAMP

herr hopf macht ferien

Jetzt hatte sie Henk sicher schon ein Dutzend Mal auf die Mailbox gequatscht, aber er schickte ihr nur eine SMS: *Kann jetzt nicht. Später.* Melli hasste es, wenn er nicht zu erreichen war. Womöglich war er wieder mit irgendeiner anderen zugange. Wie hatte sie sich nur mit einem Tätowierer einlassen können? Der fummelte doch dauernd an irgendwelchen Bräuten rum. Wo die sich überall tätowieren ließen …

Ohne Kohle kam sie nicht weit. Und bis Berlin waren es noch gut zweihundert Kilometer. Schwarzfahren mit der Bahn fiel aus, das konnte sie sich nicht noch mal erlauben. Trucker auf der Raststätte anzuquatschen war ihr zu heikel. Die Typen wollten ihr immer gleich an die Wäsche. Also war Melli aufs gute alte Trampen verfallen, und das war verdammt mühselig. Dass das früher alle so gemacht hatten … Wenn's weiter so lief, würde sie erst Weihnachten in Berlin ankommen.

Sie tippte: *Dann nicht, Arsch,* und steckte das Handy wieder weg. Sie stand von der Bank auf und warf sich den kleinen Rucksack, in dem sie das Nötigste drin hatte, über die linke Schulter. Kaugummi kauend stellte sie sich am Straßenrand in Position, streckte den Arm aus und hielt den Daumen hoch.

In ihrer schwarzen Lederjacke wurde es ihr schnell heiß, aber sie behielt sie lieber an. Ihr Tank-Top war mehr als knapp. Sie wollte nicht aussehen wie eine vom Straßenstrich.

Während Wagen für Wagen vorbeirollte, dachte sie an die vergangenen drei Tage. Ihre Mutter lebte mit ihrem Neuen seit zwei Jahren in diesem verschissenen kleinen Kaff am südlichen Rand vom Harz. Wie konnte man nur freiwillig in diese Einöde ziehen? Die drei Tage waren absolut verschwendete Zeit gewesen. Sie hatte so gut es ging auf Familie gemacht, aber ihre Mutter hatte ihr am Ende gerade mal zwei Hunnis zugesteckt. Das wurde auch immer schwieriger, seit der neue Typ auf ihre Kohle aufpasste. Die zwei Scheine steckten in ihrer Jackentasche, und die durfte sie nicht anbrechen, sonst gab es in Berlin richtig Ärger. Es gab keinen mehr, von dem sie sich noch was leihen konnte. Und von Henk war sowieso keine Hilfe zu erwarten. Der Holländer verdiente gerade genug, um sich die Wohnung und sein Gras leisten zu können. Und das mit den Tattoos konnte er eigentlich auch nur so halb gut. Der Schmetterling, den er ihr über die linke Brust gestochen hatte, sah irgendwie aus wie eine Schildkröte.

Es musste sich was ändern, und zwar bald. Zum Arbeiten hatte sie keine Lust. Sie fand, das passte einfach nicht zu ihr. Aber einen reichen Sack, der einem das Leben schön machte, fand man auch in Berlin nicht an jeder Straßenecke.

Sie stand schon zwanzig Minuten da und war so in Gedanken versunken, dass sie fast nicht mitbekommen hätte, dass ein Wagen bremste. Ein paar Meter weiter kam er zum Stehen, und Melli konnte von hinten zuerst nur den Wohnanhänger sehen. Ein Wagen mit Wohnanhänger? Irgendetwas wollte sie zurückhalten, aber beim Trampen mussten die Entscheidungen in Sekundenschnelle getroffen werden, und da die Tatsache überwog, dass es ziemlich lange dauern konnte, bis der nächste Wagen anhielt, lief sie hin.

Der Wohnanhänger wurde von einem kleinen, roten Fiat 500 gezogen. Als sie die Fahrertür öffnete, schlug ihr der Eukalyptus-Geruch eines Duftbäumchens entgegen.

Ein Mann mit einem länglichen Pferdegesicht grinste sie an. Er war irgendwas zwischen sechzig und siebzig, hatte struppige Koteletten und trug eine unmoderne Brille mit Goldrand.

»Wo soll es denn hingehen?«, fragte er fröhlich.

Ihr Blick sprang durch den Innenraum des Wagens. Viel Platz gab es nicht. Der Mann schaufelte bereits Keksschachtel, Wasserflasche und Straßenkarte vom Beifahrersitz nach hinten. Er schien keinen Zweifel daran zu haben, dass sie einstieg.

»Wohin fahren Sie denn?«

Er strahlte sie an. »Ich will in den Harz. Also zuerst mal. Dann gucke ich weiter. Ich weiß noch nicht.«

»Richtung Berlin?«

Er legte den Kopf schief. »Och, warum nicht.«

Melli zögerte einen kurzen Moment und stieg ein und klemmte sich den Rucksack zwischen die Füße.

Der Mann reichte ihr die Hand. »Hopf. Bertram Hopf.«

Sie griff zögernd danach. »Melli.« Mehr musste der nicht wissen. »Harz ist ja schon mal die richtige Richtung. Also so grob.« Sie sah auf den Rücksitz. »Sie fahren noch nach Karten?«

»Ein Navi brauche ich nicht. Also diesmal nicht. Ich bin ja nicht von gestern, aber es ist so eine Art Revival-Reise. Eine Nostalgie-Tour, wenn Sie verstehen, was ich meine. Der Fiat ist zwar ein neues Modell, aber vor 48 Jahren, als wir den ersten Urlaub mit unserem Auto gemacht haben, war es auch ein Cinquecento. Und der

Wohnanhänger, der ist ein altes Original. Ein *Beduin*, aus dem Jahr 1968.«

»Wir?«

»Meine Frau Lilo und ich.«

»Und warum ist sie heute …« Melli sah seine verkniffenen Mundwinkel und wusste gleich Bescheid. »Oh, sorry.«

»Können Sie ja nicht wissen.« Seine Finger klammerten sich ganz fest um das Lenkrad. »Vor zwei Monaten ist sie gestorben. Nierenversagen. Es ging ziemlich schnell. Eine knappe Woche hat sie nur gelegen. « Seine Stimme klang ein bisschen heiser. Er schaltete das Radio an, und ein Schlager ertönte. *Oh Pardon, sind Sie der Graf von Luxemburg?*, sang eine junge Frau mit einem unbestimmbaren Akzent.

»Ich habe doch tatsächlich einen Sender gefunden, der den lieben langen Tag nur Evergreens spielt. Die kennen Sie natürlich nicht, das war ja lange, lange vor Ihrer Zeit.«

»Steinzeit, wenn Sie mich fragen.«

Hopf lachte. »Ja, stimmt, da komme ich her. Aus der Steinzeit.«

Er fuhr langsam, und Melli bereute schon, dass sie bei ihm eingestiegen war. Immer wieder überholten auf den geraden Strecken die anderen Autos in ganzen Kolonnen. Würde vielleicht doch Weihnachten werden.

»Das riecht aber penetrant«, sagte sie und tippte gegen das Duftbäumchen.

»Das? Oh, habe ich gar nicht gemerkt. Das Auto ist noch so neu, riecht alles nach Plastik hier.«

Sie traute sich nicht zu fragen, ob Rauchen okay war.

»Haben Sie es eilig, nach Berlin zu kommen?«, fragte der Mann.

»Ja, schon.«

»Ich habe viel Zeit«, sagte er versonnen. »So richtig Zeit … also, solange ich noch Zeit habe.«

»Kapier ich nicht.«

Er zeigte ein Lächeln, das nur schwer zu deuten war. »Ich bin in Rente. Hab mein Haus verkauft, alles von der Bank abgehoben, was sich flüssig machen ließ.«

Melli vermutete, dass das mit dem Tod seiner Frau zusammenhing.

»Mich hat zuhause nichts mehr gehalten, wissen Sie.«

»Und jetzt gurken Sie kreuz und quer durch die Weltgeschichte?«

»Wie gesagt, solange mir noch Zeit bleibt.«

»Aber …«

»Krebs«, sagte Hopf. »Ich soll eine Chemo machen, aber das kommt nicht infrage. Ich mache lieber Ferien.«

»Nostalgie-Ferien in Erinnerung an …«

»Gucken Sie mal ins Handschuhfach.«

Melli tat, wie ihr geheißen. Dort waren weitere Karten, eine Kunstledermappe mit den Fahrzeugpapieren und eine gerahmte Fotografie. Ein junges Paar in Schwarz-Weiß. Eindeutig Bertram Hopf, das sah man schon an der Brille, die damals mal modern gewesen sein mochte. Er hatte kalkweiße Arme und Beine, die aus den kurzen Sommerklamotten herausguckten. Die rundliche Frau daneben hatte schwarzes Haar und Zöpfe. Beide hielten ein Eis in der Hand und strahlten um die Wette.

»Eis hätte ich jetzt auch gern«, sagte Melli, so als wäre das das Einzige, was einem bei diesem Foto einfallen konnte.

»Gute Idee!«, sagte Bertram Hopf freudestrahlend. »An der nächsten Raststätte!« Er zwinkerte ihr zu. »Sehen Sie, alleine wäre ich nie darauf gekommen. Zu zweit ist die Fahrt doch direkt viel lustiger.«

Sie rang sich ein schwaches Lächeln ab. Der Typ war ein bisschen spooky.

Barfuß im Regen, näselte jetzt ein Sänger im Radio.

»Michael Holm, toll«, sagte Hopf und lächelte versonnen. Er summte leise mit, und Melli schwieg und versuchte, nicht auf den beknackten Text zu hören. Es kam keine SMS von Henk. Der konnte sie mal.

Irgendwann tauchte eine Raststätte auf, und Hopf setzte den Blinker. Er sah sie kurz an und fragte: »Es bleibt doch dabei? Wir essen ein Eis?«

»Ja, klar«, sagte sie. »Ich müsste auch mal.«

Wenig später standen sie vor dem Shop in der Sonne und aßen ein Eis am Stiel.

Melli betrachtete den Wohnwagen. Ein klobiges, kleines Gefährt, das ein bisschen aussah, als würde es sich nach vorne beugen. Der obere Teil war eierschalenfarben, die untere Hälfte hellblau lackiert. »Verdammt klein, das Ding.«

»Aber es hat Platz für zwei. Vor allen Dingen, wenn man frisch verliebt ist.« Er zwinkerte ihr zu. »Da genießt man jede körperliche Berührung.«

Meinte der das jetzt anzüglich? Eher nicht. Melli leckte sich ein paar klebrige Tropfen vom Handrücken. »Und das ist der gleiche wie der, den Ihre Frau und Sie hatten?«

»Derselbe!«, sagte Hopf stolz. »Das ist unser alter Wohnwagen. 64er Baujahr.«

»Krass. Und den haben Sie all die Jahre rumstehen gehabt?«

Hopf lachte. »Nein, ich habe ihn zurückgekauft. Er hatte inzwischen sieben Besitzer und hat auch schon mal in einem kleinen Privatmuseum in der Nähe von Nürnberg gestanden.« Er blickte sie jetzt ernst an. »Es hat mich große Mühen gekostet, ihn wiederzufinden. Wir waren so glücklich darin. Ich hätte jeden Preis dafür gezahlt. Am liebsten hätte ich ja auch den alten Fiat zurückgekauft, aber der ist wahrscheinlich längst verschrottet.«

Melli warf achtlos das Eisstäbchen in die Büsche und zuckte mit den Schultern. »Okay. Kommen Sie, wir sollten weiterfahren, sonst kommen Sie nie in den Harz und ich nie nach Berlin.«

Als Hopf den Wagen aufschloss, fragte Melli ihn beiläufig über das Autodach hinweg: »Was kostet denn so ein Teil?«

»Als wir ihn vor achtundvierzig Jahren gekauft haben, haben wir sechstausend Mark bezahlt.«

»Klingt nach viel.« Melli betrachtete mit gerümpfter Nase den Anhänger.

»Ja, und vorletzte Woche habe ich dann achttausend dafür bezahlt.«

»Euro?« Melli weitete die Augen.

»Klar. Der Besitzer hat schnell gemerkt, dass ich ihn unbedingt haben wollte. Aber wissen Sie, das Geld ist mir egal. Ich habe noch genug, und es ist mir nicht mehr wichtig, wofür ich es ausgebe. Der Rest meiner Tage soll schön werden.«

Sie stiegen ins Auto. Bevor Hopf den Motor startete, lächelte er Melli sanft an. »Es tut gut, dass ich nicht allein bin.«

Sie fuhren etwa eine halbe Stunde über Land- und Nebenstraßen. Bertram Hopf benötigte offenbar keine Karten. Einmal schien er sich verfahren zu haben, und er benutzte einen Kreisverkehr zum Wenden.

»Sie melden sich, wenn ich Sie irgendwo rauslassen soll, ja?«, sagte er irgendwann, als er verlangsamte, um die Straßenschilder zu studieren.

»Klar.« Melli guckte auf ihr Handy. Es gab immer noch keine Nachricht von Henk. Ihr kam der Gedanke, dass es Zeit wurde, den Spieß umzudrehen. Was wäre, wenn sie jetzt einfach nichts mehr von sich hören ließ? Wenn sie gar nicht ranginge, wenn er sich dann doch irgendwann dazu bequemte, sie anzurufen? Warum beeilte sie sich überhaupt so, zu ihm zu kommen? Das Geld würde sie schon noch früh genug in Berlin abliefern können.

Geld. In ihrem Kopf formte sich ein Gedanke. Sie sah Hopf von der Seite an, wie er aufmerksam nach vorne auf die Straße blickte und sich mit der Zunge immer wieder über die Lippen fuhr.

»Und Sie haben echt Ihr ganzes Geld abgehoben?«

»Jaja. Und die Wohnung und die Versicherungen gekündigt.« Er setzte den Blinker und blickte in die Außenspiegel, bevor er abbog. »Bei zwei Versicherungen ging das nicht, das war wegen der Frist nicht möglich. Ist mir aber auch egal. Wie gesagt, ich will meine letzten Tage genießen.«

Wie viel mochte so einer wohl angespart haben? Melli hatte vorhin versucht, einen Blick in sein Portemonnaie zu werfen, als er das Eis bezahlt hatte. Es war prall gefüllt gewesen. Viele Scheine, aber es passte noch in die Gesäßtasche. Wenn das alles war, war er ein armer Schlucker. Er sah auch aus wie ein armer Schlucker. Obwohl … So wie er sahen doch irgendwie alle jenseits der Siebzig aus, die sie kannte.

»Von dem Geld kann ich theoretisch Urlaub machen, solange ich will.«

Melli zwang sich, ruhig zu bleiben. Er musste nicht merken, wie sehr sie der Gedanke erregte, in der Nähe von so viel Geld übers Land zu zockeln.

»Schauen Sie, wenn Sie da vorne an der Kreuzung aussteigen, können Sie sich rechts um die Ecke hinstellen. Da kommt der Autobahnzubringer. Dann sind Sie in der richtigen Richtung unterwegs.« Er setzte den Blinker und bremste ab, um rechts ranzufahren.

»Und Sie?«

Er wandte ihr den Kopf zu. »Ich fahre in den Harz. Da muss ich links ab.«

»Und dann einfach so durch die Gegend?«

Sein Blick wurde starr. »Nein«, sagte er leise. »Zuerst auf einen Campingplatz. Einen ganz bestimmten. Der Platz, auf dem …«

Sie blickte ihm tief in die Augen. »Der Platz, auf dem Sie und Ihre Lilo den ersten Urlaub …?«

Er nickte. »Ich habe ein bisschen Angst.«

»Soll ich mit Ihnen kommen?«

Sein Gesicht hellte sich auf. »Ja, hätten Sie denn Lust dazu?«

Sie setzte ein Lächeln auf, das ihm signalisieren sollte, dass sie sich in diesem Augenblick nichts Schöneres vorstellen konnte, als mit einem Rentner im klapprigen Oldtimer-Campingwagen auf einem piefigen Camping-platz im verschissenen Harz zu sein. Er verstand ihr Lächeln auf Anhieb.

»Ich bin der Bertram«, sagte er mit einem Strahlen.

»Melli, weißt du ja«, sagte sie. »Und jetzt fahr weiter zu deinem Campingplatz.«

Er griff nach hinten und holte die Karte. »Hier, du sagst mir, wo es langgeht. Das wird schön«, sagte er.

Sie nickte. »Hm, ja, das wird schön.«

»Wie damals.«

Aus dem Autoradio tönte es: *Schön ist es, auf der Welt zu sein!*

* * *

Sie erreichten den Campingplatz am späten Nachmit-tag. Melli kannte so etwas nur aus dem Fernsehen. Sie war mit ihrer Familie immer in Pensionen und klei-ne Hotels an der Ostsee gefahren, und in den letzten Jahren hatte sie ein paar Billigflüge nach Mallorca und Ibiza gebucht. Beim Anblick der Wohnwagen-Reihen kam sie sich ein bisschen vor wie in einem Berliner Schrebergarten. Es gab offenbar tatsächlich Menschen, die in so was jedes Jahr ihren gesamten Urlaub ver-brachten.

»Da hinten standen wir«, sagte Hopf, als er vom Kas-sen-Kiosk zurückkehrte. Sein Finger wies auf eine son-nige Ecke am Waldrand. »Da steht aber jetzt ein Dauer-camper. Wir können da vorne hin, da, wo der Weg die Kurve nach rechts macht.«

Langsam rollten sie zu der freien Fläche, und Melli guckte währenddessen in Vorzelte und durch Wohnmobiltüren, ließ den Blick über Klapptische, Grills und Bierflaschen streifen, sah spielende Kinder und Mütter, die Wäsche aufhängten, und sie dachte erleichtert daran, dass ihr das alles bislang erspart geblieben war.

Den kurz aufflackernden Gedanken daran, dass hier die ein oder andere glückliche Familie gemeinsam eine schöne Zeit verbrachte, schob sie beiseite.

Sie half Hopf, den Wohnwagen zu platzieren, so gut sie konnte. Und dann durfte sie zum ersten Mal einen Blick ins Innere des kleinen Gefährts werfen. Zwei schmale Sitzbänke zu beiden Seiten des Tischchens waren mit einem orangefarbenen Stoff mit Blümchenmuster bespannt, es gab einen Gasherd und Einbauschränke, alles in honigfarbenem Holz und alles im Puppenstubenformat.

»Ach du Scheiße, ist das klein«, sagte sie.

»Ja, das schon, aber wenn man frisch verliebt ist …« Hopf merkte mit Verzögerung, wie das in ihren Ohren klingen musste, lachte auf und hob beschwichtigend die Arme. »Keine Sorge! Ich überlasse Ihnen … dir das Bett. Ich werde selbstverständlich im Auto schlafen! Ist ja nur für eine Nacht.«

Melli nickte bestätigend. Sie würde zwar sehr viel tun für die Kohle, aber nicht alles.

Während sie Hopf half, einen Baldachin zu spannen und die winzigen Klappmöbel zwischen Auto und Wohnwagen aufzustellen, überlegte sie, was sie sich eigentlich erhoffte. Dass sie das Geld fand und heimlich etwas abzweigen konnte? Ein paar Scheinchen nur.

Oder vielleicht etwas mehr, je nachdem, wie viel es war. Der Typ wusste immerhin so gut wie gar nichts von ihr, was wollte er also der Polizei erzählen? Eine aus Berlin, sonst nix, na bravo!

Und als sie sah, dass Hopf jetzt geradezu feierlich das gerahmte Foto aus dem Handschuhfach auf einen alten, braunen Koffer stellte, den er hochkant gegen den Campingwagen gelehnt hatte, dachte sie, dass er eindeutig der sentimentale Typ war, der verständnisvolle, und dass sie ihn mit der ein oder anderen deprimierenden Story und ein paar Tränchen wahrscheinlich sogar dazu kriegen würde, dass er ihr aus freien Stücken etwas von dem Geld abgab. Wie viel, das hing ganz von ihren Storys ab.

Hopf holte ein kleines Transistorradio aus dem Kofferraum, schaltete es ein und stellte es neben dem Reifen des Wohnwagens ins Gras. Eine weinerliche Männerstimme im Radio sang: *Der Junge mit der Mundharmonika*.

Melli ging in den Wohnwagen, um sich aus den Sitzbänken ein Bett zu bauen.

* * *

Als die Sonne unterging, saßen sie am Campingtisch und löffelten aus dem Hartplastikgeschirr eine Tomatencremesuppe, die Hopf zuvor anscheinend mit großem Vergnügen auf einem kleinen Gaskocher erhitzt hatte. Dazu kauten sie belegte Brote, die er aus einer Tupperdose hervorgezaubert hatte, und süßsaure Gürkchen aus dem Glas. Es gab einen lieblichen italienischen Rotwein, den Melli am liebsten gleich weggeschüttet hätte. Ein Bier wäre ihr lieber gewesen.

Eine alte Korbflasche, in deren Öffnung Hopf eine Kerze gesteckt hatte, nahm den meisten Platz auf dem Tisch ein. Die kleine Flamme flackerte unruhig im lauen Abendwind, und Wachstropfen rannen herab.

Hopf redete ununterbrochen. Er schwelgte in Erinnerungen an seine verstorbene Frau und an all die Reisen, die sie mit dem Wohnwagen unternommen hatten. Mehr als einmal unterdrückte Melli ein Gähnen.

»Immerhin habe ich Abschied von ihr nehmen dürfen. Sechs Tage war ich quasi rund um die Uhr bei ihr im Krankenhaus.«

Immer wieder vibrierte das Handy in Mellis Hosentasche. Henk schien jetzt endlich Zeit für sie zu haben. Sie aber nicht für ihn.

Bertram Hopf schwadronierte über Kinofilme, italienisches Essen und Gartenarbeit. Er erzählte von Geburtstagsfeiern, Bademode und Heizölpreisen. Jedes zweite Wort war Lilo, und als im Radio der noch junge Peter Maffay sang »*So bist Duhuhu, Duhu, Duhuhuhu-uu*«, sang Hopf laut mit.

Und Melli fand überhaupt keine Gelegenheit, etwas von sich zu erzählen. An diesem Abend würde sie ihn nicht weichkochen können.

Hopfs Wangen waren gerötet, und seine Bewegungen wurden immer schwungvoller. Er hatte die Weinflasche nahezu alleine geleert.

»Lilo«, hauchte er irgendwann und streckte die Hand nach Mellis Wange aus.

Da sagte sie streng: »Jetzt ist aber Zeit für's Bett«, und pustete die Kerze aus.

Hopf merkte offenbar, dass es mit ihm durchgegangen war, und murmelte etwas Unverständliches, während er sich ungelenk aus dem Klappstuhl hochstemmte.

Melli ging zum Toilettenhäuschen, und als sie zurückkehrte, war Hopf nicht mehr zu sehen. Ein Blick in den leeren Wohnwagen ließ sie vermuten, dass er sich bereits in den kleinen Fiat verkrochen hatte.

Dann zog sie die Tür hinter sich ins Schloss, schaltete das Licht ein, zog die sonnenblumengelben Vorhänge zu und begann zu suchen. Sie brauchte sich kein System zu überlegen, denn es gab kaum Plätze, an denen Hopf das Geld hätte verstecken können. Die Schränke waren klein wie alles hier drin, und weder in den Vorratsdosen, in der Thermoskanne noch in den Beutelteeschachteln fand sie etwas, was normalerweise nicht darin war.

Irgendwann hatte sie alles gefilzt, jeden Winkel abgetastet. Die Matratze, die Bücher, die Landkarten und seine Socken und Unterwäsche. Als sie zu guter Letzt den Kulturbeutel durchkramte, klopfte es zaghaft an der Tür.

Sie schrak zusammen, und das Blut schoss ihr in die Wangen. Beinahe geräuschlos stopfte sie den Kulturbeutel zurück in den Schrank, löschte das Licht und schlüpfte unter die Bettdecke.

Das Klopfen wiederholte sich, diesmal ein bisschen lauter.

»Was ist los?«, fragte sie und bemühte sich, es möglichst verschlafen klingen zu lassen.

»Melli? … Melli? … Melli, ich bin's, Bertram.«

»Ja, was denn?«

Jetzt würde also das kommen, mit dem sie gerechnet hatte. Der alte Sack kam, um sie zu besteigen. Vermutlich hatte ihn der Alkohol mutig gemacht. Sie würde sich wehren müssen. Womit? Mit einem Schuh? Einem Buch? Sie griff nach der Sprudelwasserflasche.

Bertram Hopfs Stimme kam leise und zaghaft: »Ich habe meine Waschsachen vergessen.«

Sie wartete einen Moment, bevor sie rief: »Okay, komm rein.«

Sie starrte zur Tür, die sie im gelblichen Licht der durch die Vorhänge scheinenden Laternen nur undeutlich erkennen konnte, und hielt den Hals der Flasche fest umklammert.

Hopf kletterte in gebückter Haltung in den Wagen, die linke Hand flach neben der Brille aufgerichtet, um den Blick in ihre Richtung abzuschirmen. Fahrig tastete er nach dem Schränkchen, öffnete es und holte den Beutel hervor, den sie gerade noch durchwühlt hatte. Dann wandte er sich um, wisperte »Schlaf gut« und verließ den Wagen mit einem leisen Rumpeln.

Melli wartete ein paar Minuten, bevor sie aufsprang und, immer noch die Sprudelflasche in der Hand, die Tür verriegelte. Sie kroch zurück ins Bett und dachte kurz daran, Henk anzurufen, aber sie hätte nicht gewusst, was sie ihm hätte sagen sollen.

In dieser Nacht schlief Melli sehr schlecht. Vielleicht war das alles doch keine so gute Idee.

* * *

Bertram hatte frische Brötchen gekauft und strahlte sie an. Die Sonne schien, er saß auf dem Campingstuhl, und sein aufdringliches Altherrenrasierwasser hing in der Luft.

»Guten Morgen!«, rief er fröhlich. »Dann kann ich ja den Kaffee kochen!« Er glitt an ihr vorbei in den Wohnwagen und begann im Inneren zu werkeln. »Du weißt ja, dass das, was man in der ersten Nacht im fremden Bett träumt, in Erfüllung geht?«

Sie brummte nur. Was hatte sie überhaupt geträumt? Sie erinnerte sich nicht.

Bertram kam mit Geschirr, Marmelade und Dosenwurst und schien schon wieder in Plauderlaune zu sein. »Da habe ich wohl ein bisschen zu viel getrunken gestern Abend. Ich hoffe, es war nicht allzu dummes Zeug, das ich von mir gegeben habe.«

»Wie war die Nacht im Auto?«

Er rieb sich den Nacken. »Na ja, ging so. Ich habe schon ein paar Liegestützen gemacht, um wieder locker zu werden. Das habe ich mit Lilo auch immer gemacht. Jeden Morgen. Bei uns zuhause hatten wir außerdem noch ein Trimmrad.«

Lustlos biss sie in ihr Brötchen, auf das sie sich Marmelade gestrichen hatte.

»Wann fahren wir weiter?« Sie gab sich keine Mühe, ihre Abneigung gegenüber dem Campingplatz zu verbergen.

»Ach!« Bertram hob den Finger. »Da fällt mir ein, da vorne ist ein Ehepaar aus Berlin. Die habe ich vorhin beim Brötchenkaufen kennengelernt. Die reisen heute ab und könnten dich mitnehmen.«

In diesem Moment kam eine SMS von Henk: *Wann kommst du heim, Baby? Ich vermisse dich. Ich liebe dich. Ich brauche dich.*

Im Radio sang Marianne Rosenberg: *Er gehört zu mir …*

Melli biss sich auf die Unterlippe und dachte an Henk. Ja, das war es. Sie würde sehen, dass sie schleunigst nach Berlin kam, zurück zu Henk. Sie schickte ihm drei Herzchen und schrieb dazu: *Bin unterwegs zu dir.*

Sie wollte sich gerade zeigen lassen, wo das Berliner Ehepaar stand, als sie aus den Augenwinkeln beobachtete, wie Bertram kopfschüttelnd den Kofferraum seines Fiat betrachtete und murmelte: »Junge, Junge, da muss ich aber demnächst vorsichtiger sein.« Die Klappe stand einen Spaltbreit offen, und Bertram öffnete sie jetzt vollends und kramte hektisch im Inneren des Kofferraums herum.

Schließlich öffnete er mit zitternden Händen den Verbandskasten und entspannte sich augenblicklich, als er sah, dass alles darin war, was er sich dort erhoffte.

Sie verfolgte jede seiner Bewegungen mit großem Interesse. Wie er die Gegenstände im Verbandskasten zurechtschob, ihn wieder verschloss, wie er ihn wieder verstaute und zurück in den Kofferraum legte. Dann drückte er die Heckklappe zu.

Sie wusste jetzt, wo er das Geld versteckt hatte.

»Weißt du was«, sagte sie unschuldig. »Ich hole uns den Kaffee, der müsste jetzt durch sein. Und dann packen wir und fahren los.«

Bertram Hopf dreht sich zu ihr um und sah sie mit geweiteten Augen an. »Wir?«

Sie setzte ein Lächeln auf. »Damit du nicht so allein bist.«

* * *

Die Landschaft war idyllisch, aber das nahm Melli nur am Rande wahr. Immer wieder zeigte Bertram nach rechts und links und sagte: »Da vorne habe ich mit Lilo damals Rast gemacht«, und: »Hier haben wir uns mit dem Selbstauslöser fotografiert.« Melli hatte mittlerweile konstant auf Durchzug geschaltet und ließ ihn reden. Er brauchte eigentlich keine Gesprächspartnerin. Wenn er etwas fragte, gab er sich die Antworten selbst. Lilo, Lilo, Lilo … Ob seine Lilo jemals zu Wort gekommen war?

Aus dem Autoradio ertönte: *Mendocino, Mendocino, ich fahre jeden Tag nach Mendocino …*

Am Mittag machten sie Rast in einem Gasthof mit einer Sonnenterrasse.

»Lass mich raten, hier hast du mit Lilo …« Sie konnte den Satz nicht beenden.

»Genau! Ich weiß noch genau, was wir gegessen haben, die Lilo und ich.« Er erzählte es ihr.

Und als sie die Speisekarte gebracht bekamen, tat sie ihm ungefragt den Gefallen und bestellte Rindsrouladen mit Salzkartoffeln und Rotkohl. So wie Lilo damals. Sie wollte ihn bei Laune halten. Er durfte nicht merken, was sie vorhatte.

Als er hinterher zur Toilette ging, schnappte sie sich den Schlüsselbund, den er auf dem Tisch hatte liegen lassen, und lief auf den Parkplatz. Es waren nur wenige Meter, aber trotzdem war es ausgesprochen riskant. Immer wieder warf sie einen Blick über die Schulter. Wenn er zu früh zurückkehrte, würde sie eine Ausrede parat haben. Ihr Rucksack, irgendwas, was sie dringend brauchte …

Die Heckklappe schwang nach oben. Da war der Verbandskasten! Alles ging blitzschnell. Sie klappte ihn auf.

Dort waren keine Mullbinden, Schere oder Leukoplast, aber dafür mehrere Bündel in milchigen Plastikbeuteln!

Sie brauchte nur kurz in eine hineinzusehen, und es verschlug ihr den Atem. Geldscheine. Viele, viele Geldscheine. Hauptsächlich gelbe Zweihunderter. Sie versuchte zu schätzen, wie viel Kohle es war. Zwanzigtausend? Fünfzigtausend? Nein, es schien tatsächlich noch mehr zu sein!

Melli konnte es nicht fassen. So viel Kohle! Das war ein Lottogewinn! Damit war sie alle Sorgen los. Sie brauchte keinen mehr anzupumpen, nicht mehr zu bitten und zu betteln. Jetzt war sie am Drücker. Jetzt war sie die Gewinnerin!

Sie blickte hektisch zur Terrasse. Noch war er nicht wieder aufgetaucht. Sie nahm die Päckchen heraus und steckte den leeren Kasten zurück in den Kofferraum. Deckel schließen, dann die Bündel in den Rucksack im Fußraum des Beifahrersitzes stopfen, zurück zum Restauranttisch.

Als Bertram Hopf kurz darauf selig lächelnd aus dem Gasthaus ins Freie trat, saß sie wieder an ihrem Platz, und sie hoffte inständig, dass er nicht ihren Herzschlag hörte, der in ihren Ohren donnerte wie eine gewaltige Fabrikmaschine.

»Es ist alles noch genauso wie früher. Die alten Bilder, die Möbel …«

Melli glaubte es ihm aufs Wort. Dieser Schuppen sah schon von außen so aus.

»Ich habe gleich bezahlt. Die alte Kellnerin konnte sich natürlich nicht erinnern. Ich habe ihr ein Foto von Lilo aus meinem Portemonnaie gezeigt, aber das ist ja erst aus dem vorletzten Herbst. Sie hat sich ja doch sehr verändert.« Er wollte es schon hervorholen, da sagte Melli: »Nee, komm, lass uns weiterfahren.« Das hielten ihre Nerven nicht mehr durch.

Sie würde noch ein paar Kilometer mit ihm fahren und ihn dann an einer passenden Stelle bitten, sie rauszulassen. Irgendwo, wo viel Verkehr war, von wo sie schnell weiterkommen würde. Sie musste ihre Nervosität unterdrücken. Was war nur los mit ihr?

Ihre Hände zitterten, als sie sich den Gurt umlegte. Bertram Hopf fuhr langsam an und schaltete das Radio ein.

Schuld war nur der Bossanova.

Die Straße wand sich durch die romantische Landschaft, immer entlang der Berghänge. Es herrschte reger Ausflugsverkehr. Melli hatte keinen Zweifel daran, dass sie rasch jemanden finden würde, der sie mitnahm. Dieses Mal würde sie auch ihre Lederjacke ausziehen, damit man ihr knappes Tanktop sah. Hauptsache, so schnell wie möglich weg.

Sie wippte mit dem rechten Fuß, sodass ihr Knie zitterte. All die viele Kohle, und alles gehörte ab jetzt ihr. Nur ihr allein!

Bertram Hopf schien das Wippen falsch zu verstehen. »Die gehen ins Blut, die alten Schlager, was?« Er sang laut: »*War's der Mondenschein? Na na, der Bossa Nova* … Du musst immer das *Na na der Bossa Nova* singen. So, wie die Lilo das immer gemacht hat. *Oder war's der Wein?* Und jetzt du: *Na na, der Bossa Nova* …«

Aber Melli sang nicht mit. Sie ballte die Fäuste so sehr, dass sich ihre Fingernägel tief in die Handballen gruben. Der Rucksack zwischen ihren Unterschenkeln brannte wie Feuer.

Hopf sang dafür umso lauter: »*Yeah yeah, der Bossa Nova* … Warum singst du nicht mit? Meine Lilo, die hatte eine Stimme, die hätte bei jedem Gesangs…«

Da platzte es aus ihr heraus. »Verdammte Scheiße, mich interessiert es einen verdammten Dreck, wie deine Lilo gesungen hat! Lilo hier, Lilo da … Die kotzt mich an, deine Lilo! Die ist tot, kapier das doch. Die ist seit zwei Monaten unter der Erde, und die kommt auch nicht mehr zurück! Da kannst du bis in alle Ewigkeit alle Schauplätze eurer Kack-Glücks-Ehe abklappern, das mit deiner Lilo ist vorbei! Für immer!«

Bertram Hopf verriss kurz das Steuer, sodass ein entgegenkommender Mercedes laut hupte, aber dann hatte er den Wagen wieder in der Spur.

Er starrte geradeaus und klammerte die Hände um das Lenkrad, sodass die Knöchel blassgelb hervortraten. Seine Wangenmuskeln arbeiteten.

Melli schloss die Augen und verwünschte sich für diesen Ausbruch. Warum war sie jetzt so ausgetickt? Jetzt, wo fast alles gelaufen war.

Okay, jetzt würde er sie rausschmeißen, das war klar. Dann lief es eben so rum, war auch okay. Er würde die nächste Parkbucht nutzen oder den nächsten verdammten Aussichtspunkt mit Panoramablick und würde sie anbrüllen, vielleicht schlagen. Das machte ihr nichts, das kannte sie.

Ihr Handy vibrierte. Eine SMS von Henk: *Kannst du schon sagen, wann du ankommst?*

Sie wollte gerade antworten, als sie bemerkte, dass das Geräusch des Motors lauter wurde. Die Straße vor ihnen war frei, und Bertram Hopf beschleunigte. Er fuhr schneller als bisher. Deutlich schneller. So schnell war er noch nicht gefahren, seit sie am Vortag bei ihm eingestiegen war.

Hopfs Lippen bewegten sich, sein Körper war angespannt. Er trat das Gaspedal durch.

»He, mach mal langsam«, sagte sie vorsichtig. »Ras nicht so.«

»Die Lilo hat nie so rumgeschrien. Die war ein ganz sanftes Wesen.«

»Ist ja gut, das war nicht so gemeint.«

»Die war so lieb und so zugewandt, die musste man einfach gernhaben. Die hatte mich gar nicht verdient. Meine Lilo, die wird nie weg sein. Nie! Die ist für immer bei mir. Ich kann nämlich ohne meine Lilo gar nicht sein.«

Melli sah im Rückspiegel, wie sich die nachfolgenden Autos mehr und mehr entfernten, immer weiter zurückfielen. Die Tachonadel kletterte höher und höher. »Verdammt, fahr langsamer!«, schrie sie.

»Wir hatten so eine wunderbare Zeit miteinander, die Lilo und ich. Das war so wunderwunderschön, das kann man sich heute gar nicht mehr vorstellen«, presste Hopf zwischen den Zähnen hervor.

Weiter vorne kam eine starke Linkskurve in Sichtweite. Melli wurde von einer fürchterlichen Panik gepackt. Wenn er mit dieser Geschwindigkeit in die Kurve ging, würde es den Wohnwagen unweigerlich von der Straße reißen!

»Langsamer!«, schrie sie, um den Motor zu übertönen. »Scheiße, fahr doch langsamer!«

Und dann erkannte sie, dass er nicht vorhatte, in die Kurve zu gehen. Hopf hielt das Steuer starr in seiner

Position. Die Leitplanke kam mit atemberaubender Geschwindigkeit auf sie zu. Dahinter breitete sich das tiefe, breite Tal aus, das dunkle Blau des Sommerhimmels und das satte Grün der bewaldeten Hänge in der Ferne.

»Ja, ein Wunder war das, mit Lilo und mir. Ein richtiges Wunder …«

Melli kreischte, strampelte mit den Beinen und versuchte, den Gurt zu lösen, aber ihre zitternden Hände fanden den Knopf nicht.

Und als im Radio die ersten Orchesterklänge ein neues Lied ankündigten und eine Frauenstimme sang: *Viele Menschen fragen, was ist schuld daran? Warum kommt das Glück nie zu mir?*, krachte der Fiat durch die Leitplanke, und der nächste Moment war ein Moment der Schwerelosigkeit. Es war, als würden sie fliegen. Losgelöst, befreit, und Katja Ebstein sang: *Wunder gibt es immer wieder, heute oder morgen können sie gescheh'n …*

JÜRGEN EHLERS

nie wieder aufgetaucht

Das ist ihr Fahrrad«, sagt Dieter. Er steht mit Sonja auf der Brücke. Ein Bagger holt Schlamm aus dem Kanal. Schlamm und Schrott.

»Was?« Sonja sieht ihn fragend an. Das mit dem Campingurlaub hier am Elbe-Lübeck-Kanal war sein Vorschlag gewesen. Ein spontaner Vorschlag. Es hatte so geklungen, als sei er vorher noch nie hier gewesen.

»Maikes Fahrrad.« Er weist auf den Haufen Schrott, den der Bagger am Ufer abgelegt hat. Einkaufswagen aus dem Supermarkt, ein alter Eimer, ein Kühlschrank und ein verbeultes Fahrrad. Ihr Fahrrad. Es ist das Fahrrad, mit dem Maike vor fast genau zwei Jahren aus seinem Leben verschwunden ist.

Sonja sieht ihn zweifelnd an. Das Fahrrad ist schlammverschmiert, ein rostbrauner Haufen Blech. »Woher willst du das so genau wissen?«

Aber er ist sich sicher. *Condor* steht auf dem Rahmen. Reste der Schrift sind noch zu erkennen.

»Und?«, fragt sie. Es muss Hunderte dieser Fahrräder geben.

Er weiß es einfach. Er braucht nicht erst die tiefe Scharte im Lenker zu sehen, die angeblich von der Kollision mit einem Mähdrescher stammt; er weiß es auch so. »Ich bin mir so gut wie sicher«, sagt er.

»Und?«, fragt sie noch einmal.

»Nichts und! Sie ist verschwunden damals, einfach verschwunden.«

»Wie verschwunden?«

Er zuckt mit den Schultern. »Einfach so. ›Bis dann‹, hat sie gesagt. Hat sich auf ihr Fahrrad geschwungen und ist losgeradelt. … Sie ist nie wieder aufgetaucht.«

»Nie?«

»Nie.«

Sonja sieht zu, wie der Greifer des Baggers erneut hinabtaucht in die trüben Fluten des Kanals. Sekunden später kommt der Korb wieder zum Vorschein, triefend von Wasser. Der Greifer öffnet sich, und Schlick platscht in die bereitliegende Schute.

Dieter beobachtet sie. »Nichts als Modder«, sagt er.

»Um Himmels willen … wenn das Fahrrad da unten gelegen hat, dann ist da womöglich auch …«

»Maike? Maikes Leiche meinst du?« Dieter schüttelt den Kopf. »Wohl kaum. Die wäre längst hochgekommen. Wasserleichen tauchen immer wieder auf. Weil sich im Körper …«

»Hör auf!« Die Einzelheiten will sie nicht wissen.

* * *

»Und wer ist Maike?«

Klar, dass sie nachfragt. Sie sitzen vor Dieters Wohnwagen, die Sonne scheint, die Würste liegen auf dem Grill. Dieter nippt an seiner Cola. »Hab' ich dir noch gar nicht erzählt«, sagt er. Hatte er eigentlich auch gar nicht vorgehabt. Wenn das Fahrrad nicht plötzlich aufgetaucht wäre, hätte er bestimmt nicht davon angefangen. »Wir sind zu viert gewesen damals. Der Wohnwagen hat dem Hajo gehört, dem schönen Hajo Bartels. Klassenkamerad von mir. Sein Vater hatte die Apotheke in der Theresienstraße, bei uns um die Ecke. Alles verkauft inzwischen. Keine Ahnung, wo der Hajo jetzt steckt.«

Erst waren sie nur zu zweit gewesen auf dem Campingplatz hier draußen am See, der Hajo und er. Den Peter hatten sie draußen am See kennengelernt. Peter kam aus dem Dorf; ihm gehörte einer der letzten Höfe, die noch bewirtschaftet wurden.

»Und was habt ihr hier draußen gemacht?«

»Angeln«, sagte er. Stundenlang am Kanal gehockt oder auch mal am See, wo es verboten war. Meistens nur den Wurm gebadet, manchmal aber auch Fische angebracht, Weißfische aus dem Kanal, die fade schmeckten und an denen das Bemerkenswerteste die Gräten waren. Seltener Forellen aus dem See; man durfte sich nicht erwischen lassen. Peter war aus dem Dorf, der kannte die Wege, der kannte auch die Gewohnheiten der Angler.

»Und Maike?«

Maike, die hatte er sich geangelt. Am Sonnabend war Disco auf dem Campingplatz, da hatte er sie kennengelernt. Sie hatten den ganzen Abend getanzt. Beim großen Abschlussfeuerwerk hatte sie sich von ihm küssen lassen. Zu der Zeit schnarchte Hajo schon in seinem Wohnwagen, und Peter war längst völlig weggetreten nach all dem Bier, das er getrunken hatte. Einer der anderen Jungs aus dem Dorf hatte ihn schließlich nach Hause fahren müssen.

»Der Peter. Ich hatte doch keine Ahnung«, sagt Dieter, »dass der Peter auch an der Maike interessiert war. Ehrlich nicht. Sonst hätte ich mich doch nicht gleich für den nächsten Tag mit ihr zu einer Radtour verabredet.«

Sonja sieht ihn zweifelnd an. »Und was macht der Peter heute?«, fragt sie.

* * *

Dieter fühlt sich unbehaglich, als sie auf Peters Bauern-
hof aussteigen. Auch Sonja ist befangen. Sie reckt sich
ausführlich. Vielleicht ist es wirklich Unsinn, denkt sie.
Der Hof liegt in der Sonne. Den Hang hinunter kann
man bis zum Kanal sehen. Eine Gruppe Radfahrer zieht
auf dem Leinpfad vorbei.

Dieter sieht sich um. Alles sieht noch so aus wie damals. Ob das Brett über den Graben noch existiert? So
kam man direkt vom Garten an den Kanal, und von dort
war es nicht allzu weit zum Zeltplatz. Der Hund kläfft
wie wild; den gab es damals noch nicht, als er Peter zum
ersten Mal nach einer ihrer Sauftouren zu Hause abge-
liefert hat. Hühner scharren auf dem großen Misthaufen.

Auf ihr Läuten meldet sich niemand. »Keiner da«,
sagt er. Es klingt fast erleichtert. In dem Augenblick tritt
Peter aus der Stalltür.

»Hallo, Peter«, sagt Dieter mechanisch.

»Was wollt ihr?« Peter starrt ihn finster an, die Hand
um die Mistforke geballt.

»Guten Tag, Herr Hinrichs. Könnten wir vielleicht einen Augenblick mit Ihnen reden?« Sonja verzieht keine
Miene, aber ihre Stimme verrät, dass auch sie erschrocken ist.

Peter antwortet nicht.

Dieter hat das Gefühl, dass der andere sich am liebsten auf ihn stürzen würde und dass nur die Anwesenheit Sonjas ihn daran hindert.

»Das Fahrrad ist gefunden worden«, sagt er. »Maikes
Fahrrad. … Sie haben es aus dem Kanal gebaggert.«

»Ja … und?«

»Ich meine, … wir haben damals doch alle angenommen, dass sie einfach abgehauen wäre.«

»Haben wir.«

»Und jetzt, … jetzt sieht es doch so aus, als ob ihr etwas passiert wäre.«

Peter zuckt mit den Schultern. »Ihr habt euch gestritten, und sie ist abgehauen. Mehr weiß ich nicht.« Er wendet sich ab.

* * *

»Dieter?«

»Ja?«

»Was war das für ein Streit?«

»Es ging um Urlaubspläne«, sagt er leichthin. Er macht sich ein Bier auf. »Willst du auch eins?«

Sonja schüttelt den Kopf. Sie sieht ihn weiterhin fragend an.

»Ich hatte keine Lust, jedes Mal die Ferien hier draußen zu verbringen«, sagt er schließlich. »Ich wollte weg, woanders hin, ins Ausland. … Und sie, … sie wollte nicht.«

»Und darüber habt ihr euch gestritten?«

»Ja, ich weiß, es klingt albern. Aber so ist das nun einmal. Das war noch im selben Jahr, im Herbst; wir kannten uns vielleicht vier Monate. Es hatte geregnet. Eine Woche schlechtes Wetter, wenn man da in dem engen Wohnwagen zusammenhockt und nicht ausweichen kann, da geht man sich auf die Nerven, und schon ist der Knatsch da.«

»Und dann ist sie abgehauen?«

»Dann ist sie abgehauen.«

»Nachts, mit dem Fahrrad, einfach so?«

»Nein, nicht *einfach so*!« Sie hatte ihre Sachen gepackt, den großen blauen Rucksack, hatte sich verabschiedet und war losgefahren. Natürlich hatte er gedacht, dass sie geradewegs nach Hause fahren würde. »Dass sie überhaupt nicht wieder auftauchen würde, konnte ich nicht wissen. Das hab ich erst viel später erfahren.«

»Aus der Zeitung?«

Er schüttelt den Kopf. Nein, in der Zeitung hat nie etwas gestanden.

»Dieter, damit müssen wir zur Polizei gehen.«

* * *

Der Polizist sieht Sonja skeptisch an. »Und was sollen wir Ihrer Meinung nach jetzt tun?«, fragt er.

Das müssen Sie doch wissen, denkt Sonja, aber sie sagt es nicht.

»Dann fasse ich noch einmal zusammen: Also diese junge Frau, diese Maike Nathorst, ist vor zwei Jahren eines Abends vom Campingplatz hinter dem Kanal mit dem Fahrrad losgefahren und nie wieder aufgetaucht … Aber weder einer der jungen Leute, mit denen sie damals auf dem Platz zusammen gewesen ist, noch ihre Verwandten haben Ihres Wissens nach jemals eine Vermisstenanzeige aufgegeben, sagen Sie? Die Frau ist natürlich volljährig, sie kann machen, was sie will.«

»Fünfundzwanzig Jahre alt«, sagt Sonja. Sie weiß, dass es aus ihrem Munde lächerlich klingt; sie ist ja selbst kaum älter.

»Jetzt siebenundzwanzig«, korrigiert der Polizist. »Und nun hat Ihr Freund oder Bekannter da unten am Kanal ein altes Fahrrad entdeckt, das angeblich dieser jungen Frau gehört hat.«

Sonja nickt.

»Wie sicher ist das?«

»Sehr sicher«, sagt sie. Sie wird ein wenig rot dabei, denn ganz sicher ist er sich eigentlich nicht gewesen, oder?

»Und warum stehen Sie jetzt hier und nicht Ihr Freund?«, fragt der Polizist.

Sonja zuckt mit den Schultern. Mit der Polizei hat Dieter nicht viel am Hut, das hat er vorhin zugegeben. Aber das braucht sie diesem Kerl ja nicht zu erzählen.

Der Polizist seufzt. »Dann muss ich wohl mal telefonieren«, sagt er.

* * *

Es dauert fast eine halbe Stunde. »So«, sagt er, als er schließlich den Hörer auflegt. »Jetzt sehen wir etwas klarer … Ich hab beim Wasser- und Schifffahrtsamt angerufen; die haben mich dann weiter verbunden. Der Schrott von der Schleuse ist inzwischen abgefahren worden, zur Deponie. Wenn wir Glück haben, haben sie den Kram nicht sofort plattgewalzt und eingebaut, und wir können das Fahrrad da noch wieder raussuchen.«

»Ja?«, sagt Sonja. Das klingt nicht gut, denkt sie.

»Aber …« Er räuspert sich. »Aber ich hab auch bei den Eltern angerufen. Ganz so spurlos verschwunden, wie Sie glauben, ist die junge Frau nun auch wieder nicht. Sie hat nämlich später noch geschrieben. Etwa eine Woche nach ihrem angeblichen Verschwinden. Aus Lüneburg, sagt ihre Mutter. – Und damit ist die Frage, ob das Schrottfahrrad aus dem Kanal nun ihr gehört hat oder nicht, eigentlich ziemlich belanglos.«

* * *

»Was ist denn da los bei Ihnen, was ist denn da los?« Die Frau mit den Lockenwicklern läuft neben dem ausrollenden Wagen her, klopft aufgeregt an die Scheibe. Sie wirkt völlig entgeistert. Sonja stellt den Motor ab, und dann hört sie auch schon den Lärm. Sie rennt zum Wohnwagen. Drinnen schreit jemand vor Schmerz. Dieter? Etwas zerklirrt. Sonja reißt die Tür auf.

Dieter liegt am Boden, mit blutigem Gesicht; Peter steht über ihn gebeugt; er packt den am Boden Liegenden am Kragen, zerrt ihn hoch und schlägt ihm mit der Faust ins Gesicht. Dieter taumelt gegen die Spüle und geht wieder zu Boden. Sonja schreit. Peter dreht sich halb zu ihr um und knurrt: »Halt dich da raus, Mädchen!«

Aber der Kampf ist zu Ende. »Wir sprechen uns noch. Wir sind noch nicht fertig!«, sagt Peter zu dem am Boden Liegenden. Dann schiebt er Sonja zur Seite und drängt sich aus der Tür.

»Oh Gott, oh Gott!«, sagt die Nachbarin. »Soll ich die Polizei rufen?«

Dieter wischt sich das Blut aus dem Gesicht und schüttelt stumm den Kopf.

»Nein, schönen Dank«, sagt Sonja zweifelnd. Die Nachbarin verschwindet.

Dieter erhebt sich mit einiger Mühe. »Es ist nicht so schlimm«, sagt er. »Alles nicht so schlimm. Nur ein paar kleine Schrammen, weiter nichts … Aber wir müssen hier weg, Sonja. Bevor es dunkel wird, müssen wir hier weg. Der Kerl ist zu allem fähig.«

* * *

»Das ist wegen damals«, sagt Dieter. »Alles wegen damals. Der Peter, der hat gedacht, die Maike, das wär seine Freundin. Hat gedacht, sie würde ihn heiraten und er könnte ihren Hof übernehmen. Und ich … ich hab sie ihm ausgespannt. So ein munteres Reh … Die war viel zu schade für ihn. Früher oder später wäre ihm die sowieso weggelaufen. Aber der Peter hat mir das mächtig übel genommen. Seitdem war's vorbei mit unserer Freundschaft. Er hat schließlich überhaupt nicht mehr mit mir geredet.«

Sonja schweigt.

»Zu dumm, dass wir ihn auf dem Hof aufgesucht haben. Sonst hätte er nie mitgekriegt, dass ich hier bin. Die aus dem Dorf haben ja sonst wenig Kontakt mit uns Campern … Aber ich bin ja selbst schuld. Ich hätte natürlich gedacht, nach all den Jahren, da ist er längst drüber weg. Aber … nix da. Er ist über mich hergefallen wie ein Berserker … Das ist das Ende des Urlaubs, fürchte ich. Tut mir leid!«

Sonja zuckt mit den Schultern. Es wären ohnehin nur noch ein paar Tage gewesen.

»Und – was hat die Polizei gesagt?«, fragt er schließlich.

»Abgewimmelt haben sie mich«, sagt Sonja. »Der Polizist hat mir irgendetwas von einem Brief erzählt, den das Mädchen angeblich später noch an die Eltern geschrieben haben soll.«

»Richtig«, sagt er. »Das hatte ich ganz vergessen.«

»Du hast davon gewusst?«

»Ja. Aber das war kein richtiger Brief, nur ne Postkarte. Und nicht an die Eltern, sondern an den Peter.«

»An den Peter?«, fragt Sonja. Wieso weiß Dieter dann davon? »Weißt du das von Hajo? Hat der denn diese Postkarte zu sehen gekriegt?«

Aber Dieter weicht aus. »Weiß ich nicht. Kann schon sein.«

* * *

Verpatzter Urlaub! Sonja sitzt im Gras an der Uferböschung und wirft kleine Steine in den Kanal. Ein Sportboot gleitet vorbei; ein sonnengebräunter Jüngling an der Reling sieht zu ihr herüber. Sonja beachtet ihn nicht. Irgendetwas stimmt hier nicht, denkt sie. Dieser Peter, der ist doch nicht normal. Und Dieter, der sagt auch nicht alles, was er weiß. Ich muss mit dem Hajo sprechen. Wie finde ich den Hajo? Ohne viel Hoffnung nimmt sie das Handy und tippt die Nummer der Telefonauskunft ein.

»Ich hätte gern die Nummer von Hajo Bartels«, sagt sie.

»Welcher Ort?«

»Hamburg«, behauptet sie auf gut Glück.

»Hansjörg Bartels, Theresienstraße 28?«

»Ja.« Mein Gott, denkt sie, das ist ja seine alte Adres-
se. Er ist gar nicht umgezogen! Dieter hat mich ange-
logen. Sie notiert sich die Nummer. Einen Augenblick
überlegt sie, dann tippt sie die Zahlen ein. Natürlich ist
er im Urlaub, denkt sie, alle sind doch jetzt im Urlaub;
ich erwische höchstens seinen Anrufbeantworter. Aber
er ist nicht im Urlaub. Er meldet sich nach dem dritten
Läuten.

»Bartels?«

* * *

Als sie in den Wohnwagen zurückkommt, klopft ihr
Herz wie wild. Ganz ruhig, denkt sie, ganz ruhig! Dieter hat inzwischen alles aufgeräumt. Auch er selbst
sieht wieder fast normal aus. Das Blut ist abgewaschen,
die Schramme auf der Stirn verpflastert. Das rechte Auge ist zugeschwollen, aber nur leicht. Er hat es gekühlt,
so gut er konnte. »Wir können dann«, sagt er.

»Wir können nicht«, sagt Sonja. »Ich hab mit deinem
Hajo telefoniert.«

»Mit dem Hajo? Warum denn das?«

»Er hat nicht geschlafen damals«, sagt sie. »Er hat den
Streit mit angehört.«

»Hat er?« Dieter wird blass. Seine Hände zittern ganz
leicht, als er sich eine Zigarette anzündet.

Sonja registriert, dass er nach Schnaps riecht.

»Sie war schwanger. Das ist es, worüber ihr euch gestritten habt. Reise ins Ausland? Allerdings! Du hast
vorgeschlagen, ihr könntet nach Holland fahren. Aber
sie wollte keine Abtreibung; sie wollte das Kind. Dich

und das Kind. Aber du hast nicht vorgehabt, sie zu heiraten. Von Anfang an nicht!«

»Mein Gott, Sonja! Sie ist nicht die Einzige, mit der ich geschlafen habe, bevor wir uns kennengelernt haben. Die hätte ich doch nicht alle heiraten können!« Es kommt nicht so lässig rüber, wie Dieter das beabsichtigt hat. Er weiß, dies hier lässt sich nicht mehr mit einem Scherz wegwischen.

Sonja geht auch gar nicht darauf ein. »Ihr habt euch heftig gestritten; schließlich hat sie ihre Sachen genommen und ist losgefahren, mitten in der Nacht … Und du, du bist in den Wagen gesprungen und ihr nachgefahren!«

Scheiße. »Ich wollte sie zurückholen, natürlich«, behauptet er.

Sonja ist wütend. »Du hast sie nicht zurückgeholt. Du hast sie umgebracht und ihr Fahrrad in den Kanal geworfen.«

»Du sagst aber doch selbst …« Himmel hilf! Er sucht einen Ausweg.

»Die Postkarte? Es gibt keine Postkarte. Niemand hat diese angebliche Postkarte je zu sehen bekommen. Es ist eine reine Erfindung von diesem Peter.«

»Okay, wenn du so schlau bist, dann sag du doch, was passiert ist!« Er ist stärker betrunken, als Sonja das gedacht hat.

»Du hast sie umgebracht!«

Er schüttelt den Kopf. »Es war ein Unfall. Ein ganz beschissener Unfall. … Du glaubst mir nicht?«

»Weiter!«, sagt sie nur.

»Ja, ich war wütend. ›Du Arsch!‹, hat sie gesagt, und dann hat sie ihre Sachen genommen und ist abgehauen.

Ich bin gleich hinterher, aber sie ist losgeradelt wie der Teufel, und der VW wollte nicht anspringen. Ich hab sie erst hinter der Brücke eingeholt. Und sie hat nicht angehalten ... Sie hat einfach nicht angehalten. Da hab ich Gas gegeben, verstehst du, und dann ... dann lag sie da und war tot.«

»Mörder!«, sagt sie.

Er wischt sich Rotz und Tränen aus dem Gesicht und starrt sie böse an. »Beim zweiten Mal soll es ganz leicht sein«, sagt er. Einen Augenblick glaubt sie, er werde sich auf sie stürzen. Stattdessen heult er los.

»Wo hast du die Leiche gelassen?«

»Begraben.«

Sonja fährt zusammen. Sie hat nicht gehört, wie Peter hereingekommen ist.

»In meinem Misthaufen begraben! Damit es so aussieht, als ob ich sie umgebracht hätte. Du Schwein!« Klar, dass er damit nicht zur Polizei gehen konnte. »Ich habe sie geliebt, Mensch – und du ...« Er hält eine Eisenstange in der Hand.

Dieter duckt sich, um dem Schlag auszuweichen, aber Sonja hat Peter am Arm gepackt, hält ihn zurück. »Lass sein«, sagt sie. »Wir fahren zur Polizei.«

zelt-therapie

Die Idee war ursprünglich von Eike gekommen, unserem Paartherapeuten. Wir sollten uns erinnern, wann wir als Paar so richtig glücklich gewesen waren.

Der Frage war eine ziemlich lange Pause gefolgt.

»Zelten«, hatte dann aber irgendwann Hartmut gemurmelt, »das war damals toll.«

Das Zelten war noch vor unserer Ehe gewesen, also fast dreißig Jahre her. Trotzdem stürzte sich Eike auf das Zelten wie ein Verdurstender auf ein Glas Wasser.

»Zelten«, seine Augen hatten geleuchtet wie bei einem Kind. »Was genau ist Ihnen denn da noch im Kopf?«

Wieder hatte Hartmut lange gebraucht. »Dass man da so in der Natur geschlafen hat. Dass man nachts alle möglichen Geräusche gehört hat.«

»Das klingt interessant. Und wie haben Sie damals Ihre Frau wahrgenommen?«

»Meine Frau?« Hartmut schien sich erst jetzt zu erinnern, dass ich auch dabei gewesen war.

»Na, sie hat dieses einfache Leben mitgemacht, damals. Heute ist daran ja nicht mehr zu denken.«

Ein Kinnhaken, wie wir sie hier ständig austeilen. Ich hätte hinzufügen können, dass Hartmut früher auch ein anderer gewesen war, ein dynamischer Typ, der den ganzen Tag barfuß und mit nacktem Oberkörper herumlief …

Um ehrlich zu sein, war die ganze Paartherapie für den Eimer. Unser Therapeut tat mir regelrecht leid. Er war ein erfahrener Mann und gab alles, um uns zu retten.

»Sie freuen sich also, dass Ulrike früher alles mitgemacht hat«, versuchte er nun zu vermitteln, nur um dann etwas ganz Verrücktes vorzuschlagen: »Könnten Sie sich vorstellen, noch einmal zelten zu gehen?«

Eike lächelte uns bei dieser Frage herausfordernd an, erst Hartmut, dann mich, dann wieder Hartmut.

»Weiß nicht«, brummelte Hartmut.

»Wir haben kein Zelt«, warf ich schnell ein.

»Doch, das haben wir noch«, verbesserte mich Hartmut. Das konnte er gut, mich verbessern. »Liegt auf dem Dachboden, habe ich letztens noch gesehen, als ich die Ersatzpumpe fürs Aquarium gesucht hab.« Hartmut verwahrte alles und jedes, er schmiss einfach nichts weg. »Kann man ja vielleicht noch mal gebrauchen!«, war sein ständiges Credo. Ein echter Sparfuchs.

»Sie haben also das Zelt noch«, wiederholte Eike auf die ihm eigene Art, die bestimmt einen Sinn hatte. »Und haben Sie auch den Elan, es damit zu versuchen?«

Wieder blickte er zwischen Hartmut und mir hin und her, nur um dann irgendwann auf das Flipchart zu deuten, das wir in mühevollen Therapiesitzungen vollgeschrieben hatten. *Spontan sein!,* stand dort geschrieben, und: *Sich etwas trauen!*

»Trauen Sie sich?«, fragte Eike und fand sich bei diesem Wortspiel offenbar sehr kreativ. »Sind Sie spontan?«

»Mmh … weiß nicht …«, grunzte Hartmut gequält und fügte nach einer gefühlten Ewigkeit hinzu: »Na gut, können wir versuchen.«

»Aha!«, Eike wirkte euphorisch. Kein Wunder, es war das erste Mal, dass Hartmut sich auf irgendwas einließ. »Wie sieht es bei Ihnen aus, Ulrike? Sind Sie spontan?«

Was sollte ich tun? Bislang hatte ich immer Hartmut vorgeworfen, sich keinen Millimeter zu bewegen.

»Also, wenn das Zelt …«

»Ja?«, hechelte Eike.

»… von mir aus … zelten wir eben.«

Eike schlug sich begeistert auf den Oberschenkel. »Na, wenn das kein Fortschritt ist. Ich bin sicher, Sie werden beim Zelten Ihr blaues Wunder erleben!«

So viel kann man sagen: Eike behielt recht!

* * *

Zelten im Sauerland, das war Hartmuts Idee. Für mich klang das wie Schnorchelurlaub am Stausee Obermaubach. Oder eine Radtour an Deutschlands Atomkraftwerken lang.

»Geheimtipp«, behauptete Hartmut. »Wir haben ja den Betriebsausflug des Finanzamts ins Sauerland gemacht.«

Unterschied: Das Finanzamt hatte in einem schicken Landgasthof logiert und nicht in einem Zelt, das nach dreißig Jahren Dachboden wie vergammeltes Blumenwasser roch.

»Und warum gerade heute?«, fragte ich scheinheilig nach. Hartmut war an diesem Freitag erst spät von der Arbeit gekommen. Wir konnten frühestens zur Dämmerung im Sauerland sein.

»Ich brauche etwas Abstand«, der Gatte ging sich fahrig durchs Haar, »und Manfred hat mir heute einen Zeltplatz empfohlen. Ich bin sicher, der ist genau das Richtige für uns.«

»Aha«, murmelte ich pseudoüberzeugt. Hartmut hörte sonst ja nicht so gern auf den konkurrierenden Kollegen, die Auszeit schien also dringlich zu sein. Gedankenverloren packte ich meine Sachen zusammen.

»Unter zehn oder über zehn Quadratmeter?« Der Platzwart am Naturcampingplatz Sorpe guckte ziemlich scheel, als wir mit einem Echtzelt eincheckten.

»Unter«, antworteten Hartmut und ich quasi synchron.

Er wegen sparen, ich wegen genervt.

»Aha«, der Platzwart musterte Hartmut mit skeptischer Miene. Klar nahm mein Mann keine zehn Quadratmeter ein. Aber meine Wenigkeit musste ja irgendwie auch noch dazu.

»Sie haben ja schon angerufen und sich erkundigt«, sagte der Platzwart.

»Nee, habe ich nicht«, Hartmut brummte mehr, als dass er sprach. »Auf Ihrer Homepage stand ja, dass der Zeltplatz noch aufhat.«

Der Platzwart wirkte überrascht. »Okay, dann war das jemand anderes.« Er warf einen Blick auf seinen Plan. »Parzelle 24«, meinte er schließlich, »und ich wünsche eine angenehme Nacht.« Wenn man genau hinhörte, klang er ein wenig amüsiert.

»Gleichfalls!«, herrschte Hartmut ihn an und klang dabei überhaupt nicht amüsiert. Da musste man gar nicht genau hinhören.

Gut, dass man uns eine Parzelle zugeteilt hatte! Wir waren die Einzigen weit und breit in einem Zelt – und auf der großen Wiese weithin sichtbar. Alle anderen Bewohner waren etwas entfernt in aufgemotzten Dauerwohnwagen untergebracht. So muss sich ein Renault Kastenwagen fühlen, kam es mir in den Sinn, wenn er zwischen Porsche Carreras geparkt wird.

»Bist du dir sicher …?«, wagte ich zu fragen, als Hartmut den Zeltsack direkt am See auf den Boden gleiten ließ. Mit Blick auf die Luxuscaravans kam ich mir vor, als wollte ich in einem Sternerestaurant mein mitgebrachtes Butterbrot mümmeln. Tatsächlich schaute ein Paar just in diesem Moment interessiert zu uns herüber. Sie saß im Klappstuhl, er hantierte mit einem Spaten herum.

»Natürlich bin ich mir sicher!« Noch während er sprach, zog Hartmut sein Handy heraus und warf einen besorgten Blick auf das Display.

»Alles in Ordnung?«, fragte ich nach.

Hartmut fühlte sich sichtlich ertappt. »Alles bestens«, versicherte er. »Im Büro ist nur ziemlich viel los.«

Was für ein Schwachsinn! Mein Mann bekam nach Dienstschluss niemals Berufliches aufs Handy geschickt.

»Verstehe«, bohrte ich trotzdem nicht weiter. Stattdessen schaute ich nach, ob im Zeltsack überhaupt Heringe waren.

Mein Eindruck, als wir das Liegen ausprobierten: Das Zelt war kleiner geworden. Es musste über die Zeit eingelaufen sein. Alles war zu klein. Auch Hartmuts Schlafsack. Da hatten wir doch damals zu zweit drin gelegen! Weil das damals ja auch noch Sinn gemacht hatte! Und jetzt? Hartmut kriegte seinen Schlafsack gar nicht richtig zu.

»Im Grunde hat das Zelt die Größe, die du für deinen Schlafsack brauchst«, versuchte ich einen Witz.

»Sehr lustig!« Hartmut bewegte sich so unwillig auf unserer Doppelluftmatratze, dass auch auf meiner Hälfte ein Erdbeben stattfand.

Und schon wieder griff der Gatte nach seinem Handy.

»Was ist denn nun eigentlich los?«, fragte ich nach.

»Bürokram«, murmelte Hartmut.

»Es ist Freitag«, moserte ich. »Seit wann lässt du dich am Wochenende vom Finanzamt anschreiben – noch dazu, wenn du mit deiner Frau auf einem Romantikwochenende bist?«

Okay, das mit der Romantik war etwas gemein, aber ich wollte gemein sein.

Hartmut atmete tief aus. Dann gab er klein bei. »Ich bin doch an dieser Prüfung dran. Dieser Handy-Laden in der Innenstadt. Plus Shisha-Bar. Plus Imbiss. Alles Geldwäsche. Dahinter verbirgt sich ein ganzes Netzwerk, ein richtiger Clan, den ich aufgemischt habe.«

»Und weiter?«, fragte ich angespannt nach.

»Manfred hat mich gewarnt. Einer der Hauptakteure hat eine Drohung gegen mich ausgesprochen. Er macht mich kalt, hat er gesagt.«

Mit erschrockenem Gesichtsausdruck ließ ich das auf mich wirken. Nur das sanfte Schwingen der Luftmatratze durch Hartmuts Atmen nahm ich wahr.

»Sind wir deshalb hier?«, fragte ich irgendwann gepresst. »Wolltest du deshalb weg von zu Hause?«

Hartmut nickte. Die ganze Matratze wippte dabei auf und ab. »Nicht weil ich Angst habe, sondern weil ich Ablenkung wollte.«

Ablenkung, na toll!

»Und wenn *ich* Angst habe?«, warf ich vorwurfsvoll ein.

»Das musst du nicht«, sagte mein Mann, »ich bin ja da!«

Hartmut wollte sich auf der Luftmatratze zu mir umdrehen. Das klappte leider nicht, die Luftmatratze war schlicht zu behäbig.

Wie beruhigend, dachte ich. Ich werde von einem Pottwal beschützt.

Das Abendessen nahmen wir im Lokal auf dem Zeltplatz ein, mit Blick auf den See. In einem hatte Hartmut jedenfalls recht: Das Sauerland war echt ein Geheimtipp.

Mein Mann stand unter Spannung und gab sich die Kante. Als er ein weiteres Mal nachzapfen ließ, prostete uns das Paar vom Nachbartisch zu. Die beiden, die uns vorhin vom Wohnwagen aus beobachtet hatten.

»Kultiges Zelt«, sagte der Mann, ein drahtiger Rentner mit Schnauzbart. »So was habe ich lange nicht gesehen.«

Hartmut wollte lospampen, aber ich legte ihm die Hand auf den Arm. »Ja, wir wollen die Vergangenheit aufleben lassen«, kam ich ihm zuvor und knipste unseren Nachbarn neckisch ein Auge. »Zweite Flitterwochen, wenn Sie verstehen, was ich meine.«

»Aaah!« Jetzt stieg die Stimmung am Nachbartisch rasant. »Und wir haben gedacht, das Zelt wäre zum Schlafen gedacht.«

Ein großes Hallo! Er hieß Klaus, sie Inge. Seitdem Klaus in Frühpension war, verbrachte man die warme Jahreszeit am See. Bald ging's nach Hause. Jetzt im September war ja kaum noch jemand da. Und dass wir in unserem Alter sogar im Zelt schlafen wollten …

»Aber kalt wird's euch ja nicht!«, fand Klaus gar kein schlüpfriges Ende. »Da hoffe ich mal, es wird heute Nacht für uns nicht zu laut.«

Hartmut hielt sich vollständig raus und gab sich weiter dem Bier hin. Er musste bei der Konversation erst ran, als ich mit Inge auf dem Klöchen verschwand.

»Na, ihr seid ja verliebt«, sagte Inge beim Händewaschen, »da kann man sich ja richtig was abgucken.«

»Na ja, ganz so toll ist die Stimmung nicht!«

Inge guckte mich im Spiegel erstaunt an. Ich erzählte ihr den Mist mit dem Finanzamt.

»Ach du liebe Zeit!« Sie hielt sich erschrocken die Hand vor den Mund. »Und ich habe gedacht, im Finanzamt langweilt man sich tot!«

»Leider nicht«, sagte ich und meinte es ernst.

»Stell dir vor: Auf der Fahrt hierher hatte ich sogar den Eindruck, wir werden verfolgt. Hinter uns fuhr so eine schwarze Angeberkarre!«

Inges Augen wurden tellergroß.

»Aber psst!« Verschwörerisch legte ich meinen Finger auf den Mund. »Bitte kein Wort zu Hartmut. Er mag es nicht, wenn ich erzähle, wie gefährlich sein Job ist.«

Inge wirkte besorgt, nickte aber verständnisvoll. »Klaus war bei der Bundeswehr. Ich kenne mich mit Geheimhaltung aus. Von mir hörst du nichts!«

Der Abend wurde fröhlich, der Abend wurde lang, vielleicht hatte Hartmut deshalb keine Lust, nachher noch zum Waschhaus zu gehen.

»Ich warte auf dich«, lallte er mir nach und wollte wohl verheißungsvoll klingen. Was mich tatsächlich erwartete, als ich im Mondschein zurückkam, war gleichmäßiges Schnarchen.

»Hartmut?«, testete ich. »Hartmut?« Mein Mann schlief wie ein Stein. Wobei – ein Stein ist ja still. Ein Stein ist ja tot. Bis dahin würde es bei Hartmut noch ein klein wenig dauern.

Was mich im Zelt noch erwartete, war muffiger Geruch und eine Feuchtigkeit, die mich an Rheuma denken ließ. Klamme Sachen und steife Glieder am Morgen, das war das letzte Mal, dass ich zelten ging, da war ich mir sicher. Wahrscheinlich wären meine Tempos am Morgen zu Feuchttüchern mutiert. Wie sollte ich dann um meinen frisch verstorbenen Ehemann trauern?

Im Schlafsack lag ich wach und achtete auf jedes Geräusch. Das war ja das Besondere beim Zelten. Man hörte alles und jeden, jetzt im Moment zum Beispiel eine Mücke. Ein Wunder, dass sie sich in dieses muffige Zelt hineingetraut hatte. Nervtötend summte sie um mich herum. Verrückt, dachte ich. Mit Mücken hatte sich einiges geändert. Früher war man sauer gewesen, wenn man morgens zerstochen aus dem Zelt gekrochen war. Zu Zeiten des Insektensterbens aber waren Mückenstiche zu einer Blutspende an eine bedrohte Art aufgestiegen.

Ich wedelte trotzdem herum, um das Vieh zu vertreiben. Sollte es sich doch bei Hartmut austoben, der merkte sowieso nichts.

Die Mücke verschwand durch den geöffneten Eingang, und eine Windböe strich sanft übers Zelt. Ein wohliges Geräusch, das mich in die Vergangenheit trug, zu unserem Frankreichurlaub vor dreißig Jahren. Ein Campingplatz in der Nähe von Avignon, wir hatten abends in den Sternenhimmel geschaut und uns jede Nacht geliebt. Was war seitdem passiert mit Hartmut und mir?

Mein Gatte war kleinlich und sparsam geworden und nebenbei ein Berg von einem Mann – wobei er für Letzteres verschiedene Theorien parat hielt: »Den ganzen Tag im Büro, wenig Bewegung und viel Stress – natürlich legt man da zu!« Und warum bitte schön war dann Manfred, Hartmuts Kollege, immer noch durchtrainiert und auf Zack? Aber gegenüber Hartmut verlor ich über die Attraktivität seines Kollegen kein Wort.

Ich schaute auf die Uhr. Gern hätte ich wenigstens ein Stündchen geschlafen. Hatte unser Paartherapeut nicht mehrfach von unserer ›eingeschlafenen Beziehung‹ gesprochen? Davon schien im Moment nur Hartmut zu profitieren. Ich drehte mich auf die Seite, fühlte zum hundertsten Mal nach meiner Stirnlampe. Alles an seinem Platz, nachher musste jeder Griff sitzen. Seufzend schloss ich noch einmal die Augen, für den nächtlichen Besuch war es bei Weitem zu früh.

Ich fuhr aus einer Art Halbschlaf hoch, als das Käuzchen plötzlich rief. Einmal, zweimal, dreimal. Sosehr ich auf das Zeichen gewartet hatte, so heftig erschreckte es mich jetzt. Jemand starb, wenn nachts der Todesvogel rief, so sagte es der Volksmund. Und in diesem Fall hatte der Volksmund ausnahmsweise recht!

Vorsichtig kroch ich aus dem Schlafsack, ohne jedes Geräusch. Nahm meine Stirnlampe, zog die Turnschuhe heran. Ein letzter Blick auf Hartmut. »Adieu«, flüsterte ich, »das wird leider nichts mehr mit dir und mir.«

Jetzt zügig hinüber zum Klo. So war es besprochen. Ich wollte nicht dabei sein, wenn es passierte.

Auf der Toilette überkam mich ein Zitteranfall. Hatte ich alles richtig gemacht? Ich hatte auf Hartmuts Idee, ganz spontan zelten zu gehen, überrascht reagiert. Ich hatte besorgt getan, als er das mit dem Clan erzählt hatte. Und alles Weitere hatte ich noch richtiger gemacht als vorher besprochen: Ich hatte unsere Campingplatz-Nachbarin Inge informiert! Inge wusste nun, was für ein verliebtes Pärchen wir waren. Inge wusste von Hartmuts Bedrohung. Inge wusste, dass uns angeblich ein Wagen gefolgt war. Sie würde meine Aussage stützen. Wenn ich nur einfach abwartete, dass alles passierte wie von langer Hand geplant.

Und dann plötzlich ein Tohuwabohu! Ein Schrei, ein Knall, das Kreischen einer Frau, alles ganz anders als gedacht, was um Himmels willen war denn da los? Ich raste los, stolperte fast auf dem Weg zu unserem Zelt. Wurde schon von einem Lichtstrahl empfangen und von hektischem Reden. Inge war völlig aus dem Häuschen. »Ulrike!«, kreischte sie, als ich angerannt kam. »Stell dir vor, man hat euer Zelt überfallen! Besser, du bleibst, wo du bist!« Sie hielt die Hand hoch wie ein altmodischer Verkehrspolizist.

»Aber …«, stotterte ich. Stottern war gut. »Was ist denn passiert?«

Ich trat näher vor den Zelteingang. Sofort machte Inge einen Schritt auf mich zu. »Nein! Ulrike! Das darfst du nicht sehen!« Sie blockierte den Zelteingang, sodass ich drinnen nur einen halbdunklen Ausschnitt erhaschte. Hartmut lag verrenkt und regungslos da. Das zumindest hatte geklappt.

»Was ist …?«, haspelte ich weiter. Ich hoffte, ich war blass. Und ich hoffte, das konnte man in Inges Funzellicht sehen. »Klaus …?«, stotterte ich. Ich hörte ihn neben dem Zelt telefonieren.

»Er konnte nicht schlafen«, Inge überschlug sich beinahe. »Das Schnitzel. Er verträgt das schwere Essen abends nicht.«

Ich versuchte verständnislos zu blicken. Aber verständnislos war ich eigentlich auch.

»Er hat draußen ein Licht zum Zelt huschen sehen, und er war ja alarmiert.«

Ich gab mich enttäuscht. »Du hast es ihm gesagt – das mit dem Clan?«

»Ulrike, ihr wart in Gefahr! Das hat sich doch jetzt aufs Fürchterlichste bestätigt!«

»Aber …« Ich drängte mich an Inge vorbei in Richtung Klaus, der noch immer neben dem Zelt telefonierte.

»Nicht!«, sagte Inge erneut. »Klaus hat den Spaten genommen. Er musste ja irgendwas mitnehmen, als er nach dem Rechten gesehen hat.«

Ich stolperte um die Ecke, blieb abrupt stehen, als dort jemand lag, blutüberströmt, daneben ein fleckiger Spaten. Klaus hatte dem Eindringling gehörig eins übergebraten.

»Zeltplatz 4«, hörte ich ihn jetzt gepresst ins Handy sprechen. »Polizei, Spurensicherung, Rettungswagen, wobei – für medizinische Versorgung ist es zu spät.«

Ich schaute auf den leblosen Manfred. Ihm war die Pistole aus der Hand gefallen, die Pistole mit dem Stoßdämpfer, die er bei der Steuerprüfung hatte mitgehen lassen. Die Pistole, die unsere gemeinsame Zukunftsplanung in Gang gesetzt hatte: die Steuerprüfung nutzen, den Zeltvorschlag konkretisieren, Hartmut ins Jenseits befördern.

Manfred hatte alles im Blick gehabt. Und der Plan war genial: Um diese Zeit war hier nichts los. Die Bedrohung durch den Clan so diffus wie real. Hartmut im Zelt ein hilfloses Opfer. Dass ein Nachbar sein Schnitzel nicht vertragen würde – wer hätte das ahnen können?

Nun lag Manfred da wie ein Stück Holz. Mit dem gemeinsamen Leben wurde es nichts. Mit der Beförderung auch nicht. Ja, für medizinische Versorgung war es zu spät.

* * *

Eike sah mich mitfühlend an. Er hatte angeboten, mich in der Trauer zu begleiten. Das hatte ich dankbar angenommen. Ich brauchte ihn jetzt. Seine strukturierte Art. Seine positive Grundeinstellung. Seine männliche Ausstrahlung.

»Nach einem traumatischen Vorfall ist alles anders«, erklärte er jetzt. »Nicht nur, dass der langjährige Lebenspartner fehlt, oft kommt man auch mit anderen Gegebenheiten nicht mehr zurecht. Zukunftspläne, die man geschmiedet hat, haben sich in Luft aufgelöst, Menschen, mit denen man vorher Zeit verbracht hat, zeigen sich plötzlich nicht mehr.«

Ich nickte zustimmend. Eike hatte so recht!

»Umso mehr möchte ich versuchen, mit Ihnen umzu-
denken, Alternativen zu sehen und neue Zukunftspers-
pektiven zu entwickeln.«

Eike brachte immer alles so gut auf den Punkt. Alternativen sehen, das war die Herausforderung! Und seit
den Therapiesitzungen hatte ich die Alternative buch-
stäblich vor Augen.

Eike sah mich aufmerksam an. »Ulrike, gibt es im Moment irgendetwas, worauf Sie sich freuen, wenn Sie
morgens die Augen aufmachen?«

Ich zögerte mit meiner Antwort, wollte nicht zu viel
riskieren.

Eike nahm das wahr. Natürlich nahm er das wahr. Er
war ein empathischer Mensch. Sanft beugte er sich jetzt
zu mir vor. »Möchten Sie mir sagen, was das ist?«

Ich sah auf das Flipchart. *Spontan sein!*, stand dort geschrieben, und: *Sich etwas trauen!*

»Unsere Therapiestunden«, brachte ich nun doch
mühsam heraus.

Eike schaute mich an, überrascht, aber nicht erschrocken. Dann griff er behutsam meine Hand. Ein warmes
Gefühl durchflutete mich, ein Gefühl, das ich von nun
an öfter spüren wollte.

»Wir schaffen das«, sagte Eike flüsternd.

»Ja, wir schaffen das«, gab ich ihm recht. Solche Wie-
derholungen fand Eike ja toll.

TATJANA KRUSE

mein freund, der wald

Man ist nie ganz allein. Niemals. Nirgendwo.

Und nein, ich meine das jetzt nicht religiös oder esoterisch oder konspirativ. Von wegen Schutzengel, höhere Mächte, Big Brother …

Nope.

Ich meine das rein biologisch. Alles lebt. Sogar Steine sind voller Mikroorganismen.

Aber von vorn: Mein Name ist Roland Schröder, ich bin 42 Jahre alt, und meine offizielle Berufsbezeichnung ist Förster. Wobei ich mich persönlich ja mehr als Ranger betrachte. Da steckt der Hauch von Abenteuer, der meiner Arbeit innewohnt, irgendwie schon im Wort mit drin.

Wo immer ich bin, aber vor allem im Wald, weiß ich mich von der Natur in all ihren Formen umgeben. Das geht bei Mikroorganismen los, weiter über die gesamte Flora und natürlich auch die kleinteilige Fauna wie Insekten und Bisamratten und Füchse und hört mit den richtig großen Kalibern wie beispielsweise Wildschweinen auf. Von denen wir hier im Wald deutlich zu viele haben. Und leider Gottes auch ein paar Exemplare, die sich wohl die afrikanische Schweinepest eingefangen haben. Weswegen ich jetzt vermehrt patrouilliere und überall Schilder aufstelle, dass man Wildschweinkadaver nicht berühren soll.

So wie der da vorn gerade.

»Aus!«, brülle ich reflexartig – und das so laut, dass Hasso, mein Rauhaardackel zusammenzuckt. Wobei ich natürlich nicht ihn gemeint habe – guter Hund –, sondern den Kerl oben ohne, nur in Cargohose und Hipster-Beanie-Mütze, der sich circa hundert Meter vor mir, abseits vom Weg, mit ausgestrecktem Arm über einen toten Keiler beugt. »He Sie! Nicht anfassen!«

Hasso schießt wie ein kleiner, schwarzer Blitz durchs Unterholz. Kurz vor dem Mann hält er inne und schaut zu mir. Ein Wort würde genügen, und dieser Idiot hätte ein dackelmaulgroßes Loch in der Wade.

Ich nähere mich, so schnell es geht, durch das Gestrüpp. Wir lassen den Wald hier noch Wald sein.

»Haben Sie die Warnschilder nicht gesehen? Der Keiler könnte die Schweinepest haben! Das ist hochinfektiös!« Oder er hat einfach nur was gefressen, was er nicht vertragen hat, denke ich, weil der Kadaver kein Blut an Haut oder Schnauze hat, sage es aber nicht.

Der Beanie-Boy sagt auch nichts. Er schaut nur pampig.

Jetzt, wo ich direkt vor ihm stehe, sehe ich über seine Schulter hinweg, drüben in der Lichtung, auch das Zwei-Mann-Zelt, aus dem er eben gekrochen sein muss. Er hat nämlich noch Schlafsackknautschfalten im Gesicht.

Versteht sich ja von selbst, dass Wildcampen hier in unserem Wald nicht erlaubt ist. Und in überhaupt gar keinem Wald erlaubt sein sollte. Ich zücke also Formblattvordruckblock und Stift.

»Zelten ist hier nicht erlaubt. Ich muss Sie leider verwarnen und mit einem Bußgeld belegen.«

Er bleibt maulfaul, verschränkt nur die Arme und starrt mich finster an. Der Typ hat echt was Ungutes an sich.

»Hallo-o!«, ruft es da aus Richtung Zelt. »Alles in Ordnung? Gibt's ein Problem?«

Die Stimme gehört zu einer sehr schlanken, sehr reizvollen, jungen Frau mit blonden Zöpfen. Sie trägt nichts weiter als Doc Martins, Jeansshorts und ein Tanktop, sichtlich ohne BH.

Weil ich nicht nur Ranger, sondern auch Mann bin, und weil sie eindeutig eine Frau ist und somit von Natur aus kommunikativer, beschließe ich, die Sache mit ihr zu regeln, und gehe in Richtung Zelt und Lichtung.

Hasso bleibt bei dem Beanie-Boy und knurrt. Wie ich schon sagte: guter Hund.

»Morgen«, sage ich beim Nähertreten. »Schröder. Ich bin hier der Förster.«

Sie pustet sich den etwas zu langen Pony aus dem Gesicht und strahlt mich an. »Guten Morgen! Ich bin die Mia. Mein Freund heißt Claas. Wie schön, dass Sie da sind. Wir wollten Sie ohnehin kontaktieren.«

So geht Kommunikation. Beanie-Boy, der immer noch bei dem toten Keiler steht, sollte sich von ihr mal eine Scheibe abschneiden.

»Ach ja?«, sage ich. »Was wollten Sie denn von mir?«

Sie stemmt sich die Hände auf die Hüften. »Heute Nacht war es hier richtig spooky. Jemand ist um unser Zelt herumgeschlichen.«

Ich zucke mit den Schultern. »Vermutlich war das der Keiler, der einen Platz zum Sterben suchte.«

Mia schüttelt den Kopf. »Nein, nein, das war definitiv ein Mensch.«

Hinter mir höre ich Schritte. Zwei- und vierbeinige.

»Hast du dir die Hundemarke von dem hier zeigen lassen?«, brummt Claas. Und meint damit anzunehmenderweise nicht meinen Berechtigungsschein zum Halten eines Dackels.

»Süßer, man sieht doch auf einen Blick, dass er echt ist.«

»Ihr Freund hat recht, wir hatten hier in den letzten Monaten leider einige unschöne Vorfälle. Da sollte man immer auf Nummer sicher gehen.« Da ich Beamter im gehobenen Dienst bin, habe ich natürlich einen Dienstausweis, den ich jetzt zücke.

Claas brummt etwas und schlappt dann am Zelt vorbei zur anderen Seite der Lichtung.

»Wo gehst du hin?«, ruft Mia ihm nach.

»Pieseln. Das wird ja wohl noch erlaubt sein, oder?«

Sie schaut mich entschuldigend an. »Ich habe ihm gesagt, dass wir nicht im Wald zelten sollten. Aber er meinte, das sei viel romantischer. Und das war es ja auch.« Sie guckt mich aus großen Augen an. Ich weiß natürlich, dass dieser Kleinmädchenblick reine Berechnung ist, aber das stört mich nicht. Mir geht etwas anderes durch den Kopf.

»Es war also seine Idee, im Wald zu zelten?« Ich schaue ihm nach.

Sie nickt. Hasso schubbert sich am Knöchel der süßen Blondine. Eigentlich nicht an ihrem Knöchel, mehr an ihren Stiefeln. Höher reicht er nicht.

Wen mein Hund mag, den mag ich auch.

»Wie lange kennen Sie sich schon?«, will ich von ihr wissen.

»Claas und ich? Noch nicht lange. Ein paar Wochen. Wieso?«

»Hm.« Ich schürze die Lippen.

Soll ich ihr sagen, dass im letzten halben Jahr fünf Leute hier im Wald ermordet wurden?

»Claas wie weiter?«, frage ich stattdessen.

»Oh bitte, wollen Sie uns wirklich verwarnen? Wir werden auch all unseren Müll wieder einsammeln. Ehrlich, die Natur liegt uns sehr am Herzen. So haben wir uns auch kennengelernt. Bei einer Fridays-for-Future-Demo.«

Ich sage nichts.

»Schmidt«, beantwortet sie jetzt zeitverzögert meine Frage. »Und ich heiße Walther. Mia Walther. Mit th.«

Ich notiere das in den Vordruck.

Jetzt schleicht sich doch der Hauch von Besorgnis in ihren Gesichtsausdruck. »Wenn Sie uns nicht angetroffen hätten, Sie hätten gar nicht bemerkt, dass wir da waren, ehrlich. Und das mit dem Wildschwein haben wir vorhin erst mitbekommen. Es ist nicht wegen uns tot.« Sie pustet wieder den Pony aus dem Gesicht. Schwerkraftbedingt fällt er ihr sofort wieder über die Augen. Pusten bringt da nichts, nur schneiden. »Sie werden uns doch nicht anzeigen oder so? Claas will Polizist im höheren Dienst werden. Er studiert im dualen System. Eine Anzeige wäre für seine Karriere bestimmt nicht gut.«

Mit dem Beanie-Boy habe ich kein Mitleid. Sowieso nicht, aber jetzt noch weniger. Er hätte es besser wissen müssen. Andererseits war ich auch mal jung und im Rausch der Hormone. Für eine romantische Nacht mit einer süßen Maus wie Mia hätte ich wohl auch mal fünf gerade sein lassen und den Verstand ausgeknipst.

Ich schaue zu Claas, der uns den Rücken zugekehrt hat. Er lehnt gegen eine Fichte mit deutlichem Borkenkäferbefall und strullert den Waldboden voll. Ein Idiot. Aber immerhin ein Idiot, der sich dem Dienst an der Gesellschaft verschreiben will. Folglich einer von den Guten. Nein, vor ihm muss Mia keine Angst haben.

Ich seufze.

»Ich glaube Ihnen ja, dass Sie hinter sich aufräumen wollten. Aber vom Müll und der Feuergefahr gerade jetzt im Sommer mal abgesehen …« Ich schaue zu ihrem Gaskocher. »… allein schon Ihre Anwesenheit bringt den Wald und seine Bewohner durcheinander. Und erzählen Sie mir nicht, dass Sie keinerlei Geräusche gemacht haben. Lärm stört Tiere, vor allem nachtaktive, in ihrem Jagdverhalten.«

Mia schaut schuldbewusst zu Boden.

Ich muss lächeln. Wie gesagt, ich war auch mal jung. Die beiden bieten außerdem eine Abwechslung zu meinem doch recht drögen Arbeitsalltag. Als Ranger streife ich nämlich nicht nur durchs Gelände und erlebe Abenteuerliches in Wald und Flur. Was ich als Bub immer gedacht und weswegen ich auch diesen Beruf ergriffen habe. Nein, im Gegenteil, die meiste Zeit verbringe ich am Schreibtisch mit Bürokratiekram: Holzpreise ausrechnen, Mitarbeiter koordinieren, Formulare ausfüllen. Und die wenigen Momente, in denen ich mit Hasso meine Runden drehe, zerreißt es mir angesichts von Schweinepest und Borkenkäfern jedes Mal das Herz. Ich will doch, dass es meinem Wald gut geht!

»Na, dann packen Sie mal zusammen.« Ich stecke den Block weg.

Mia strahlte mich an. »Echt? Oh danke, Sie sind der Beste!«

Sie umarmt mich und haucht einen Kuss auf meine Wange.

Hasso knurrt. Nicht, weil er eifersüchtig wäre, sondern weil Claas wieder zurück ist. »Was soll das denn werden?«, fragt er. Er fragt es muffig.

»Ranger Schröder lässt uns ohne Verwarnung davonkommen«, freut sich Mia.

Claas freut sich nicht. Er schaut auf meine Stiefel. »Sie waren es nicht. Ich habe die Fußabdrücke verglichen.«

»Ich war was nicht?«

Weil unser Tonfall aggressiv ist, mischt sich Mia mediatormäßig vermittelnd ein. »Das habe ich Ihnen doch erzählt. Heute Nacht ist hier jemand ums Zelt geschlichen. Ich hatte echt Angst, aber als Claas rausging, war niemand zu sehen.«

Ich nicke und schaue nachdenklich. »Hier im Wald treibt sich seit einiger Zeit nachts übles Gesocks herum. Sollten Sie mit Ihrer Freundin wieder einmal zelten wollen, dann am besten auf einem Campingplatz.«

Ich schaue Claas an, er schaut mich an. In seinem Blick steht eindeutig das Wort *Depp* zu lesen. In meinem vermutlich auch.

Trotz seiner albernen Beanie-Mütze hat dieser Claas etwas Bedrohliches an sich. Mia sieht wahrscheinlich nur den aufregenden *Bad Boy* in ihm, aber ich spüre, dass er unberechenbar ist und man sich vor ihm in Acht nehmen muss.

»Wir zelten nicht mehr wild im Wald, versprochen«, haucht Mia, diese Seele von einem Menschlein, und legt ihre Hand auf meinen Unterarm. »Danke noch mal. Sie sind echt ein Netter.«

»Schon gut«, sage ich, nicke ihr zu, wende mich noch mal mit hochgezogener Augenbraue Claas zu – nur damit er weiß, dass ich ihn im Auge behalten werde – und kehre dann, mit Hasso an meiner Seite, zu dem Wildschweinkadaver zurück, den ich so lange fotografiere, bis Mia und Claas nicht mehr zu mir schauen.

Der Keiler interessiert mich aber nicht, nur der Baum mit dem breiten Stamm direkt neben dem Keiler, hinter dem ich mich gleich darauf unsichtbar mache.

Hasso legt sich ab und hechelt. Er weiß aus Erfahrung, dass das jetzt dauern kann.

Ich ziehe meine Vario 5V mit flexiblem Tele-Injektionsapplikator aus meiner Multifunktionsjacke. Ohne Schaft nicht viel größer als eine Pistole. Natürlich hätte ich mit Schaft mehr Stabilität beim Anvisieren und Applizieren der Betäubungspfeile, aber aus so geringer Entfernung geht es auch locker aus der Hüfte.

Mittlerweile bauen Claas und Mia ihr Zelt ab. Immer wieder halten sie inne und küssen sich. Ihre Körpersprache ist eindeutig. Die sind mit sich beschäftigt.

Ich werde noch warten, bis sie fertig gepackt haben. Sonst muss ich das nämlich machen. Das wäre ja dämlich.

Um Claas ist es nicht schade: Die Fußabdrücke hat er verglichen, gar nicht dumm, aber der Gedanke, dass ich meine Stiefel gewechselt haben könnte, kam ihm nicht? Anfänger!

Um Mia tut es mir schon ein bisschen leid. Aber ganz ehrlich: Wer Rücksicht auf die Natur nur fordert, aber selbst nicht gewissenhaft umsetzt, der muss eben damit leben, dass er schneller als gedacht wieder eins mit der Natur wird. Erst kommt der Wald, dann kommt der Mensch!

Ich werde das Zeugs der beiden – wie das all der anderen – an der ehemaligen Köhlerstelle verbrennen und ihre Körper den Wildschweinen zum Fraß überlassen. Eventuelle Reste vergrabe ich. Ja, das alles ist aufwendig und macht Mühe, aber das ist es mir wert.

Im.

Wald.

Wird.

Nicht.

Gezeltet!!

ANDREAS J. SCHULTE

frankreich sehen ... und sterben

Das Licht ist anders. Weich, umschmeichelnd, mit einem Hauch von Grün hier unter den Bäumen. Der Schatten macht die Hitze erträglich. Schon vorne an der Rezeption auf dem hellen Kiesplatz steht die Hitze wie eine Wand. Bei Bea aber weht ein sanfter Wind vom Dordogne-Tal herauf. Es ist schattig und himmlisch ...

»Ja, ja, jaaaa. Auooohhh!«

Der Schrei geht durch Mark und Bein. Vor allem der Schluss mit der Mischung aus brünstigem Elch und liebestollem Kojoten.

Bea verzieht genervt das Gesicht. Das Gefühl von Erholung verabschiedet sich bei dem zweiten, noch lauteren »Auooooh, ja, oh, Hooossaa!«.

»Alles in Ordnung, mein Schatz?« Karsten kommt aus dem Vorzelt, zwei Becher Kaffee in der Hand. Er hat wohl ihr Gesicht gesehen.

Sie deutet stumm zum Nachbargrundstück und zu dem roten Wohnmobil.

»Oh, echt, schon wieder? Mitten am Nachmittag? Meine Herren!«

Leider klingt in der Stimme ihres Göttergatten bei dem »Meine Herren« so was wie Bewunderung mit.

»Karsten, das ist nicht mehr witzig. Wie sollen wir das den Zwillingen erklären? Dass unser Nachbar auf dem besten Weg ist, sich ins Guinnessbuch der Rekorde zu rammeln?«

»Ach, komm Bea, gönn ihm den Spaß.«

Karsten guckt sie dabei mit diesem Blick an, den er eigentlich erst viel später am Abend bekommt, und zwar, wenn die Zwillinge längst schlafen und auch nicht jeden Abend, um das mal gleich klarzustellen.

»Komm bloß nicht auf blöde Ideen. Wir haben gerade mal drei Uhr nachmittags, und du hast versprochen, mit den Jungen schwimmen zu gehen, wenn sie wieder wach sind. Was übrigens bei dem Gestöhne und Gejaule jeden Moment der Fall sein dürfte.«

»Einen Versuch war es wert. Du siehst in dem Bikini echt sexy aus.«

Karsten lächelt sie an. Ein Lächeln mit einem ordentlichen Schuss Begehren.

Zugegeben, sie ist froh, dass sie mit konsequentem Training ihre alte Figur wiedergekriegt hat, da darf ihr Mann ruhig mal Komplimente machen. Karsten verschwindet im Vorzelt, um im Wohnwagen nach den Jungen zu sehen, und Bea schließt die Augen.

Dieser Frankreichurlaub könnte eigentlich wirklich nett sein. Nett und erholsam. Aber dagegen sprechen leider drei Punkte.

1. Mario der Rammler. Ihr Nachbar, der selten mehr trägt als Badeschlappen, Shorts und ein offenes Hemd, damit auch jeder seine behaarte Brust und das Goldkettchen würdigen kann. Seit seiner Ankunft vor drei Tagen zeigt er eine bemerkenswerte Ausdauer. Bea hat echt nichts gegen Sex am Nachmittag, aber diese unwürdigen Schreie und dieses Gejaule sind unerträglich.

2. Otto Alsdorf-Söllen. Ehemaliger Finanzbeamter im Ruhestand und so etwas wie ein Dauercamper hier auf dem Campingplatz oberhalb von Saint-Cyprien. Blockwart ist wohl der bessere Begriff für diesen alten Nörgler. Alsdorf-Söllen hat schon zwei Mal die Zwillinge ermahnt, nicht zu rennen. Ein Pärchen, dessen Zeltleinen dreißig Zentimeter auf seine Parzelle ragten, hat er ge-

zwungen, das Zelt abzubauen und umzuziehen. Ein Ehepaar aus Köln hat er bei der Platzleitung verpetzt, weil die den Grill angeworfen hatten und Rauch in seine Richtung gezogen war. Rund um seinen Wohnwagen lebt eine ganze Heerschar von Gartenzwergen. Spießige Schrebergartenatmosphäre mitten im Périgord.

3. Last but noch least: Claas der Rotzer. Eine holländische Frohnatur, die auf dem Weg zu den Toiletten immer an ihrem Wohnwagen vorbeigeht und geräuschvoll das ausspuckt, was sie so in den Nebenhöhlen gefunden hat. Beim ersten Mal dachte Bea noch, sie sehe und höre nicht richtig. Bei zweiten Mal hielt sie es für einen dummen Zufall. Jetzt, nach einer Woche, darf man wohl getrost von einer Regel ausgehen. Claas van Dremmel mag Deutsche offenbar nicht, oder er hat ein Nebenhöhlenproblem, das sich ausgerechnet vor ihrem Wohnwagen manifestiert. Egal – bei dem Gerotze wird ihr ganz schlecht. Man traut sich ja schon gar nicht mehr, barfuß über die Wiese zu laufen.

»Mama, heute lernen wir Kopfsprung!« Nils kommt mit einer riesigen neongrünen Schwimmnudel aus dem Vorzelt gerannt und reißt sie aus dem Grübeln.

»Ich kann ihn schon fast.« Lasse, der hinter Nils nur eine Sekunde später aus dem Zelt stürmt, versucht immer, seinen Bruder zu übertrumpfen, und manchmal klappt das auch. Sie schaut ihre beiden fast Fünfjährigen an. Was sehen sie glücklich aus. Ja, der Urlaub ist genau das Richtige für sie. Der Campingplatz, die Freiheit und der große Pool. Nur Mario, Otto und Claas trüben das Bild.

»Na dann, viel Spaß, ihr beiden.«

»Tschüss, Mama.«

Die beiden sprinten los. Karsten beeilt sich, Nils und Lasse einzuholen, und wirft ihr eine schnelle Kusshand zu.

»Wenn ihr wiederkommt, gibt es Eis und Kuchen«, ruft Bea den Dreien hinterher.

Himmlisch, noch eine Stunde Ruhe. Ganz für sie allein. Kostbar wie Gold.

»Ja, jaa, jaaa. Auoohhh!«

Das darf doch nicht wahr sein.

Bea steht auf, geht zum roten Wohnmobil und schlägt mit der flachen Hand gegen die Tür. Es dauert ein paar Minuten, bis sie sich öffnet. Mario, der Rammler, mit einem Badehandtuch um die Hüften, das leider keine Fragen offenlässt.

»Wat denn?«

»Es ist drei Uhr nachmittags, ich versuche mich ein wenig auszuruhen, könnten Sie wohl bitte aufhören, den Platz zusammenzujaulen?«

»Ja, Süße, bisse neidisch? Ich mein, bei der Figur musse doch nicht alleine bleiben, wennze verstehs, wat ich mein.«

Mario kommt aus Dortmund, wenn man dem Nummernschild des Wohnmobils glauben darf. Und er ist offenbar mit einem überbordenden Selbstbewusstsein gesegnet. Unter seinen gierigen Blicken kommt sie sich plötzlich unangemessen leicht bekleidet vor.

»Hören Sie, versuchen Sie doch einfach mal, ein wenig leiser zu sein. Das ist ein Familienplatz. Ich habe keine Lust, meinen Söhnen zu erklären, warum Sie die ganze Zeit herumschreien.«

»Meinste nich', dat dat auch noch andere Gründe haben kann? Neidisch ... ich mein wennze mal 'nen richtigen Mann brauchs, Zuckerschnecke.« Mario zwinkert ihr zu und grinst sie lüstern an.

Jetzt reicht es aber.

»Noch ein Wort und es wird Ihnen sehr, sehr leidtun«, zischt Bea.

»Nicht so leid wie dir, wennze weißt, wat ein ordentlicher Dreier ... oder ich mach hier rasch fettich und komm dich dann mal besuchen, die Mandy ist mit so wat ganz offen.«

Bea dreht sich wortlos um und geht zurück zu ihrem Liegestuhl. In ihr brodelt es. Dieser widerliche Kerl! Bei seinem Blick gerade hat sie eine Gänsehaut bekommen.

Hinter ihr ertönt ein schnaufendes Nasehochziehen, ein gurgelndes Rotzsammeln. Als Ergebnis der Bemühung landet nur einen halben Meter neben ihrem Fuß ein widerlicher Schleimpfropfen im Gras. Sie wirbelt herum. Claas grinst sie an. Und geht wortlos weiter.

»Ihre Jungen sind schon wieder zwischen den Zelten herumgerannt. Ich habe bei der Platzleitung Beschwerde eingereicht.« Links von ihr taucht Otto Alsdorf-Söllen auf und weist mit ausgestrecktem Zeigefinger anklagend in ihre Richtung.

»Das sind Kinder, Herr Alsdorf-Söllen. Und das hier ist ein Familienplatz. Familie, verstehen Sie? Da darf auch mal gerannt werden.«

»Nicht, wenn Ihre Gören dabei meine Zwerge umwerfen. Das sind hochwertige Keramikzwerge, und das ist meine Parzelle. Da habe ich Hausrecht. Sie werden noch von meinem Anwalt hören.«

Alsdorf-Söllen dreht sich um, er hat alles gesagt, was er sagen wollte. Antwort nicht erwünscht.

Bea sinkt zurück in ihren Liegestuhl.

Genug ist genug. Das Maß ist endgültig voll. Verdammt noch eins, sie will sich doch nur ein bisschen entspannen!

Seit der Geburt der Zwillinge hat sie ihre Arbeitszeiten deutlich zurückgefahren. Als Freiberuflerin muss sie ja auch nicht jeden Job annehmen. Karsten glaubt, sie sei eine freie PR-Beraterin. Und in dem Glauben wird sie ihn auch lassen, bis sie ihre wirkliche Arbeit endgültig an den Nagel hängen wird. Seit mehr als zehn Jahren wird Beatrix Merschheim in einschlägigen Fachkreisen die »schwarze Bea« genannt. Sie ist eine von Europas führenden Auftragsmörderinnen.

Und man muss es mal so sehen: Wenn sie sich im Urlaub nicht entspannen kann, kann sie ebenso gut arbeiten.

Eine Stunde später kommen ihre drei Männer zurück. Nils und Lasse wollen am liebsten gleich zurück in den Pool, und Karsten hat eigentlich auch nichts dagegen. Nur die Aussicht auf Kuchen und Eis hat die drei kurz zurück an den heimischen Campingtisch getrieben.

Ein weiterer Poolbesuch passt Bea jetzt ganz gut.

»Geht ihr ruhig schwimmen, ich muss noch in Saint-Cyprien ein paar Kleinigkeiten fürs Abendessen einkaufen.«

»Aber Liebling, wollen wir das nicht zusammen machen?« Karsten schaut richtig besorgt aus, weil er Spaß haben kann und sie losfahren muss.

»Keine Sorge, es wird nicht lange dauern, und mir macht das heute wirklich nichts aus«, beruhigt sie ihn.

Eine Viertelstunde später sind die drei wieder in Richtung Pool und Spielplatz unterwegs, und sie zieht sich rasch Shorts und eine luftige Bluse über.

Bei ihrer Arbeit – und das findet sie besonders schön – steht ja immer der einzelne Mensch im Mittelpunkt. Und zwar nicht nur, wenn sie mit ihrem Scharfschützengewehr arbeitet. Jetzt, in den Ferien ist sie natürlich unbewaffnet. Wie gerne würde sie Mario, Otto oder Claas im Fadenkreuz ihres Visiers sehen. Aber wie hätte sie ihrer Familie erklären sollen, warum sich im Kombi zwischen dem Urlaubsgepäck auch ein großer Waffenkoffer befindet? Nein, jetzt heißt es improvisieren. Und diese Fähigkeit ist das, was ihre Auftraggeber an ihr besonders schätzen. Ein großes Maß an Kreativität und Improvisationstalent.

Schon während sie die kurvenreiche Straße ins Flusstal hinunterfährt, wägt sie die ersten Möglichkeiten ab. Vorne am Eingang zum Campingplatz wachsen rechts und links von der Einfahrt ein paar Thujas – perfekt! Im Kopf setzt sie schon einmal eine große Portion Frischkäse und Baguette auf die Einkaufsliste. Was noch? Dieser Claas sorgt nicht nur dafür, dass seine Nebenhöhlen regelmäßig belüftet werden, er duscht auch zweimal am Tag. Daraus lässt sich doch was machen. Gut, dass es neben dem Supermarkt im Ort auch einen kleinen Baumarkt und einen Elektroladen mit Haushaltsgeräten gibt. Jetzt, wo sie sich entschieden hat zu arbeiten, fühlt sie sich regelrecht beschwingt.

Als sie mit federnden Schritten zum Baumarkt geht, pfeift ihr ein junger Franzose hinterher. Wäre normalerweise nicht ihr Ding. Aber heute wirft sie ihm lächelnd eine Kusshand zu und registriert amüsiert, dass er doch tatsächlich vor Verlegenheit rot wird. Tja, damit hat er wohl nicht gerechnet. Sie ist eben in Hochstimmung, es geht doch nichts über ein paar sorgfältig geplante Morde. Ja, Frankreich sehen und sterben. Gab es da nicht mal so ein Sprichwort? Wenn nicht, dann ist es jedenfalls trotzdem sehr treffend.

Eine halbe Stunde später hat sie alles zusammen. Auf der Rückfahrt läuft »Je veux« von der unvergleichlichen Zaz im Radio. Sie dreht die Lautstärke rauf, die Fenster runter und singt laut mit.

Mit einem Tablett in der Hand klopft sie eine Stunde später an die Tür des roten Wohnmobils. Karsten und die Jungen sind immer noch am Pool, gut so, da hat sie freie Bahn.

Ihr Klopfen ist diesmal dezent und höflich, kein empörtes Hämmern mit der flachen Hand.

Offenbar hat sich Mario genug verausgabt, und er hat auch schon Zeit gefunden, Shorts anzuziehen, dazu ein offenes kurzärmeliges Hawaiihemd. Wahrscheinlich gilt das nach seinen Maßstäben als voll bekleidet und gesellschaftsfähig. Wobei das grellbunte Muster des Hemds bei längerer Betrachtung schwere Netzhautschäden verursachen könnte. Aber jeder Jeck ist anders und schlechter Geschmack leider nicht strafbar.

»Ja, hi. Ich bin's noch mal. Ich wollte mich nur entschuldigen«, flötet sie und schenkt dem verdutzten Mario noch ein bisschen Wimpernklimpern als Zugabe. Auf ihrem Tablett stehen drei Gläser Rotwein und ein paar liebevoll arrangierte Baguettescheiben mit Kräuterfrischkäse.

»Mensch, dat is' abba nett. Leider is' die Mandy ja noch am Pool. Wollt ich auch gleich hin.«

»Aber Zeit für ein Versöhnungsschlückchen bleibt doch noch – oder?«, säuselt Bea.

»Nee, klar, so viel Zeit muss sein, wa?«

Mario lässt sich in einen Campingstuhl sinken, schnappt sich ein Glas Rotwein und stürzt es auf ex hinunter. Zeit zum Anstoßen wird auch überbewertet. Sie lächelt noch einmal charmant und bietet ihm den Teller mit den Broten an.

»Bitte schön, auf gute Nachbarschaft.«

»Is' dat mit Knofel? Weil die Mandy steht nich' so auf den Geruch.«

»Aber nein, das ist französischer Frischkäse und«, sie zeigt auf die kleine Frischhaltedose, »hier habe ich noch eine spezielle Kräutermischung, auf die mancher Franzose geradezu schwört, manche Französinnen übrigens auch.« Sie zwinkert Mario zu, während sie mit leichter Hand ihre Kräutermischung über die ersten Brote streut. Mario braucht zwei Sekunden, bevor er begreift.

»Ja, wenn dat so is. Dat gibt also ordentlich Tinte auf'n Füller. Geil!«

Eine Scheibe, zwei, drei – Mario inhaliert praktisch die Brote.

»Willste denn nich auma zugreifen?«

»Doch, sehr gern sogar, man weiß ja nie, wozu es gut ist.« Ihre Stimme hat so einen Hauch Verruchtheit. Sie öffnet die beiden obersten Knöpfe ihrer Bluse. Der liebe Mario kriegt fast Stielaugen. Vor lauter Schnappatmung bei der Aussicht auf das kommende Vergnügen entgeht ihm, dass auf ihrem Frischkäse gar keine Kräutermischung gelandet ist. Glücklich stürzt er auch noch das zweite Glas Wein hinunter, bevor er sich hochstemmt. »Tja, schade, ich würd' ja gern … abba is' ja nur aufgeschoben, ne.«

Sie steht ebenfalls auf, nimmt ihr Tablett mit dem jetzt leeren Teller und die Gläser.

»Ach, wer weiß, was die Sommernacht noch bringt.« Neues Wimpernklimpern und Abgang.

»Abba holla, ich sach nur: Hossa!«

Ja, hossa. Sie rechnet damit, dass Mario es noch bis zum Pool schafft und dass er schwimmen gehen wird. Wie lange er allerdings schwimmen kann? Tja, Thujon ist ein starkes Nervengift. Sieht man den Zweigspitzen einer Thuja gar nicht an, die duften sogar nach reifem Apfel. Probiert hat sie die noch nicht, Mario schon. Die Lähmung des zentralen Nervensystems kann ja gerade beim Schwimmen ganz üble Folgen haben.

Sie schlendert zu ihrem Wohnwagen zurück, spült die Gläser, entsorgt die Reste der *Kräutermischung*. Mit ein bisschen Glück bleibt ihr noch Zeit für Claas, bevor der Rest der Familie auftaucht. Und wie auf Kommando erscheint ihr stets rotzender Freund. Vorbeigehen, stehen bleiben, Nebenhöhle befreien, und weiter geht's zu den Duschen. Die haben leider die Angewohnheit, dass das Wasser nicht richtig abfließt. Spätestens nach einer Minute steht man in der eigenen Duschbrühe. Optimale Voraussetzung für Beas geplanten *Unfall*. Schön, dass es hier Unisex-Duschen gibt, da fällt nicht auf, wenn man sich als Frau bei den Herren herumdrückt.

Vor ihrer Abfahrt hat sie einen kurzen Blick in den Schrank mit den Sicherungen für das Sanitärgebäude geworfen. Fahrlässig, ganz fahrlässig. Also, in Deutschland würde bei dem Zustand jeden Elektriker der Schlag treffen. Hier dagegen wird der Schlag nur Claas treffen. Die Sicherung der Steckdosen hat sie mit einem Streichholz festgeklemmt. In Frankreich sieht man anscheinend schon mal über so kleine Stromsünden wie einen fehlenden Schutzschalter hinweg.

Um diese Zeit hat Claas noch die volle Auswahl, was die Duschen betrifft. Der große Andrang kommt erst, wenn die Pool-Gäste in Richtung Grill und gekühltem Pils zurückeilen. Claas summt fröhlich in seiner Dusche. Bea nimmt ihren neu gekauften Billigföhn, schließt das Verlängerungskabel an und schaltet den Föhn ein. Ein Blick nach links und rechts – nö, niemand da, sie hat freie Bahn.

Wie hat damals Klaus Lage immer gesungen: *Tausendmal berührt, tausendmal ist nichts passiert und es hat Zoom gemacht.*

Mit einem gekonnten Wurf aus dem Handgelenk wirft sie den Föhn durch den mehr als dreißig Zentimeter breiten Spalt unter der Tür in die Dusche.

Und es hat Zoom gemacht.

Auf dem Rückweg zum Wohnwagen macht sie noch kurz Halt am Sicherungskasten und entfernt das Streichholz. Ein bedauerlicher Unfall mehr in der Statistik der Leichtsinnigen.

Für Otto hat sie sich etwas Besonderes einfallen lassen. Otto ist CB-Funker, und neben seinem Wohnwagen ragt eine hohe dünne Antenne in die Luft. Im Vorzelt von Otto steht eine Metallgartenbank.

Ist es nicht herrlich, wenn das Leben einem solche Steilvorlagen bietet?

Aus dem Auto holt sie das im Baumarkt gekaufte Stromkabel, entfernt an beiden Enden die Isolierung und schaut dann bei Otto dem Nörgler vorbei. Um diese Uhrzeit ist Happy Hour in der Bar neben der Rezeption. Alle Drinks zum halben Preis. So was lässt sich ein Sparfuchs wie Otto natürlich nicht entgehen. Schnell verbindet sie ihr Stromkabel mit der Antenne und führt es unter der Vorzeltplane hindurch zur Gartenbank.

Das Kabel ist gut versteckt, und wenn man dem Wetterbericht Glauben schenken darf, wird es in den nächsten Tagen immer wieder Wärmegewitter geben. Einfach mal ein, zwei Tage abwarten, sonst muss sie sich für Otto noch was anderes überlegen. Schön, wenn man einen Beruf hat, der gleichzeitig auch Berufung ist.

»Du glaubst nicht, was das für eine Aufregung gab. Es ist doch immer das Gleiche. Da braten die Kerle erst in der Sonne und dann ab ins kalte Wasser. Wahrscheinlich ein Herzschlag und zack.« Karsten schüttelt missbilligend den Kopf. »Natürlich haben die dann den Pool gesperrt. Zum Glück haben die Zwillinge nichts mitbekommen. Morgen könnten wir uns die Burg Castelnaud ansehen, die Jungen werden die Ritterburg lieben.«

Bea hört sich den Bericht ihres Ehemannes an und nickt zustimmend, was den Burgbesuch betrifft. Die Zwillinge liegen längst im Bett und träumen von einem weiteren Tag unter der französischen Sonne.

»Auf dem Rückweg hat mir ein Engländer erzählt, dass man diesen ekeligen Holländer in der Dusche gefunden hat. Der Idiot hat doch wirklich einen Föhn dabeigehabt. Sachen gibt es.«

Ein lautes Donnergrollen unterbricht Karsten. »Oh, das klingt aber schon ganz nah.«

»Ist doch schön, so ein Gewitter, das bringt ein bisschen Abkühlung«, erklärt sie und hält Karsten ihr Glas hin. »Komm, schenk noch mal nach.«

Als die ersten Blitze vom Himmel zucken, lehnt sie sich zurück und genießt den Blick aus dem Vorzelt auf das ganze Naturschauspiel. Donnerschläge, Blitze, Platzregen.

»Hoppla, der war aber ganz, ganz nah«, sagt Karsten und zuckt bei einem Blitz erschrocken zusammen. Stimmt, der war sehr nah.

Und es hat Zoom gemacht, denkt sie und prostet Karsten zu.

»Trinken wir auf einen wundervollen Urlaub voller Ruhe und Entspannung.«

SANDRA LÜPKES

blinkendes herz

Mach dat rote Licht aus, verdammtnochma!«
Ulli Schnarkenhorst hat eine Stimme wie ein Laubgebläse: laut, nervtötend und immer dann zu hören, wenn man seine Ruhe haben will. Roxanne steckt die Stöpsel ins Ohr und macht die Musik an: »... *you don't have to sell your body to the night ...*«

Das rote Licht bleibt an! Schließlich hat sie die höchstrichterliche Erlaubnis, dass ihr Herz an der Außenseite des Wohnmobils so viel blinken darf, wie es will. Wie sonst sollen die Kunden von der Bundesstraße aus erkennen, welche Dienstleistung links hinter Ulli Schnarkenshorsts scheißakkurater Zypressenhecke angeboten wird? Wie gesagt: Das hat Roxanne schriftlich mit Brief und Siegel. Soll der alte Nervsack da draußen mal schön den Rand halten. Ausgerechnet der!

Roxanne linst durch die pinkfarbene Jalousie: Er steht noch immer da! Inzwischen hat sich Jutta Pommel-Rosenschmied neben ihm postiert, die Fäuste in die speckigen Hüften gestemmt.

Wegen der Musik aus ihren Ohrstöpseln hört Roxanne das Geläster nicht, aber sie ahnt jedes einzelne Wort: »Ulli, haste dat Kleid gesehn, das wo die heute anhat? So 'n Fummel, da ist an meinem Wischmopp mehr Stoff dran, aber Hallo!«

Roxanne summt mit und überlegt für einen Augenblick, vor der Meute blank zu ziehen: »... *you don't have to wear that dress tonight ...*« Jalousie hoch, Kleid hoch, Blutdruck hoch! Amüsante Vorstellung.

Seit Wochen jeden Abend dasselbe Theater: Der ganze Kleingartenverein »Fuchs & Hase« versammelt sich und macht Krawall. Ulli Schnarkenhorst – den Roxanne eigentlich noch aus ihrer Zeit im Casanova kennt –, Jutta Pommel-Rosenschmied – deren Mann sich überhaupt nicht für Gartenarbeit interessiert, trotzdem beim Sex gern Gummistiefel trägt – und die anderen Moralheinis.

Roxannes rot lackierte Fingernägel klackern den Takt auf die Lackstiefel. »*You don't care if it's wrong or if it's right* ...« Schöner Song! Durch alle Instanzen haben sich die da draußen geklagt, ohne Roxanne und ihr Wohnmobil auch nur einen Millimeter vom Grundstück neben den Schrebergärten zu bewegen.

Trotzdem wollen die es einfach nicht kapieren. Dieses stundenlange Rudelmeckern vor ihrer Tür raubt ihr den letzten Nerv. Außerdem: Kein Freier traut sich mehr zu kommen. Schöne Scheiße. Da sind nämlich noch ganz fette rote Zahlen auf ihrem Konto, bis das Wohnmobil abbezahlt ist. Wie soll das gehen, wenn die Kunden wegen dem Kleingärtnermisthaufen vor ihrer Tür ausbleiben?

Okay. Dann soll es so sein. Roxanne zieht die Handschuhe an, rückt den schweren Metallbehälter aus dem Küchenschränkchen und dreht den Hahn auf. Dann nimmt sie die Heckenschere und durchtrennt den Schlauch. Als sie die Ohrenstöpsel kurz herausnimmt, hört sie mit leisem Pffff das Gas entweichen. Noch bleibt Zeit. Sie zieht die Strapse nach oben und zurrt die Halter fest, danach schnürt sie das Mieder. Routine. Den Pelzmantel muss sie zurücklassen, leider. Aber wenn sie vollständig bekleidet die Flucht ergreift, glaubt ihr die Polizei hinterher kein Sterbenswörtchen. Sie wird den Nerz einfach auf die Liste setzen, die sie später der Versicherung vorlegt, fertig.

Draußen jammert Jutta Pommel-Rosenschmied gerade, dass man ihr die Heckenschere geklaut hat. Einfach so aus dem neuen Gartenhäuschen. Frechheit, wer macht denn so was?

Roxanne lächelt, während sie sich die Lippen nachzieht. »... *I know my mind is made up, so put away your make-up* ...« Dann schiebt sie sich nach vorn auf den Beifahrersitz und wartet ab. Sie meint mittlerweile das Gas riechen zu können. Es ist schwer und sammelt sich am Boden. Der Schalter, mit dem sie seit Jahren ihr rotes Herz vom Wageninnern aus zum Blinken bringt, hat schon lange diese Macke, Funken zu schlagen. Er hängt nur ein paar Handbreit über dem Boden.

Es ist höchste Zeit. Sie klettert aus dem Wagen und rennt in den Wald. Bloß weit genug weg!

»... *Told you once I would tell you again it's a bad way* ...«

Von Weitem sieht sie die Kleingärtner da stehen, ganz nah bei ihrem Wohnmobil. Sie schimpfen und sie gestikulieren wie beim Heimattheater. An, aus, an, aus, an, aus. Das blinkende Herz färbt ihre wütenden Visagen im Sekundentakt rot. An, aus, an, aus, an, aus.

»*Roxanne, you don't have to put on the red lights. Those days are over* ...«

Der Knall übertönt den Rest des Songs.

ARNOLD KÜSTERS

kann mal jemand fisch?

Nur wir beide. Du und ich ...-«

»Hör endlich auf damit.«

»Schatz, das war doch megaschön. Erinnerst du dich? Die Sonne geht auf. Vor uns nur der Horizont. Unter uns die See.« Sein ausgestreckter Arm zeichnete das imaginäre Panorama gegenüber auf die gekachelte Wand der Fleischabteilung.

»Du kannst noch so lange reden, aber meine Antwort ist: Nein.«

»Och, das war so unbeschreiblich romantisch, eine wunderbare Zeit. Bitte, Gerda, ich möchte das noch einmal erleben.«

Erwin ließ nicht locker. Und das ausgerechnet an einem Freitag beim Wochenendeinkauf an der Frischetheke des Supermarktes. Lange Schlange: Einkaufswagen, hustende Rentner, Mutter mit plärrendem Kind, Handwerker in der Mittagspause. Und er hatte nichts besseres zu tun, als mich zu nerven.

Der wachsende Pulk gestresster Kunden und eine Verkäuferin waren schuld gewesen, dass mein Mann wie aus dem Nichts seine romantische Ader wiederentdeckt hatte. Quer über die gesamte Theke hatte die etwas überfordert wirkende Dame ihren Kolleginnen lautstark die Frage zugeworfen: »Kann mal einer Fisch?«

Erwin hob eine Augenbraue und sah mich an. »Jau, Fisch am Hafen kaufen, frischer geht's doch nicht. Eine Flasche Roten, Brot dazu. Mehr brauchen wir nicht. Wir sitzen vor dem Zelt und sehen zu, wie die Sonne langsam im Meer versinkt.« Und dann begann er tatsächlich das Lied von den Caprifischern zu summen. Wie gesagt, an einem Freitag vor der Supermarkttheke.

»Du hast sie ja nicht mehr alle.«

»Das wird ein Erlebnis. Ganz bestimmt.«

Na ja, dachte ich dann und sah dabei einem der Handwerker neben mir in der Schlange tief in die Augen, warum nicht? Er würde sein Erlebnis bekommen. Ich hatte es mir zwar anders vorgestellt. Aber sein Schicksal kann man sich nicht aussuchen. Da ist die Gabe des Improvisierens gefragt.

Noch am gleichen Abend verschwand Erwin in den Keller. Er hat dort so lange gekramt, bis er den Campingtisch, die Klappsessel mit dem gestreiften Bezug, die Kühlbox und den Gaskocher gefunden hatte. Stolz und aufgeregt hatte er dann die Fundstücke in der Garage aufgebaut und mir wie wertvolle Antiquitäten präsentiert. Und ich hatte gedacht, das ganze Zeug wäre längst entsorgt, zusammen mit dem angegammelten Zelt und den Luftmatratzen, die penetrant nach Fahrradschlauch rochen, vor allem, wenn es draußen warm war.

Sein Arbeitskollege habe noch ein Steilwandzelt, er habe ihn bereits angerufen, das könnten wir sogar geschenkt haben. Es sei alles noch da: Innenzelt, Heringe, Leinen zum Abspannen … mit treuem Hundeblick hatte Erwin mich bei der Aufzählung aufmerksam beobachtet. Als habe er brav apportiert und warte nun auf das verdiente Leckerchen seines Frauchens.

Stehen Sie auf solche Männerblicke? Ja? Ich nicht.

Und als sei es ein Wink des Schicksals, wurden im Prospekt, der der Sonntagszeitung beilag, ausgerechnet Luftmatratzen und andere nützliche Dinge für den stylisch angesagten Zelturlaub angeboten: Campingklo, das praktische Kochset, Strohmatten fürs Vorzelt … so'n Zeugs.

Ich meine, da kann man ja nicht anders. Das sehen Sie doch aus so, oder? Ich meine, so eine Steilvorlage …

Mir war der Ort im Grunde genommen ja schnuppe, aber Erwin wollte unbedingt auf die *Insel*, wie er es nannte. Cornwall. Na gut, habe ich bei mir gedacht, dann ist wenigstens die Gegend schön. Rosamunde Pilcher. Sie wissen schon: diese prächtig grüne Landschaft, blaues Meer, noble Landhäuser, Linksverkehr.

Und nun saßen wir tatsächlich vor dem etwas stockfleckigen, ein wenig müffeligen Zelt des Arbeitskollegen und schauten auf die weite Bucht und die See hinaus. Auf einem Campingplatz nahe Cadgwith. Das ist so ziemlich am Ende von Cornwall. Und hier sollte auch sein Ende sein. Erwins Ende.

Die Frage war nur, wann und wo? Ich hatte eine ganze Reihe von Möglichkeiten überdacht. Es gibt in Cadgwith einen Ort, der perfekt passte. Die Einheimischen nennen ihn *the devil's frying pan* – des Teufels Bratpfanne. Wie pittoresk. Dort schäumt und brodelt das Wasser tatsächlich wie in einer Pfanne. Dabei handelt es sich lediglich um eine geologische Besonderheit. Vor Urzeiten ist die Decke einer Höhle eingestürzt und hat einen runden Krater hinterlassen. Und in den strömt das Wasser durch den ehemaligen Höhleneingang. Er sieht aus wie ein Torbogen. Großartig, hatte ich bei diesem Anblick gedacht. Die Pfanne schrie förmlich danach, Tatort zu sein. Die Klippen fallen steil ab. Ich kann schlecht schätzen, aber ich denke, die Fallhöhe beträgt gut vierzig Meter.

Überhaupt, diese Höhlen. Es gibt ungezählt viele davon an Cornwalls Küste. Dunkle Schlünde. Über die Jahrtausende von der Wucht der tosenden See in den Fels der Steilküste gefressen.

Somit perfekte Verstecke für die Piraten. Von einigen sollen Gänge bis weit ins Land hineinführen. Leider sind sie nur vom Meer aus zu erreichen.

Wie sollte ich Erwin dorthin schaffen? Ein Boot mieten? Ich kann mich ja kaum in einem Kahn auf einem Weiher aufrecht halten. Nein. Das musste ich ausschließen. Ich konnte ja auch keinen Fischer bitten, uns hinauszufahren, um dann Erwin in einer der Höhlen seinem Schicksal zu überlassen. Er konnte zwar nicht schwimmen, und die Höhlen laufen bei Flut voll – wäre passend gewesen. Nur, wie sollte ich das dem gutherzigen Mann erklären, der uns hinausgeschippert hätte? Höhle fiel also aus.

Eine Möglichkeit, die mir durchaus praktikabel erschien, hatte mit den Küstenpfaden in England zu tun. Sie sind durchweg schmal, führen meist unmittelbar an den Abgründen vorbei, und auf ihnen ist man weitgehend alleine unterwegs. Also, etwa so: Erwin steht am Rand, genießt den Blick auf die tiefblaue See zu seinen Füßen, lässt den Blick schweifen – und rutscht unversehens ab. Dazu braucht es nur einen leichten Schubs, einen sehr leichten. Und schon verschwindet er sprichwörtlich aus meinem Leben. Ein kleiner Schritt für Erwin, aber ein großer Schritt für mich – hinein in mein neues Leben. In das Hannes besonders gut passte.

Der Vorteil der Küstenpfade war aber auch zugleich das Manko. Wie sollte ich denn später erklären, dass wir zwar gemeinsam von Ruan Minor aus aufgebrochen waren, um – sagen wir – im altehrwürdigen Housel Bay Hotel zum *Cream Tea* einzukehren, dass ich dort dann aber alleine erschienen war? Natürlich hätte ich einen Unfall vortäuschen können. Wäre ja nicht das erste Mal gewesen, dass dort jemand von den Klippen fiel.

Die Wanderung zum Hotel dauert fast zwei Stunden. Da kann viel passieren. Wir waren die Strecke schon gewandert. Wirklich schön, diese unvergleichliche Kombination aus üppiger Vegetation auf der einen Seite und den schroffen Felsen, den scharfzackigen Klippen auf der anderen Seite, umspült von feiner Gischt.

Erwin dachte, er macht mir damit eine Freude. Er konnte ja nicht ahnen, dass ich lediglich den perfekten Ort ausbaldowern wollte. Ich hatte tatsächlich eine Stelle gefunden. Nicht weit von der alten Lloyd's Signalstation. Dort sind die Felsen besonders schroff, fällt das Grün der Küste besonders steil ab. Wer hier ausrutschte, der hatte keine Chance. Sein Körper würde im Fallen trudeln, unweigerlich am Fuß der Klippen zerschellen, seine Gliedmaßen würden brechen und fies zerreißen, ebenso die inneren Organe, die Schlagader. Die Hirnschale würde platzen.

Meine Gedanken wirbelten durcheinander. Wie wunderbar. Ach ja.

Aber es würde eine Untersuchung des Vorfalls geben. Und ich würde einige unbequeme Fragen beantworten müssen. Die britische Polizei ist für ihre akribischen Ermittlungen bekannt.

Nein, es musste etwas sein, mit dem ich nicht in Verbindung gebracht werden konnte. Gift im Ale? Im Pub?

Woher nehmen? Das Gift, meine ich. Ich merkte spätestens bei diesem Gedanken, dass ich nicht besonders vorbereitet war auf Erwins letzte Reise. Es war wohl wieder mein Improvisationstalent gefragt. Das hatte mir schon manche Gelegenheit mit Hannes verschafft.

»Noch Fisch?«, riss Erwin mich aus meinen Gedanken. »Die Seehechtfilets sind erste Klasse.«

Der Abend war, wie er ihn sich vorgestellt hatte: Zwischen den beiden Klappsesselchen stand der Campingtisch. Darunter die Kühlbox mit Dosenbier. Neben ihm, auf einem Hocker, der Gasherd, zweiflammig. In der kleinen Pfanne brutzelte die nächste Portion Fischfilet.

Auch wenn der Geruch meinen Magen knurren ließ, ich schüttelte den Kopf, schwieg und nippte an meinem Rotwein. Gekauft bei Tesco. Der wollte einfach nicht schmecken. Ich hätte es wissen sollen, die Engländer stehen auf australischen Wein oder auf den aus Südafrika. Fruchtige Bouquets ohne Tiefe. Ich hätte besser eine Dose Bier geöffnet. Unvermittelt überkam mich Sehnsucht. Mit Hannes wäre es jetzt echt schön hier.

»Was ist, Schatz? Du machst schon den ganzen Tag über so ein nachdenkliches Gesicht. Gefällt's dir hier nicht?« Erwin sah ein paar Möwen hinterher, die mit drei Dohlen um die Wette flogen.

»Ach, weißt du, ich denke nur gerade an diese Pilcher-Filme. Diese Liebesschnulzen. Ich habe bisher immer gedacht, alle diese Landschaftsaufnahmen, die sind aufgehübscht, gefakt. Aber das sieht hier tatsächlich an jeder Ecke so aus.«

»Schön nicht? Ich liebe das Türkis des Wassers. Diese Farben hier, die sind unschlagbar schön. Und die

Palmen. Hast du gewusst, dass es hier so viele Palmen gibt?« Er trank hörbar einen großen Schluck. »Habe irgendwo gehört, liegt am Golfstrom. Das Bier läuft aber heute wieder ...«

»Hm.« Warum nuckelte er nur wie mit einem Fischmaul? Das war doch widerlich. Konnte er nicht einmal das Glas normal ansetzen? Musste das immer so aussehen, als gäbe es morgen nichts mehr zu trinken?

»Romantisch.« Erwin drehte das Filet um. Es zischte in der Pfanne. »Braten in freier Natur. Das Geheimnis ist die frische Butter.« Er hob die Nase wie ein Hund. »Riechst du das Wilde?«

The devil's frying pan, musste ich denken. Der Teufel musste seine Finger im Spiel gehabt haben, als Erwin auf die Idee mit Cornwall gekommen war. Eigentlich hatte ich – nein – hatten wir, ganz andere Pläne. Aber wie heißt es so schön: Man muss die Feste feiern, wie sie fallen. Na ja, jedenfalls haben wir das Wichtige noch schnell regeln können. War nicht einfach. Die Handwerker haben heutzutage gut zu tun. Die Auftragsbücher waren voll. Aber Hannes hatte ja noch Resturlaub. Der war eigentlich für etwas anderes geplant. Aber, wie gesagt ...

»Zu viel Eiweiß ist nicht gesund.«

Erwin runzelte die Stirn und hob sein Glas. »Verstehe ich nicht. Ist doch nur lecker Fisch.« Er kippte den Rest Bier in sich hinein.

»Ich wollte dich nur warnen. Du könntest einen Eiweißschock bekommen. Oder eine Gräte setzt sich quer. Daran ist schon so mancher gestorben. Du hast viel zu viel Fisch eingekauft.«

»Was du immer gleich denkst. Er war frisch und preiswert. Das kann man sich doch nicht entgehen lassen.« Er sah sie an. Der Blick hatte etwas Abfälliges. »Noch von dem Wein?«

»Nee. Lieber ein Bier.«

»Sach isch doch. Aber du musstest ja unbedingt den Rotwein kaufen.« Er rülpste vernehmlich.

Sach isch doch – einer seiner blöden Lieblingssprüche. Erwin hatte manchmal ein Faible für Prolliges. Er langte unter den Campingtisch, öffnete die Kühlbox und fischte eine Dose *Boddington* hervor. Breitbeinig saß er in seinem Klappstuhl und versuchte sie mir mit elegantem Schwung von der Seite zuzuwerfen. Aber sie flog knapp vor mir zu Boden.

»Fang doch.«

Ich schwieg. Früher war Erwin nicht so gewesen. Da war er der liebevollste und rücksichtsvollste Ehemann, er konnte mir alle meine Wünsche sozusagen von den Lippen ablesen. Lange vorbei.

»Wie hast du das vorhin gemeint, das mit dem Eiweißschock?«, versuchte er sein ungehobeltes Verhalten zu relativieren.

»Hatten wir das nicht alles schon einmal? Damals, als du unbedingt deinen Kumpels beweisen wolltest, dass du mindestens zehn hart gekochte Eier verdrücken kannst, innerhalb kürzester Zeit. Ich erinnere mich noch genau: Magen-Darm. Stunden später dann Übelkeit, Erbrechen, Durchfälle und Krämpfe. Nicht zu vergessen die Hautausschläge und Atembeschwerden.«

»Ach. Aber nett, dass du dir um mein Leben Sorgen machst«, wiegelte er ab.

»Passiert dir das hier«, ich deutete mit dem Kopf unbestimmt in die Gegend, »der nächste Arzt – weißt du, wo der zu finden ist? Hier in dem Kaff wird es wohl keinen geben. Und, damit du das klar siehst, mit einer auftretenden Kreuzallergie ist nicht zu spaßen. Die kann nämlich ebenfalls Symptome des Eiweißschocks auslösen.«

»Du arbeitest schon viel zu lange als Arzthelferin, Gerdalein. Aber nu lass ich man den Fisch schwimmen.« Erwin lud sich grinsend den Teller voll, holte seinerseits ein Dose Bier hervor und ließ den Verschluss zischen.

Ich zuckte mit den Schultern und sah auf die See hinaus. Die Möwen waren längst zu ihren Schlafplätzen auf den Felsnasen und in den Spalten und Nischen der Klippen aufgebrochen. Die Dämmerung hatte das Blau des wolkenlosen Himmels zu einem verwaschenen Grau werden lassen, mit einem Stich ins Violette. Am Horizont zog ein Containerschiff vorbei. Es kam sicher aus einem der Kanalhäfen. Vielleicht Calais oder Rotterdam, vermutete ich. Unter uns lag das Meer friedlich und glatt wie ein Seidenschal.

Wir hatten auf der Halbinsel *The Lizard* tatsächlich einen Platz auf den Klippen gefunden. Ganz so, wie er sich das gewünscht hatte. Vom Zelteingang bis zur Abbruchkante waren es keine drei Meter. Näher ging wirklich nicht. Ein windschiefer Weidezaun schützte uns vor dem Absturz. Auf seinem Draht trockneten unsere Handtücher.

»Geht es uns nicht gut?« Erwin kratzte mit der Gabel über den Plastikteller. »Das musst du doch zugeben: Keiner kann Fisch so gut wie ich.« Mit dem Finger stippte er einen Rest der zerlassenen Butter auf.

»Hm.«

»Hat's dir etwa nicht geschmeckt? Bis du deshalb so still?«

»Unsinn, ich genieße gerade die Aussicht – und das Leben.«

»Na, dann Prost. Auf das Leben. Auf unser Leben. Und auf die Gegend hier. Ich sach nur: Cornwall sehen und sterben. Ich möchte hier nicht mehr weg.«

Sollte er haben.

Ich konnte lange nicht einschlafen. Zu viele Gedanken gingen mir durch den Kopf. Außerdem rochen auch die neuen aufblasbaren Matratzen immer noch nach Gummi. Warum konnte die Industrie nicht für geruchsneutrale Matratzen sorgen? Warum ließ sie Generationen von Campern derart leiden?

Ich war einfach zu alt für Camping. Wie hatte ich das früher nur aushalten können? Auf dem Boden liegen, in einer stickigen – wenn es geregnet hatte, auch feuchten – Umgebung. Dünner Zeltstoff, der jedes Geräusch von draußen hereinließ. Zippende Reißverschlüsse, kein ordentliches Bett, Taschen als provisorische Schränke, alles musste vom Boden aus geregelt werden.

Ich war endlich fast eingeschlafen, als im Zelt neben uns der Reißverschluss hochgezogen wurde. Ein provozierend langsames Geräusch, das abrupt abriss. Der Nachbar pinkelte geräuschvoll gegen den Zaun. Ein zufriedener Grunzlaut. Danach wieder das Zippen des Reißverschlusses, ebenso aufreizend langsam.

Am Morgen kam ich kaum von der Matratze hoch. Der Rücken. Ich war wie gerädert. Das Ganze musste ein Ende haben. Möglichst schnell. Aber zunächst brauchte ich meinen Morgenkaffee. Erwin saß bereits vor dem Zelt. Ihn und das Grauen trennten keine zwei Meter. Aber ich konnte nichts tun. Der Pinkler von gestern Abend saß mit seiner Frau oder Freundin ebenfalls schon draußen. Die beiden turtelten auf eine geradezu schamlose Weise. Dabei waren sie längst jenseits der sechzig.

Sie wären unweigerlich Zeugen von Erwins Abgang geworden. Keine Chance also. Aber Erwin wäre sowieso niemals freiwillig über den Weidezaun gestiegen. Ich grüßte also freundlich nach rechts, was kaum zur Kenntnis genommen wurde, wegen der Turtelei, und nahm die Handtücher ab, die über dem Zaun hingen. Dabei riskierte ich vorsichtig einen Blick über die Kante. Am Fuß der Klippen trugen die Wellen dünne Krägelchen aus Gischt. Die Luft war noch morgenfrisch und schmeckte leicht salzig. Eigentlich der perfekte Ort. Aber man kann sich die Welt ja nicht nach den eigenen Wünschen backen.

»Du hättest ja ausnahmsweise auch einmal Kaffee aufschütten können.« Ich trug die Handtücher an meinem Mann vorbei ins Zelt.

»Ich habe gestern den Fisch gemacht.«

Während Erwin arglos auf die Welt jenseits des Zauns blickte und sein Glück genoss, zog ich mein Mobiltelefon hervor. Hannes hatte mir einen Sticker geschickt, eine kleine Meerjungfrau. Das vereinbarte Zeichen. Ich spürte, wie das Adrenalin in meine Adern schoss. Am liebsten hätte ich Erwin von hinten umarmt und dann … Aber da waren ja die Turteltauben von nebenan, die sich über ihre Müslischalen hinweg dauerverliebt anlächelten. Und da war auch noch mein Kaffeedurst. Ohne Kaffee ging erst mal nix bei mir.

»Was steht heute an?« Ich reichte ihm seinen Lieblingsbecher mit frisch gebrühtem Kaffee. Ich blinzelte in die Sonne. Sollte Erwin doch den Tag planen, das würde ihn arglos machen.

»Ach, ich hab uns das *Minack Theatre* ausgesucht. Hab an der Anmeldung einen Flyer gesehen.«

Ich nickte, simulierte Vorfreude und gute Laune. »Ich habe darüber gelesen. Toll, was der Wille und das Improvisationstalent einer Frau so alles bewegen können.«

Er sah mich irritiert an.

»Na ja. Sie hat sich in den Kopf gesetzt, an dieser Stelle in die Klippen ein Freilichttheater hineinzusetzen. Und dann hat sie zusammen mit ihrem Gärtner begonnen, Sitzplätze und eine Bühne zu bauen. Das war zu Beginn der Dreißigerjahre des vergangenen Jahrhunderts. Sie hat bis ins hohe Alter hinein am Ausbau des Theaters gearbeitet. Immer winters, im Sommer wurde gespielt.«

»Sie?«

Ich kroch ins Zelt und kam mit meinem Reiseführer zurück. »Rowena Cade.«

»Die Engländer und ihre Spleens.« Er beobachtete eine junge Möwe, die ihn ihrerseits vom Zaun her aus sicherer Entfernung beobachtete.

»Sie ist meine Heldin«, entschied ich spontan. Ich sah sie förmlich vor mir, wie sie Hammer und Meißel schwang. Perfekte Werkzeuge. Für alles Mögliche, fuhr es mir durch den Kopf. Ich dachte an den Fäustel, mit dem Erwin die Heringe in den Boden getrieben hatte.

»Warum grinst du?« Er suchte bereits nach den Auto-schlüsseln.

»Nur so.« Ich nickte den Nachbarn freundlich zu, die den Gruß diesmal ebenso freundlich erwiderten.

»Was ist? Ich will los.« Erwin hielt mir die Schlüssel vor die Augen.

»Ich habe noch nicht gefrühstückt.«

»Ich bin noch satt von gestern Abend.« Erwin wirkte genervt. »Wir kaufen unterwegs ein paar von diesen fettigen Dingern. Wie heißen die gleich? *Pasties*. Genau. Typisch kornisch. Die werden dich schon satt machen.«

Der Tag verlief vergleichsweise harmonisch. Die Entscheidung, ihm die Planung des Tages zu überlassen, war goldrichtig gewesen. Bis auf wenige Ausnahmen hatte er nichts zu meckern. Er konnte sogar nett zu mir sein. Ohne dass ich etwas gesagt hätte, lud er mich zu *scones*, Erdbeermarmelade und dieser dicken, fettigen *clotted cream* ein: »Weil du die doch so gerne magst.«

Gegen Abend waren wir zurück von unserem Ausflug. Zum Kochen hatte ich allerdings wenig Lust. Angesichts der kommenden Stunden wäre mir das auch als obszön erschienen. Erwins letzte Mahlzeit kochen? Nee, da wäre mir jeder Bissen im Hals stecken geblieben.

So saßen wir mit anderen Gästen im Vorhof des *Cadgwith Cove Inn* auf den Bänken und tranken ein Pint *Doom*, während wir auf unsere *Fish&Chips* warteten. Die Hitze des Tages hatte sich in der Mauer des Hofes gespeichert. Die Temperaturen waren entsprechend angenehm. Das Bier war leicht gekühlt, die Weingläser auf dem Nebentisch waren beschlagen. Es würde ein perfekter Abend werden.

Da Dienstag war, kamen viele Touristen. An diesen Abenden war nämlich *Folk Night*. Musiker aus der Umgebung, aber auch Gäste, so sie denn wollten, musizierten reihum und machten diese Abende zu ganz besonderen Erlebnissen, wie uns der Wirt erklärte, bei dem wir unsere Bestellung aufgegeben hatten.

»Was soll das schon werden?« Erwin drehte den Kochlöffel in der Hand, auf dem eine Zahl aufgemalt war und für die Bedienung das Zeichen, an welchen Tisch sie welche Bestellung servieren musste. Er schwitzte.

»Sei doch nicht so negativ. Das wird nett. Die Pubs sind doch berühmt dafür, dass dort oft Livemusik ist. Die Musiker werden schon nicht so schlecht sein.«

Nach dem Essen, das er mit der üblichen Bemerkung garnierte, es könne keiner so gut Fisch wie er, folgten wir den übrigen Gästen in den Schankraum. Dort saßen bereits die Musiker und stimmten ihre Instrumente. Mehrere Gitarristen waren gekommen, ein grauhaariger Banjospieler, eine Geigerin und jemand mit einer schmalen Mappe, in der mehrere Mundharmonikas steckten. Auf der Bank, die sich gegenüber der Theke über die gesamte Länge des Raumes zog, saßen ein paar Männer, die augenscheinlich kein Instrument spielten.

Um es kurz zu machen: Es war ein grandioser Abend. Ich hatte niemals zuvor so leidenschaftlich gespielte und gesungene Lieder gehört. Soweit ich die Texte verstand, handelten sie meist von Liebe, Trennung, Sehnsucht, dem Meer und Verlust. Die perfekte Begleitmusik für meine Pläne.

Erwin hatte deutlich einen über den Durst getrunken. Im Pub hatte er es sich nicht nehmen lassen, das Lied der Caprifischer zu singen, obwohl er davon nicht viel mehr als den Refrain kannte. Das Publikum hatte höflich applaudiert, um es mal vorsichtig auszudrücken. Er musste sich bei mir einhaken, als wir uns auf den Weg zum Campingplatz machten. Er schwankte mehr, als dass er ging. Zwischendurch blieb er immer wieder stehen und deutete auf den sternenklaren Nachthimmel. Er hatte recht. Selten zuvor hatte ich unsere Milchstraße so deutlich gesehen.

Nachdem wir unseren Zeltplatz erreicht hatten, wollte Erwin unbedingt noch einen *Absacker* trinken.

»Hast du nicht schon genug?«

Er schüttelte den Kopf und schwankte zum Weidezaun, der zu dieser Uhrzeit noch instabiler wirkte als bei Tag. »Ein Bier noch.«

Ich stieg ins Vorzelt und kehrte mit der Kühlbox zu ihm zurück. Ein warmer Wind strich über die Klippen und ließ die Zeltbahnen sich träge bewegen.

»Cornwall sehen und sterben.« Er lallte mehr, als dass er den Satz deutlich aussprach. Dann drehte er sich um und klappte umständlich die beiden Sessel auf, die an der Zeltwand gelehnt hatten.

Er gab einen ächzenden Laut von sich, als er sich setzte, und klopfte dann mit der flachen Hand auf die Sitzfläche des zweiten Klappstuhls. »Setz dich. Auch'n Bier?«

Ich nickte, denn ich wusste, ich würde ein Alibi brauchen.

»Nur du und ich. Wir beide. Ist das nicht schön?« Als er sich zu mir beugte, um mir die Dose zu reichen, wäre er um ein Haar mit dem dünnbeinigen Sesselchen umgekippt. »Ups.«

»Wird's gehen?« Ich trank einen großen Schluck.

»Hat dir der Fisch heute Abend geschmeckt?« Er sprach zu seiner Bierdose. »Wie gesagt, die Panade war klebrig und zu fettig. Und die dicken Pommes labbrig. Und wie kann man auch noch Essig dadrauf kippen? Also, Esskultur geht anders. Daran werde ich mich nicht gewöhnen.«

Dazu wirst du auch weder Zeit noch Gelegenheit haben, ging es mir zynisch durch den Kopf. Ich warf einen verstohlenen Blick auf mein Telefon. Diesmal war der Sticker eine Stoppuhr.

»Prost, Erwin. Auf das Leben.«

Er sagte nichts, sondern ließ das Bier mit großen Schlucken in sich hineinlaufen.

Dann öffnete er noch eine Dose und versuchte mir ein Gespräch über die Welt als solche und über seine Sicht der Dinge aufzudrängen, aber Erwin hatte sichtlich genug intus. Er konnte sich nicht mehr konzentrieren. Ich hatte ihn da, wo ich ihn haben wollte.

»Mir wird langsam kalt. Ich geh schlafen.«

»Warte. Isch wärm disch, Schätzelein«, brabbelte er anzüglich und warf die angebrochene Dose Bier achtlos ins Gras.

Es kam wie erwartet. Erwin hatte sich kaum auf seine Seite gelegt, da schlief er auch schon. Spät in der Nacht wurde ich wach, weil Erwin mich bei dem Versuch aufzustehen anstieß. Er brummte etwas Unverständliches und suchte seine Badelatschen. Dann öffnete er den Reißverschluss gerade so weit, dass er sich durch den Eingang quetschen konnte. Ich werde diese Bewegung nicht vergessen: Er wand sich aus dem Zelt wie aus einer Wurstpelle. Auch der Vergleich mit einem fetten Aal kam mir in den Sinn. Widerlich. Den Rest der Nacht lag ich wach.

Erwin wurde gegen Morgen von unserem Zeltnachbarn gefunden. Er hatte diesmal im Waschhaus aufs Klo gehen wollen und wäre dabei beinahe über Erwin gestolpert. So erzählte er es später einem Polizisten in Zivil, der sich uns als Detective Inspector Chris Marks, Polizei Helston, vorgestellt hatte. Erwin lag auf dem Boden des Toilettentrakts. Ausgestreckt auf dem Rücken. In seinem Herz steckte ein Hering, angespitztes und scharf geschliffenes Alu.

Für die Ermittler war schnell klar, dass ich sein Verschwinden nicht bemerkt haben konnte. Die leeren Bierdosen und die beiden Flaschen Wein, die ich vorsorglich über den Klippen ausgeleert hatte, sprachen Bände: die Touris hatten nach dem Pub-Besuch im Zelt weitergesoffen. Kein Wunder, dass die arme Deutsche nicht gehört hatte, wie ihr Mann zum Klo wollte.

Aber ganz so einfach kam ich nicht davon. DI Marks war zwar so höflich wie man es von einem Briten erwarten konnte, allerdings lag in seinen Fragen alle Schärfe eines erfahrenen Polizisten. Ich musste mit aufs Revier nach Helston. Dort wurde meine Aussage von einem jungen Constable zu Protokoll genommen. Ich wurde nach allen Regeln erkennungsdienstlich behandelt. Unsere Ausrüstung wurde akribisch kontrolliert, etwa ob die tödliche Waffe zu den übrigen Zeltheringen passte. Die netten Ermittler brachten mich sogar zur Untersuchung ins Royal Cornwall Hospital in Truro, um sicherzugehen, dass meine Rückenprobleme nicht gravierender Natur waren.

Alles in allem war ich etwas mehr als eine Woche beschäftigt. Das hatte ich in etwa auch so einkalkuliert. Die Einwohner von Cadgwith, jedenfalls die, mit denen ich Kontakt hatte, waren überaus einfühlsam. Ob im Dorfladen, im Naturhafen am Wasser, im Pub: Ich erfuhr überall Herzlichkeit und aufrichtiges Bedauern. Mir wurde für den Übergang sogar ein Ferienhäuschen im nahen Ruan Minor angeboten. Ich könne sein *Carlton Cottage* so lange kostenfrei nutzen, bis alle Untersuchungen abgeschlossen seien, meinte der Besitzer, dem ich zufällig beim Fischhändler begegnet war. Eine überaus großzügige Geste, die ich gerne annahm. Ich wollte keine Sekunde länger in dem Zelt verbringen.

Ich war aus der Nummer herausgekommen, ohne dass ich mich wirklich hätte anstrengen oder lügen müssen. Für die Behörden war ich die bedauernswerte Witwe eines Mordopfers. Nachdem alle Formalitäten erledigt waren, konnte ich mich um die Überführung der sterblichen Überreste meines Erwin kümmern.

Und ich hatte endlich Zeit für Hannes. Der hatte, kurz nachdem wir unseren Zeltplatz eingerichtet hatten, in Falmouth ein Zimmer in einem B&B bezogen. Er mochte nun nicht länger darauf warten, mich zu sehen. Und ich hatte allen Grund, ihn zu treffen. Natürlich nicht in Cadgwith, das wäre nun doch zu auffällig geworden. Ich fuhr zu ihm nach Falmouth. Wir waren auf dem Pier der alten Hafenstadt verabredet. Der unauffälligste Ort für ein Treffen.

»Hübsch, nicht?« Wir standen wie zufällig nebeneinander. »Die Segelboote und da drüben das Kriegsschiff. Krasser Gegensatz.«

»*Du* bist hübsch«, neckte Hannes und versuchte seinen Arm um meine Taille zu legen.

»Nicht.« Ich wand mich aus seiner Berührung.

»Hier kennt uns doch niemand.«

»Und wenn doch? Wenn die Polizei mich beschattet?«

»Du siehst Gespenster. Die Bullen haben doch gesagt, dass die Lage klar ist und der Fall abgeschlossen.«

»Ich möchte nur sichergehen.«

»Du und dein Sichergehen – davon habe ich langsam die Nase voll. Weißt du, was das alles für mich bedeutet? Mehr als eine Woche lang habe ich nichts von dir gehört. Das Einzige, was ich in Erfahrung bringen konnte, habe ich mir aus den Zeitungen und dem Radio zusammengereimt. *Deutscher auf Campingplatz mit Hering brutal erdolcht. Ehefrau zusammengebrochen.*« Hannes konnte es wohl immer noch nicht glauben. »Er hat sich nicht mal gewehrt. Und der Hering ist durchgegangen wie durch Butter.« Er holte tief Luft. »Dass du genau wusstest, dass er kommen würde, krass. Du kennst deinen Erwin wirklich gut ... kanntest. Ich war kurz davor, mich wieder zu verdrücken.«

»Hat doch alles geklappt – bisher. Es besteht kein Grund, sich aufzuregen.« Ich sog zufrieden die Luft ein, aber sie war nicht sonderlich frisch; eine Mischung aus Salz, Tang und Öl.

»Ich reg mich gar nicht auf. Aber du könntest mir wenigstens ein klein bisschen danken.« Sein Ton hatte eine kaum wahrnehmbare aggressive Färbung angenommen.

Ich fragte mich in diesem Moment zum ersten Mal, wie Hannes so abgebrüht hatte sein können, in der Nacht, in der er Erwin umgebracht hatte. Aber vielleicht hatte seine Kaltblütigkeit auch nur bis zu dem finalen tödlichen Stich gereicht. Nun war sie aufgebraucht. Aber das war nichts, was mich beunruhigte.

»Danke.«

»Geht doch.« Hannes versuchte erneut, meine Taille zu umfassen.

»Meine Güte.«

»Ist ja schon gut.« Er machte ein beleidigtes Gesicht.

»Hab noch ein wenig Geduld. Einen Tag.«

»Du verlangst das schier Unmögliche.« Hannes setzte seinen Schlafzimmerblick auf.

»Das Leben ist kein Picknick.« Ich knuffte ihn lächelnd in die Seite.

»Ich könnte sterben für dieses Lächeln.« Hannes versuchte einen Kuss auf meinen Mund zu platzieren.

»Hannes.«

»Jaja.« Er verschränkte die Arme auf den Metallzaun des Piers und warf einen Blick über die Bucht. »Die paar Stunden kann ich noch warten. Ich kenne ja das Ergebnis.«

Ich streckte mich. Mein Rücken. »Ich muss wieder los. Wir treffen uns morgen um diese Zeit auf dem Parkplatz am Leuchtturm in Lizard. Kannst du nicht verfehlen. Wir machen einen hübschen Spaziergang und bereden dabei unsere Zukunft.«

»Aye, Käpt'n. Du bist der Boss.« Er beugte sich raunend zu mir. »Im Augenblick jedenfalls. Lass uns erst wieder zuhause sein, Gerda. Dann zeigt dir dein Hannes, wer das Sagen hat – im Bett.«

»Du machst mir ein bisschen Angst.« Ich kicherte.

Den Abend verbrachte ich im Pub. Der Besitzer meines kleinen Häuschens hatte mich eingeladen. Wir lachten viel und erzählten noch mehr. Er hieß Jan und konnte so faszinierend von den scharfkantigen Felsen erzählen, die vor der Küste knapp unterhalb der Klippen lagen und eine tödliche Gefahr sein konnten, selbst bei ruhiger See. In den Stürmen der vergangenen Jahrhunderte seien gerade an diesem Küstenabschnitt ungezählte Schiffe havariert. Hunderte Seeleute hatten den Tod vor der Küste Cornwalls gefunden. Auch, weil die Piraten die Schiffe mit falschen Leuchtfeuern auf die Klippen gelockt hatten.

Als Garry, der Wirt des Cadgwith Cove Inn, *last order* läutete, lud Jan mich für einen der nächsten Tage zu einer Bootstour ein. Er wollte mir die Höhlen nahe der Bucht zeigen und bei der Gelegenheit seine beiden Hummerkörbe kontrollieren. Ich war gespannt, wie die Steilküste von See aus auf mich wirken würde.

Ganz Gentleman, begleitete Jan mich bis zur Tür von *Carlton Cottage*. Ein wirklich netter Kerl war das. Ich war dankbar, denn die Nächte konnten selbst bei sternenklarer Nacht sehr dunkel sein. Den schmalen Weg vom Pub den Hügel hinauf wollte ich nachts nicht gerne alleine gehen. Es gab keine Straßenlaternen und die Hecken und Bäume standen so hoch und dicht am Fahrweg, dass sie über einen längeren Abschnitt einen grünen Tunnel bildeten. Ich bin ja nicht ängstlich, aber hier konnte einem schon gruselig werden.

Am nächsten Tag strahlte die Sonne mit derartiger Intensität vom Himmel, dass auf dem Küstenpfad kaum jemand unterwegs sein würde. Das passte perfekt. So hatten Hannes und ich die Natur für uns alleine. Den Wagen hatte ich in Ruan Minor gelassen und den Bus zum Leuchtturm genommen.

Natürlich war Hannes pünktlich. Er war immer pünktlich. Als Handwerker hatte er keine Zeit zu verschenken. Wie bei einer flüchtigen Begegnung nickten wir uns zur Begrüßung lediglich zu und machten uns auf dem Weg. Ich hatte recht. Wir waren die einzigen Touristen. Wer machte sich auch schon bei dieser Hitze zu einer Wanderung über den Küstenpfad auf. Vom weiß getünchten Lizard Lighthouse aus wandten wir uns nach links. Gerade dieser Abschnitt des Küstenpfads war wunderbar zu gehen. Das hatte ich auf der Wanderung mit Erwin, Gott hab ihn selig, festgestellt. Linker Hand die üppige Natur. Zur Rechten die Klippen. Der Weg war zur Abbruchkante hin geschützt durch niedrige Ginsterhecken, die im Frühjahr sicher überbordend golden glänzten, nun jedoch filzig und unscheinbar daherkamen.

»Lass uns einen Augenblick verschnaufen und den Ausblick genießen.« Der Weg führte um flechtenbesprenkeltes Gestein herum, das hoch aus der ansonsten flachen Umgebung ragte. Ein mächtiger Brocken, der auf einer winzigen Spitze zu balancieren schien. Hoch am Himmel zog ein Bussard seine Kreise.

Hannes blieb stehen und wischte sich mit seinem Taschentuch die Stirn.

»Komm, Hannes, setz dich doch.« Der Felsen hatte an seiner schattigen Seite eine natürliche Mulde, die uns beiden Platz bot.

Er trank einen Schluck Wasser und reichte mir die Flasche. Ich lehnte ab. Stattdessen wies ich mit der Hand auf das Meer vor uns.

»Ist dir schon mal aufgefallen, wie sich die Farbe des Wassers verändert? Manchmal innerhalb von ein paar Minuten. Einmal ist die See tiefblau, dann schimmert das Meer unterhalb der Felsen türkis, und man wähnt sich in der Südsee. Und wieder ein anderes Mal ist die See grau wie Blei oder weiß wie flüssiges Silber.«

Hannes nickte und beschattete seine Augen mit der Hand. »Ich vermute, das kommt darauf an, wie die Sonne steht und wie die Wolken ziehen. Schön ist es hier.«

»Schau mal.« Ich zeigte auf das Felsenriff, das tief unter uns ein gutes Stück weiter in die See hineinragte als der Rest der Küste. Dort saß ein halbes Dutzend Kormorane mit ausgebreiteten Flügeln. »Die Natur in Cornwall ist so reich und so verschwenderisch.« Ich war beeindruckt und bot mit geschlossenen Augen mein Gesicht der Sonne dar. »Ich hab meine Sonnencreme vergessen.«

Ich blinzelte. Auch Hannes sah beinahe andächtig hinaus aufs Wasser. »Das Leben ist schön.«

»Erwin hat kurz vor seinem Tod gesagt, Cornwall sehen und sterben. Ein bisschen arg kitschig und abgedroschen, oder?« Ich stand auf und trat unvermittelt an den Rand der Klippe.

»Pass auf.« Hannes stand erschrocken auf und stellte sich neben mich.

»Keine Angst, *mir* passiert schon nichts.« Ich warf den Kopf zurück, breitete die Arme aus und lachte. »Nein, um ehrlich zu sein, der Spruch ist kein Klischee.« Der Schall lief weit auf das Meer hinaus.

Hannes drehte mich zu sich um und umfasste meine Hüfte wie ein Tänzer. Ich nutzte den Schwung, und wir drehten uns ein paar Mal im Kreis wie übermütige Kinder im Spiel in einem Garten. Im passenden Moment gab ich Hannes einen Schubs, nur einen ganz kleinen. Den Rest erledigte die Schwerkraft.

Ich sehe heute noch sein Gesicht. Er war zu überrascht, um schreien zu können.

An Erwin denke ich manchmal noch, wenn ich Lachs im Restaurant esse. Er hatte recht. Keiner konnte Fisch so wie er.

ROSI NIEDER

späte rache

Dass es heiß werden würde an Pfingsten, das hatten sie ja vorausgesagt. Dass aber auch noch so etwas Schreckliches passieren würde an diesem Wochenende, an dem Helmut und ich mit dem Wohnmobil an die Mosel fuhren, das konnte ja keiner vorhersehen. Es ging nach Lösnich, weil dort Weinfrühling gefeiert wurde und verschiedene Winzer die unterschiedlichsten Ess- und Trinkgenüsse boten. Vor allem aber, weil es dort einen großen, unparzellierten Wohnmobilstellplatz gab, auf dem man selbst bei großem Andrang immer noch reichlich Platz finden konnte. So einfach ist das nämlich nicht an den Wochenenden, wenn alle gleichzeitig unterwegs sind.

Wir fanden einen Platz. Sogar einen schönen, großen auf der Wiese unten an der Mosel mit genügend Abstand zu den Nachbarn. Ich mag es nicht, wenn die Wohnmobile so eng nebeneinander stehen, dass man die Unterhaltungen der Nachbarn hört. Oder das Gebell ihrer Köter, die jeden ankläffen, der vorbeikommt.

Rechts neben uns stand einer mit gelbem Nummernschild, links einer mit SLS-Nummer. Saarländer. Nette Leute, mit denen wir gleich ins Gespräch kamen. »Isch bin die Birgit, das ist Fritz, mein Mann, und das hier ist Chico«, sagte sie, nachdem sie uns wortreich darüber informiert hatte, dass es am Ortseingang abends Spanferkel gäbe, dass morgens der Bäcker um 8.15 Uhr mit den Brötchen käme, dass an diesem Wochenende in Kröv der Mitternachtslauf stattfände und sie eigentlich ganz gerne das Feuerwerk gucken würden.

Alles unter Chicos allerhöchsten Kläfftönen. Ich hatte den Eindruck, dass Helmut, mein Angetrauter, der erst einmal das Stromkabel anschloss und die Campingstühle auslud, sich deswegen am liebsten schon einen anderen Platz gesucht hätte. Immer diese Hunde.

Am späten Nachmittag saßen wir dann doch unter der Markise der Saarländer, schlürften Weinschorle und tauschten Reiseerfahrungen aus. Obwohl ich nur ein knappes Top und eine kurze Hose trug, schwitzte ich aus allen Poren. Birgit noch viel mehr, auch wenn sie ihrem umfangreichen Körper mit einem flatternden Strandkleid, mindestens in Größe 48, viel Luft bot. Es war heiß. Ehrlich, ein bisschen bin ich ja schon stolz darauf, dass ich selbst mich durchaus noch in jugendlichem Outfit zeigen kann und dass mich die meisten Leute mindestens zehn Jahre jünger schätzen. Und so ein paar anerkennende Blicke der Männlichkeit um mich herum tun ja auch ganz gut. Vor allem, weil man sie von dem eigenen Mann nach fast dreißig Jahren Ehe nicht mehr unbedingt erwarten darf. Wir saßen also da und erzählten, als für mich plötzlich ein Albtraum begann.

Ein riesiges Wohnmobil schob sich durch die Reihen auf der Suche nach einem freien Platz. Das war noch nichts Ungewöhnliches. Auf solchen Stellplätzen – nicht zu verwechseln mit Campingplätzen mit Gartenzwergidylle – gibt es ein ständiges Ankommen und Abreisen. Dieses Mobil hier war ein Hingucker. Nobelmarke, so groß wie ein Bus und hintendran ein Anhänger mit so einer Mini-Ausführung eines deutschen Prestige-Autos. Und wo fand der einen Platz? Genau gegenüber von uns auf der anderen Seite des Zufahrtweges. Natürlich nicht in der Reihe, so wie die anderen, nein, der stellte sich quer. Solche Angeber-Camper stellen sich immer quer und nehmen vier Mal so viel Platz ein wie die anderen, die dafür die gleiche Gebühr bezahlen.

Während sich unsere Männer gerade Gedanken darüber machten, dass man sich für den Preis eines solchen Wohnmobils in unserer ländlichen Gegend locker ein Einfamilienhaus bauen könnte, fragte mich Birgit, ob wir abends gemeinsam zum Weinfrühling in den Ort gehen sollten. Genau in diesem Moment stieg der Besitzer des Nobelmobils aus. Ich traute meinen Augen nicht.

Das war doch ... Karl!

Oh mein Gott, hätte ich nicht so geschwitzt, wäre ich vermutlich blass geworden. Karl, dieser Saukerl. Fast hätte ich ihn nicht erkannt, weil er so wenige Haare auf dem Kopf hatte. Aber dieses Auftreten, diese Körpersprache, diese Augen, dieses Gesicht, nein, das hatte ich nicht vergessen. Unbändige Wut stieg in mir auf. Wie lange war das her? Sicher fünf Jahre. Oh nein, ich hatte nicht vergessen, wie sehr er mich gedemütigt hatte. Nie würde ich das vergessen. Dieses Ekel! Damals hätte ich ihm am liebsten den Hals umgedreht. Und jetzt kam alles wieder hoch. Sofort rückte ich meinen Stuhl in die andere Richtung, damit er mich nicht erkannte. Wie verdammt klein war doch die Welt.

Vermutlich hatte ich nur abwesend mit »Jaja« auf Birgits Frage geantwortet. Mit meinen Gedanken war ich jedenfalls völlig abwesend. Ich hoffte nur, dass Helmut nichts gemerkt hatte. Dessen Augenmerk war allerdings in diesem Moment auf die Frau gerichtet, die auf der anderen Seite des Gefährtes ausstieg. Eine junge Frau mit roten Haaren. Mit knallroten Haaren. »Geliebte, wetten?«, flüsterte Helmut Fritz zu.

»Sieht aus wie die beim Biathlon, wie häischt die noch?« murmelte der zurück.

Kathi Wilhelm, dachte ich mir. Ja genau, und so eine ähnlich gute Figur hatte sie auch. Fast empfand ich eine Spur von Eifersucht, obgleich ich ihn doch so sehr hasste.

Meine Güte, was war ich blöd gewesen! Da hätte ich doch damals fast meine Ehe aufs Spiel gesetzt wegen so einem, der erst den großen Charmeur gespielt, mich dann knallhart ausgenutzt und schließlich gnadenlos absorviert hatte. Ich hatte ihm seine Liebesschwüre tatsächlich geglaubt, hatte seinen luxuriösen Lebensstil genossen. Fünf Monate lang hatte ich seinetwegen Flattertiere im Bauch gehabt und dazu noch ein sauschlechtes Gewissen. Fünf Monate hatte ich Helmut belogen und Karl immer wieder Interna aus unserer Firma verraten. Und genau darum schien es ihm immer nur gegangen zu sein. Viel zu spät hatte ich dann zu ahnen begonnen, dass Karl bei seinen undurchsichtigen Geschäften nicht immer fair spielte. Für mich war es damals mehr gewesen als eine heimliche Affäre. Er hatte mir so viel versprochen. Alles gelogen!

Zwei riesige, sehr edel aussehende Doggen kletterten nun fast aristokratisch elegant aus dem Luxusmobil, von dem ich nicht wissen wollte, mit welchen Mitteln es finanziert worden war, auf den Rasen. Diese beiden Kälber, die ihm mehr bedeuteten als alles andere auf der Welt, hatte ich schon damals nicht ausstehen können! Als der winzige Chico sich jetzt fast die Seele aus dem Leib kläffte, knurrten sie nur arrogant zurück.

Irgendwie kam es mir an diesem Abend gerade recht, dass wir mit Birgit und Fritz zusammen zum Spanferkelessen beim Winzer gingen. Wenn Helmut gegrillt hätte, wie er das sonst so gerne tut, hätte ich mich den ganzen Abend lang vor den Blicken von Karl verbergen müssen. Und vielleicht sogar noch mit ansehen müssen, wie er mit seinem neuen Spielzeug, dieser rothaarigen Tussi …

Wegen der Hitze rann der Wein wie Wasser durch meine Kehle, als wir später bei einem Winzer im Garten saßen und sie, die Rothaarige, Karl und die zwei großen Hunde, die genauso überheblich wirkten wie ihr Herrchen, an uns vorbei die Straße entlangstolzierten. Während Chico erneut kläffte und ich mein Gesicht hinter einem Taschentuch versteckte, weckte der tiefe Groll in mir fieberhafte Rachegedanken.

In dieser Nacht konnte ich kein Auge zutun. Zum einen wegen der Hitze im Mobil und zum anderen, weil ich mir mein beschwipstes Hirn zermarterte, was ich ihm bloß antun konnte. Ich musste das loswerden, ich musste etwas tun!

Luft aus den Reifen lassen?

Mit einem Nagel Schrammen in den Lack kratzen?

Den Auspuff verstopfen?

Ich überlegte, was in den Internet-Foren so alles zur Sprache kam. Gift? Ach je, was einem nachts für Gedanken durch den Kopf schießen! Als Helmut nachmittags die Toiletten-Chemie gesucht hatte, hatte er im Schränkchen noch eine halbe Flasche Frostschutzmittel für den Kühler entdeckt und kichernd bemerkt, dass man das Zeug bei diesen Temperaturen ruhig daheim lassen könne. Genau vor so etwas hatten die Hundebesitzer im Internet doch einmal gewarnt, bei der Aufzählung, was für Hunde alles tödlich sein könnte …

Jawohl, seine Hunde mussten dran glauben! Das waren die einzigen Lebewesen, für die dieser Mistkerl echte Gefühle hegte. Meine Rachegedanken wurden immer mächtiger. Irgendwann gegen drei Uhr nachts musste ich aufs Klo. Leise öffnete ich das Schränkchen, nahm das Frostschutzmittel und schlich mich hinaus. Helmut schnarchte. Der Holländer in dem Mobil nebenan auch. Barfuß schlich ich weiter. Es war totenstill. Kein Auto auf der Straße zwischen Ürzig und Kinheim auf der anderen Moselseite, kein Schiffstuckern. Ich hoffte, dass neben Karls Luxusmobil die Hundeschüsseln standen, so wie ich das bei den vielen anderen Hundebesitzern gesehen hatte. Die Nacht war nicht sehr dunkel. Ich hoffte, dass um diese Zeit alle selig vor sich hin schnarchten und mich niemand beobachtete. Da standen sie, die Hundeschalen, gleich neben dem Hinterreifen. Hinein mit der Flüssigkeit. Der Saukerl würde schön blöd gucken, wenn seine Lieblinge plötzlich alle viere von sich strecken würden.

Mein Herz klopfte bis zum Hals, als ich in meinem dünnen Nachthemdchen und auf Zehenspitzen um das Cockpit des großen Fahrzeugs herum zurückschlich.

Und dann hätte ich fast einen Herzinfarkt bekommen, denn in meiner gebückten Haltung prallte ich beinahe mit einem Mann zusammen, der mir ebenfalls schleichend ganz nahe am Fahrzeugblech entgegenkam. Um ein Haar hätte ich einen Schrei ausgestoßen, so sehr erschrak ich. Instinktiv beschloss ich, mich rasch in eine andere Richtung zu bewegen, damit der Typ nicht sehen konnte, in welchem Wohnmobil ich verschwand. Also rannte ich barfuß um ein paar der anderen Mobile herum, ehe ich es schließlich wagte, ganz leise die nur angelehnte Tür unseres Mobils zu öffnen.

Auch für den Rest dieser Nacht würde ich kein Auge mehr zubekommen. Wer schlich da nachts um drei um Karls Wohnmobil herum? Vor Schreck hatte ich nicht viel erkennen können. Karl war es jedenfalls nicht gewesen, seine Glatze hätte im Mondschein geleuchtet. Dieser hier war groß und dunkelhaarig gewesen.

Die nächste halbe Stunde verbrachte ich damit, wie eine Irre durch den kleinen Schlitz am Fenster nach draußen zu starren. Aber es geschah nichts mehr. Ob der Kerl verschwunden war? Oder ob er auf der mir nicht einsehbaren Seite gerade einen Einbruch wagte? Konnte mir nur recht sein. Schön, dass er sich ausgerechnet Karls Angeberkarosse vorgeknöpft zu haben schien. Aber was wäre, wenn er mich identifizieren würde, wenn das mit den Hunden passiert sein würde, wenn erst die Polizei ermittelte …

Mit zunehmend klarem Kopf taten mir nun auch die Hunde leid. Was hatte ich da nur gemacht? Ich war doch keine Mörderin! Am liebsten wäre ich ein weiteres Mal ausgestiegen und hätte die Flüssigkeit aus den Hundeschüsseln wieder ausgeschüttet. Vielleicht würden sie das Zeug ja auch gar nicht mögen. Vielleicht hätte ich ja doch besser nur seinen Smart verkratzt. Wie gut, dass Helmut in seinem typisch männlichen Tiefschlaf lag und von alledem nichts mitbekam.

Irgendwann musste ich dann wohl doch noch in einen leichten Schlaf hinübergeglitten sein. Normalerweise liebe ich es, morgens vom Vogelgezwitscher geweckt zu werden, wenn wir irgendwo in der freien Natur mit dem Wohnmobil stehen. Ich liebe diese Atmosphäre der Ruhe, der Entspanntheit auf den Stellplätzen. An diesem Morgen weckten mich keine Vogelstimmen, auch nicht das Hupen des Bäckerautos, das morgens frische Brötchen bringt. Es war das Brummen eines Wohnmobils ganz in der Nähe. Immer wieder gibt es Frühaufsteher, die morgens schon sehr früh abreisen. Manche sogar deshalb, weil sie dem Kassieren der Stellplatzgebühr entgehen wollen. Solche gibt's auch. Aber so früh? Die Sonne war längst noch nicht aufgegangen, doch weil mir sofort wieder die Gedanken an die Geschehnisse der letzten Nacht in den Sinn kamen, schnellte mein Kopf in Sekundenschnelle nach oben, um nach draußen zu schauen.

Und dann sah ich nur noch, wie das Luxusmobil langsam durch die Reihen tuckerte und oben auf der Straße in Richtung Kreisel verschwand. Fast hätte ich mich erleichtert zurück aufs Bett fallen lassen, denn zu so früher Stunde waren die Hunde sicher noch nicht draußen gewesen und hatten das Zeug geschlürft. Da sah ich noch gerade in den Augenwinkeln etwas, was mir die Nackenhaare nach oben stehen ließ. Da, auf der Wiese, gleich neben dem Platz, wo eben noch das riesige Nobelmobil gestanden hatte, lag jetzt ein Körper.

Kein Hund, ein Mensch! Karl! So hell war es schon, dass ich seine Glatze deutlich erkennen konnte. Er lag da – wie tot – neben den Hundeschüsseln. Der hatte doch wohl nicht mit der Rothaarigen irgendwelche nächtlichen Spielchen gespielt? Mit Hundeleine und so? Aus der Hundeschüssel geschlürft? Kaum auszudenken! Ob Menschen wohl auch von so einem Frostschutzmittel sterben konnten? Was hatte ich getan?

Mein Herz klopfte, ich schwitzte, und doch war mir plötzlich kalt. Tausend Gedanken rasten in meinem Kopf hin und her wie auf einem verschlungenen Autobahnkreuz.

Alles glitt wie in Trance an mir vorbei. Die Schreie von Birgit, als sie als Erste zum Bäckerauto gehen wollte und den Toten entdeckte. Die Menschentraube um den Anhänger und den Smart, der zurückgelassen worden war. Die Polizei, die kurz darauf erschien und den Tatort sicherte. Der Frühstückstisch, den Helmut liebevoll gedeckt hatte nach diesem Schreck in der Morgenstunde. Die Befragungen der Polizei.

Auch als Birgit mit weinerlicher Stimme erzählte: »Ei, ich hann ja erscht gedenkt, da liescht en Besoffener, unn da war der dooot, mausdooot! Unn dann hann ich geschreit, unn dann kam der Fritz, unn der Chico hat noch an dem Doode un überall erum geleckt. Unn dann ist der Chico auf einmal umgefalle wie en nasser Sack und hat alle viere von sich gestreckt. Oh mein armer Chico. Hat bestimmt en Herzinfarkt gekricht von all der Uffrejung. War ja auch net mehr der Jüngschte.«

Ich las dann später irgendwann im Trierischen Volksfreund, dass man im Zuge der Ermittlungen auf einige dubiose Machenschaften im Geschäftsgebaren des Toten gestoßen war und dass der bekannte Geschäftsmann mit irgendeinem Zeug vergiftet worden war. Jedenfalls nicht mit Frostschutzmittel, wie ich erleichtert registrierte. Man vermutete eine Abrechnung mit der Halbwelt. Die Rothaarige hat man nie gefunden, das Wohnmobil auch nicht. Haarefärben ist ja auch ein Klacks, und für protzige Wohnmobile gibt es sicher einen lukrativen Schwarzmarkt und für deutsche Doggen vielleicht ein neues Herrchen. Womöglich war der nächtliche Schleicher ihr Komplize gewesen? Ein Gaunerpärchen, das Karl ausgetrickst hatte? Mir war es egal. Manche Dinge erledigen sich eben von selbst. Für Karl tut es mir jedenfalls überhaupt nicht leid. Der wird mir nirgendwo mehr begegnen.

Und der kleine Kläffer?

Na ja. Einer weniger.

PETER GERDES

der beste platz

Schnell, schnell! Ich glaube, sie wollen los!« Cornelia Schaller hüpft aufgeregt auf und ab, ihre Hände
flattern fahrig, ihre blondierten Locken wippen ebenso
wie ihr kurzes, ärmelloses Shirt. »Erich, so komm doch!
Mach ein bisschen hin!«

Erich Schallers Kopf taucht in der offenen Tür des
Wohnmobils auf, eingerahmt von puscheligen Vor-
hangsträhnen. Seine spärlichen grauen Haare sind zer-
zaust, sein Blick ist noch vom jäh unterbrochenen Vor-
mittagsschläfchen getrübt. Aber das ändert sich schnell,
denn auch Erich Schaller erfasst sofort den Ernst der Situation. Seine Frau hat recht. Die da vorne wollen tatsächlich los!

Das Riesentrumm, der schweineteure Dreiachser
mit Doppelboden und elektrisch schwenkbarer Satel-
litenschüssel, Solar- und Generatorenstrom, automa-
tischem Niveauausgleich, selbstausfahrenden Stützen
und integrierter Garage für das mitgeführte Smart-Ca-
brio, hat startklar gemacht. Der Vorgarten ist wegge-
packt, der Windschutz abgetakelt, die Markise elektrisch und lautlos eingefahren worden. Schon grollt der
Diesel, hallen die Abschiedsrufe. Rückfahrscheinwer-
fer leuchten auf. Womit keiner mehr gerechnet hat, weil
man schon seit über einer Woche vergebens darauf wartet, tritt ein: Der beste Platz von Maasholm, der ganz
vorne rechts, gleich neben dem Fußweg, direkt hinter
der Badebucht und mit Blick auf die Schleimündung,
wird frei!

»Jetzt aber fix«, knurrt Erich Schaller. Leise, so als ob
er niemanden wecken will, jedenfalls keine schlafenden
Hunde. Sie sind nicht vorbereitet. Aber, das erweisen

kurze Blicke nach rechts und links, das sind die anderen auch nicht. Überall stehen die Gartenmöbel draußen, teils sind die Frühstückstische noch gedeckt, die Markisen stehen stramm, die WoMos sind mit gummierten Stromkabeln fest vertäut. Alle haben die gleichen schlechten Voraussetzungen. Jetzt nur planvoll vorgehen, dann ist noch alles drin, denkt Erich Schaller.

»Die Möbel weg!«, weist er seine Frau an. »Nichts einpacken, nur beiseite, dass ich ausscheren kann.« Selbst greift er sich die lange Kurbel, die neben der Tür klemmt, und fängt an, die Markise zu reffen. Es quietscht laut, und nachdem die Stützen eingeklappt sind, kreischt die Mechanik ganz elendiglich. Erich Schaller läuft rot an. Verdammtes Mistding! Da hätte er seine Absichten ja auch gleich per Megaphon verkünden können. Jetzt muss der Vorstoß unbedingt klappen, sonst ist er vor der gesamten Platzbesatzung bis auf die Knochen blamiert.

Endlich ist die Markise drin. »Das Stromkabel!«, ruft er Cornelia zu, dann pfeffert er die Kurbel einfach auf den Wagenboden und zwängt sich zwischen den Vordersitzen hindurch ans Steuer. Im Rückspiegel sieht er, dass seine Frau den blauen Dreipolstecker gezogen hat. Also nichts wie los! Der Fiatmotor beginnt zu rumpeln, zuverlässig wie immer. Erster Gang, der Gasfuß spielt gefühlvoll. Klar zur Attacke!

Das Riesenschiff hat sich inzwischen aus der begehrten Stellplatzlücke geschoben, steht quer, hupt anhaltend zum Abschied. Blöder Angeber, denkt Erich Schaller, du mit deiner Protzkiste! Ihm ist richtig übel vor Neid. Jetzt endlich rollt der Riese an, biegt in den

Hauptweg ein, die Sicht auf den Platz der Plätze ist frei. Einladend liegt er in der Sonne, lockend, wartend. Er wartet auf ihn, auf Erich Schaller.

Da ist eine Bewegung im Rückspiegel. Cornelia winkt hektisch, ruft auch etwas, das durch den Diesellärm nicht zu verstehen ist. Was ist los? Will sich etwa doch einer der Nachbarn aus der zweiten oder gar dritten Reihe vordrängen? Sollen sie es nur versuchen, denkt Schaller. Keine Chance, jetzt nicht mehr. Er gibt Gas und lässt die Kupplung kommen.

Der Wagen macht einen Satz. Es rüttelt heftig, es knallt. Schallers Wohnmobil scheint in ein Loch zu stürzen, dass der Alkoven über dem Führerhausdach nur so ächzt. Vor Schreck tritt Erich Schaller die Bremse, vergisst das Auskuppeln. Mit einem unwilligen Schütteln erstirbt der Diesel. Durch die plötzliche Stille ist Cornelias Rufen gut zu verstehen. »Die Puschen! Denk doch an die Puschen!«

Verdammt, die Auffahrkeile! Schaller hat ganz vergessen, dass seine Vorderräder ja auf diesen Dingern stehen. Vielmehr standen, denn jetzt ist er vorwärts darüber hinweggeprescht und abgeschmiert. Ist halt schon Tage her, dass er den Wagen mit der Wasserwaage austariert hat, damit Cornelia nachts in der Koje nicht immer gegen ihn rollt. Nicht, dass er etwas dagegen hätte, wenn seine Frau ihm gelegentlich dicht auf die Pelle rückt, ganz im Gegenteil, sie ist sehr viel jünger als er und ziemlich attraktiv. Aber wenn Schaller schlafen will, dann will er eben schlafen.

Fluchend reißt er die Fahrertür auf, springt heraus, zerrt den linken Keil unter dem Wagenboden hervor, rennt zur anderen Seite, entfernt den zweiten Keil, wirft ihn achtlos zur Seite. Aufgeräumt wird später, jetzt gilt es, den begehrten, den erträumten besten Platz von Maasholm endlich zu okkupieren. Die Stützen seiner Markise dort in den Boden zu rammen wie einst die Conquistadores Kreuz und Fahne. Schaller stürzt zurück ans Steuer, greift zum Schaltknüppel. Jetzt aber!

Von rechts schiebt sich etwas in sein Blickfeld. Sieht aus wie ein Lieferwagen, hoch, dunkelweiß, fensterlos, mit merkwürdiger Beschriftung. »Peace«, was für eine Firma ist das denn? Und was sollen diese merkwürdigen, handförmigen grünen Blätter, die drum herum aufgemalt sind? Ein unkultivierter Lkw-Dieselmotor donnert, hüllt die Umgebung in eine dichte Rußwolke. Was will der denn jetzt hier? Und wo will der hin?

Eine Sekunde später weiß Schaller, wohin der andere will. Da hat der ihm nämlich den Weg abgeschnitten und ihn zur Vollbremsung gezwungen. Auf diesen Platz da will er, auf den besten Platz von Maasholm. In aller Seelenruhe parkt er ein, der Fahrer steigt aus, winkt Schaller zu. Ein langhaariger Typ in bunten, flatternden Klamotten. Zwei, drei andere Typen quellen aus der Beifahrertür, alle ähnlich zottelig und bunt, Männlein wie Weiblein. Einer bückt sich am Wagenheck, hantiert mit Hebeln. Eine Hebebühne klappt auf, wird halb heruntergefahren. Das Innere des Kastenwagens, von einer locker hängenden Zeltplane kaum verhüllt, ist zum Wohnwagen ausgebaut; Schaller erkennt Tisch und Bänke, Kojen, eine Küche, alles amateurhaft zusammengezimmert, und in der anderen Seitenwand sogar ein Fenster, eins aus dem Baumarkt, wie es aussieht. Eine der Frauen öffnet es gerade, macht den Gasherd an, setzt Wasser auf.

»Hippies«, knurrt Schaller zwischen den Zähnen hindurch, während er sein blitzsauberes, vorschriftsmäßig ausgestattetes Wohnmobil zurück in die Lücke rangiert, aus der er gekommen ist, sorgsam darauf bedacht, nicht noch einmal über die eigenen Puschen zu fahren. Verfluchte Hippies! Genau im falschen Moment müssen die hier auftauchen, denkt er. Sich auf den besten Platz von allen stellen. Auf *meinen* Platz!

Die Gasse zwischen den aufgereihten Wohnmobilen ist plötzlich voller Menschen, die auffallend absichtslos hin und her schlendern. Schaller, der seine quietschende Markise wieder herausleiert, fühlt sich von ihnen genauso begafft wie die Hippies. Wetten, die Kollegen zerreißen sich allesamt schon die Mäuler über seine Blamage?

Die Hippies stellen derweil verschrammte Stühle heraus und einen wackeligen Tisch, spannen ein dreieckiges Sonnensegel auf, fläzen sich hin, schlürfen Tee aus dickwandigen Tonbechern und schrammeln auf vergammelt aussehenden Gitarren. Sieht nicht so aus, als ob sie so bald wieder wegfahren, denkt Schaller. Die haben vor zu bleiben. Auf *meinem* Platz!

Na wartet, denkt er und lächelt böse. Das werdet ihr noch bereuen.

* * *

Den ganzen Tag über umschleicht Schaller das Lager der Hippies. Das lässt sich relativ unauffällig bewerkstelligen, denn so gut wie alles, was den Wohnmobil-Stellplatz von Maasholm so attraktiv macht, liegt in der Nähe dieser Parzelle: Der Zugang zum Badestrand, die Sitzgruppen unter den Bäumen am Ufer, der Blick auf die Mündungsbucht der Schlei mit dem regen Bootsverkehr Richtung Ostsee, der Yachthafen und auch die Wanderwege, die vom Ort weg oder durch ihn hindurch führen, beginnen hier. Manch einem mag dieser Platz deshalb ein wenig zu unruhig sein. Schaller nicht. Und den Hippies offenkundig auch nicht.

Die einfachste Möglichkeit, die unerwünschten Nachbarn loszuwerden, denkt Schaller, ist, sie beim Platzwart anzuschwärzen. Er versucht es auch gleich. »Das ist doch kein richtiges WoMo, was die da fahren! Das ist doch ein schnöder Laster. Wie sieht denn das aus, das Ding verschandelt doch den ganzen Platz!«

Aber damit beißt er auf Granit. Der Platzwart zuckt nur mit den Achseln. Schönheitspreise gebe es hier nicht, sagt er, und wenn wem was nicht passe, solle er doch dran vorbeigucken. Außerdem stünden in einer Ecke des Platzes, der winters zur Bootslagerung dient, noch ein paar Trailer herum, die seien auch kein schöner Anblick. »Also, was soll's?«

Schaller will nachkarten, gewinnt aber den Eindruck, dass er eher selbst rausfliegen könnte, wenn er keine Ruhe gibt. Also knirscht er mit den Zähnen und erkundet weiter. Lassen die Hippies etwa ihr Schmutzwasser einfach im Rasen versickern, statt es vorschriftsmäßig zu entsorgen? Zapfen sie vielleicht illegal Strom ab? Nutzen sie das moderne Sanitärhaus, ohne vorher ein Ticket zu lösen? Aber er kann nichts feststellen. Die

Hippies benehmen sich geradezu mustergültig. Da ist für Schaller nichts zu holen.

Er kann kaum erwarten, dass es Abend wird. Bestimmt zünden die Hippies ein wildes Lagerfeuer an. Oder sie nebeln mit dem Qualm ihres Grills alles ein. Und vor allem werden sie bestimmt viel zu laut sein, ihre bekloppte Musik aufdrehen und dazu grölen, bis weit über 22 Uhr hinaus. Dann hat er sie!

Wieder Fehlanzeige. Die Hippies grillen nicht, sie kochen sich etwas, drinnen auf dem Gaskocher, völlig rauchfrei. Essen tun sie draußen, reichlich spät für Schallers Geschmack, aber gesittet. Zwar riecht es durchdringend nach exotischen Gewürzen, aber selbst Schaller muss einsehen, dass er daraus keinen Platzverweis drechseln kann. Das waren noch Zeiten, als einer aus dem Café herausfliegen konnte, weil er eine Knoblauchfahne hatte!

Er selbst hat längst gegessen, um sieben, wie es sich gehört. Hat seine Frau in das Restaurant vorne am Platz, gleich bei der Einfahrt, eingeladen, das ist nah und günstig, eben praktisch. Zwar sitzt man auf Gartenstühlen an Plastiktischen über Waschbetonplatten, und der Fisch kommt aus der Fritteuse, aber was soll's, schmeckt doch gar nicht schlecht, nicht wahr? Na also.

Danach hat er Cornelia aus den Augen verloren, hat gerade auch gar keine Zeit für sie, muss ja die Feinde vom Stamme der Hippies beschleichen. Kaum ist es dunkel, tut er das tatsächlich. Robbt auf dem Bauch unter der halb heruntergeleierten Ladebühne dieses umfunktionierten Umzugslasters hindurch, die als Treppe und Veranda gleichzeitig dient. Und dabei macht er dann doch noch eine verwertbare Entdeckung. Denn dort, wo die Gasanlagenprüfplakette kleben müsste, nämlich rechts neben dem Nummernschild, ist nichts! Gar nichts! Zur Sicherheit untersucht Schaller die gesamte Rückfront des rollenden Hippiedomizils: immer noch nichts. Dabei hat er doch mit eigenen Augen gesehen, dass drinnen auf einem Gaskocher gekocht wurde!

Also hat diese Wanzenschleuder eine illegal betriebene Gasanlage an Bord. Das ist doch was! Wenn er das dem Platzwart steckt, dann kann der gar nicht anders, dann muss er die Hippies des Geländes verweisen. Und der beste Platz, denkt Schaller, *sein* Platz, wird endlich frei!

Er will sich schon wieder davonschleichen, auf Zehen- und Fingerspitzen, wie er es bei Karl May gelernt hat, da hört er plötzlich etwas, das ihn erstarren lässt. Aus dem gedämpften Stimmengemurmel der Hippie-Runde sticht ein Lachen heraus. Ein Lachen, das Schaller nur zu gut kennt. Das kann nicht sein, denkt er, robbt sich aber trotzdem wieder heran. Noch näher als zuvor. Und sieht seinen Verdacht bestätigt.

Cornelias Lachen!

Es ist nicht zu fassen. Da müht Erich Schaller sich ab, um endlich an diesen tollen Platz zu kommen, nicht nur für sich, nein, doch auch und vor allem für seine Frau – und was tut die? Hockt sich einfach zu den Hippies! Quatscht und lacht mit dieser verlausten Bande! Kollaboriert mit dem Feind! Das, denkt Schaller, ist unglaublich. Das ist Verrat!

Aber wie kann es denn überhaupt angehen, dass seine Cornelia plötzlich Gefallen an solchen Typen findet?

Sie ist doch so sehr fürs Akkurate. Schaller jedenfalls ist überzeugt davon. Und sie hasst Drogen! Missgönnt sie ihm nicht regelmäßig den dritten Aquavit zum Bierchen? Wie kann sie sich dann plötzlich mit Gestalten gemein machen, die doch bestimmt Haschisch und Heroin nehmen?

Beim näheren Hinsehen jedoch entdeckt Schaller weder jumbodicke Joints noch Spritzbestecke, sondern nur eine dickbäuchige Chiantiflasche. Und die Leute da rauchen zwar Selbstgedrehte, aber der Qualm, der in Schallers Richtung zieht, riecht eindeutig nur nach verbranntem Tabak. Dafür fällt ihm etwas anderes auf. Nämlich an dem Kerl, der da neben seiner Cornelia sitzt, mit bloßem Oberkörper, und sich gerade vertraulich lächelnd zu ihr hinüberbeugt.

Teufel, sieht der Junge gut aus!

Vorsichtig zieht Schaller sich zurück, so lautlos es geht, mit zitternden Händen. Er fühlt sich bedroht, fast schon geschlagen. Wie soll er denn konkurrieren mit solch einem Schönling, dessen Gesicht aussieht wie von Dürer gestochen, dessen zwar leptosomer, aber trotzdem harmonisch definierter Torso völlig frei von Fett und Falten, dafür jedoch appetitlich goldbraun angebraten ist? Wenn Cornelia, seine hübsche, so herrliche junge Cornelia sich zu dem hingezogen fühlt, wie könnte er das jemals verhindern? Schaller ist nicht mehr der Jüngste, der Schönste schon gar nicht, und so erfolgreich war er in seinem Berufsleben nicht, als dass er das mit Geld ausgleichen könnte. Nicht einmal zu einem edlen Wohnmobil von *Arto* oder *Hymer* hat es gereicht, nur zu seinem schnöden Alkovenmodell von der Stange. Nein, Schaller ist sich sicher: Wenn Cornelia jetzt auf Exotik steht, hat die Mittelklasse ausgepfiffen.

Es sei denn …

Schaller richtet sich auf, strafft sich, streicht sich die schütteren Haare zurück. Er hat einen Plan.

* * *

Gleich am nächsten Morgen wuchtet er den Motorroller von der Halterung am Heck des Wohnmobils. Cornelias erstaunte Frage beantwortet er ausweichend: »Muss was besorgen. Dass die blöde Markise nicht mehr so quietscht.« Sie gibt sich damit zufrieden, hat offenbar nichts dagegen, dass ihr Mann sie für ein paar Stunden allein lassen will. Eine Erkenntnis, die Schaller zusätzlich anfeuert.

Über die B 199 knattert er nach Flensburg und dort direkt zum Hafen. Cornelia wäre wohl alles andere als entzückt, wenn sie wüsste, dass ihr Gatte ausgerechnet den Oluf-Samson-Gang aufsucht! Allerdings gehen in den schnuckligen kleinen Häuschen längst nicht mehr so viele Prostituierte ihrem Gewerbe nach wie damals, als Schaller hier seinen Wehrdienst bei der Marine ableistete. Die eine aber, nach der er sucht, sitzt nach wie vor hinter ihrem Fenster im Erdgeschoss. Und gegen einen kleinen, na ja, nicht allzu kleinen Obolus ist sie auch bereit, Schaller die Auskunft zu geben, die er wünscht.

Der Rest geht dann nicht ganz so schnell und reibungslos, wie er sich das vorgestellt hat. Aber immerhin, nach ein paar Stunden hat er, was er haben wollte, und kann sich auf den Heimweg machen. Zweimal macht er noch Station, um Dinge zu kaufen, die ihm so durch den Kopf gehen. Das eine ist Schmierfett, für die Markisengelenke. Das andere sind Miesmuscheln. Ein Kilo pro Person.

Als er endlich das entzückende Maasholm wieder erreicht hat, ist es schon später Nachmittag. Cornelia ist natürlich nicht im heimischen WoMo; ihr Lachen schallt von den Hippies herüber, viel lauter als gestern. Schnell tupft Schaller etwas Fett ans Markisengestänge, quasi als Alibi, dann macht er sich daran, die Muscheln zu wässern. Er weiß, dass er seine Frau in letzter Zeit ein wenig vernachlässigt hat. Für sie zu kochen, soll ein erster Schritt sein, das zu ändern.

Als Cornelia herübergeschlendert kommt, köcheln die Muscheln gerade in ihrem Sud aus Gemüsebrühe, Knoblauch und Zwiebeln. Es duftet köstlich, und Schaller ist froh, sich für die Brühe und gegen Weißwein entschieden zu haben; so wird das Essen einfach herzhafter. Den Weißwein gibt es zum Trinken dazu, außerdem Baguette, das er frisch aus dem Ort besorgt hat, und ein selbst gemachtes Aioli als Dipp. Cornelia ist begeistert, Schaller ist mit sich und der Welt zufrieden.

Es ist ein herrlich warmer Abend. Sie sitzen zusammen draußen und reden, bis es dunkel wird, dann machen sie einen Spaziergang an den Strand und durch den Hafen, Arm in Arm wie in alten Zeiten. Schaller freut sich schon auf das Kuscheln in der Doppelkoje. Im Alkoven ist es sehr bequem, zwar niedrig, aber es gibt Möglichkeiten.

Dass Cornelia dann doch noch nicht mit ins Bett will, sondern erst noch einmal hinüber zu den Hippies geht, nimmt Schaller klaglos hin. Was soll's, der erste Schritt ist getan, Rom wurde auch nicht an einem Tag erbaut. Niedergebrannt allerdings schon, aber das ist eine andere Geschichte. Schaller räkelt sich in der breiten Koje und freut sich auf Cornelias Rückkehr. Darüber schläft er ein.

Als er Stunden später halb wach wird, weil er aufs Klo muss, liegt Cornelia da und schläft ihrerseits. Schaller klettert über Ehefrau und Leiter, erleichtert sich und kuschelt sich wieder ein. Aufgeschoben ist ja nicht aufgehoben, denkt er, und schon schläft er wieder.

* * *

Noch in derselben Nacht wird Schaller erneut geweckt. Diesmal gründlich und wesentlich unsanfter. Cornelia liegt auf ihm, was aber nicht das Erhoffte bedeutet, sondern nur, dass sie an das kleine Fenster hinter seinem Kopf heranwill. Dabei schreit sie ihm aus nächster Nähe ins Ohr: »Es brennt! Um Gottes willen, es brennt!«

»Wo denn?«, fragt Schaller, immer noch um Orientierung bemüht. Die Antwort, die er fürchtet, lautet: *Bei uns!* Aber die kommt nicht. »Bei Marcel!«, schluchzt Cornelia, lässt von ihm ab, klettert aus dem Alkoven und rennt schreiend aus der Tür. Allzu viel hat sie nicht an.

Schaller stolpert hinterher. Dieser hässliche Lkw, das Hippiemobil, steht in hellen Flammen. Eine der Seitenwände ist eingerissen, als wäre sie aus Alufolie. Die Beladeplattform ist wie immer halb unten, der Vorhang verkohlt, Rauch quillt aus dem Inneren des Wagens. Das sieht nicht gut aus, denkt Schaller.

Deshalb ist er auch ziemlich erleichtert, als er den Hippie-Schönling abseits des Infernos stehen sieht, die Lockenmähne angesengt, die nackten Schultern gerötet, aber ansonsten unbeschädigt. Als Cornelia ihm ganz aufgelöst um den Hals fällt, fährt er mit einem Aufschrei zurück. Diese Verbrennungen müssen mit Sicherheit behandelt werden, denkt Schaller befriedigt. Ein paar Tage Krankenhaus, da ist er gut aufgehoben.

Auch zwei der anderen Hippies, Männlein und Weiblein, tauchen auf, verschlafen und geschockt. Anscheinend haben sie am Strand übernachtet. Das dürfte ihnen das Leben gerettet haben. Aber wo ist Hippie Nummer vier? Die andere Frau? Etwa immer noch im brennenden Lkw?

Nein, denkt Schaller, das sieht wirklich nicht gut aus. Und während die Nachbarn des brennenden Fahrzeugs ihre eigenen Mobile in Sicherheit bringen und andere Platzbewohner mit dem Löschen beginnen, während in der Ferne Sirenen ertönen, geht Schaller zurück in sein eigenes WoMo und legt sich wieder hin.

* * *

Ein paar Stunden später klopft es. Schaller trinkt gerade Kaffee, fragt sich, wo seine Frau wohl bleibt. Hat sie vielleicht ihren Schlüssel verloren? Draußen aber steht die Polizei. Zwei Uniformierte, zwei in Zivil, alle mit steinernen Mienen. Sie nehmen seine Personalien auf, fragen, wo er den letzten Tag und die letzte Nacht verbracht hat. Schaller kommt ins Stottern, hat sich nichts zurechtgelegt, muss improvisieren. Darin ist er nicht gut.

Dann kommt der Mann mit dem Hund. Der Hund wird ins WoMo geführt, beginnt fast augenblicklich aufgeregt zu bellen. Die Beamten öffnen die vordere Dinettenbank, einer greift hinter den Wassertank, aha! Er zieht ein Päckchen hervor.

Das Päckchen. Das teure Päckchen, das er gestern in Flensburg gekauft und zwischengelagert hat, um es bei nächster Gelegenheit den Hippies unterzujubeln und die dann zu verpfeifen. Um diesen Schönling Marcel in Cornelias Augen nachhaltig zu diskreditieren. Kein schlechter Plan, denkt er immer noch. Aber nichts, das man der Polizei erzählen könnte. Schaller zuckt also nur mit den Achseln.

Da steht Cornelia. Mit verschränkten Armen schaut sie zu, wie er abgeführt wird. Ihr Gesichtsausdruck spricht Bände.

Sie bringen ihn nach Kappeln, in die Polizei-Zentralstation Arnisser Straße, nehmen ihm Fingerabdrücke ab, lassen ihn ein Weilchen schmoren. Dann nehmen sie ihn in die Zange.

»Sie sind mehrfach um den fraglichen Wagen herumgeschlichen. Man hat Sie gesehen, es gibt Zeugen.«

»Und Ihre Fingerabdrücke haben wir gefunden. Hinten am Lkw und bestimmt noch anderswo, warten Sie nur ab.«

»Warum haben Sie die Gasanlage manipuliert? Wen sollte es erwischen, den Herrn Cornelsen? Was war ihr Motiv? Hielten Sie ihn für einen Konkurrenten? Er hatte aber gar keinen Stoff bei sich. Im Gegensatz zu Ihnen!«

Es dauert ein Weilchen, bis Schaller begreift, dass dieser Herr Cornelsen der Hippie-Schönling Marcel ist. Und bis er bemerkt, wessen man ihn verdächtigt. Und dass man ihn für einen Rauschgifthändler hält. Jetzt kann er nicht anders, jetzt muss er mit der Wahrheit herausrücken. Aber er merkt schnell, dass er damit zu lange gewartet hat. Man glaubt ihm nicht mehr. Höchstens noch ein Detail: »Ach, dann war also Eifersucht das Motiv!«

Schaller wird wütend, Schaller schreit. Dann weint er, bettelt, bricht zusammen. Sie schleppen ihn in eine Arrestzelle, nehmen ihm Gürtel und Schuhe ab, geben ihm eine stinkende Wolldecke. Als die schwere Tür hinter ihm ins Schloss fällt, denkt Schaller an den Platz. Den besten Platz von Maasholm. Der ist jetzt sein einziger Trost.

* * *

Am nächsten Morgen wird er früh geweckt. Sie geben ihm seine Sachen zurück, legen ihm das Protokoll seiner Aussage zur Unterschrift vor. »Sie können gehen«, heißt es dann lapidar. »Um eine Anzeige wegen Verstoßes gegen das Betäubungsmittelgesetz kommen Sie aber nicht herum.«

Schaller gibt sich damit nicht zufrieden, insistiert. Endlich sagen sie ihm, was passiert ist. Diese Frau, der vierte Hippie sozusagen, ist nicht tot, Gott sei Dank. Ist nicht im Wohnlaster verbrannt. Sie ist – besser: war – die Freundin von Marcel Cornelsen. Der ist ein überzeugter Anhänger der freien Liebe, was für einen Späthippie nicht ungewöhnlich ist, ihr jedoch mächtig gegen den Strich geht. Cornelsens jüngstes Techtelmechtel mit Cornelia Schaller hat das Fass zum Überlaufen gebracht. Sie hat daraufhin dem mitreisenden

Pärchen das Übernachten am Strand schmackhaft gemacht und dann, während sich Cornelsen mit Cornelia
in den Büschen vergnügte, die improvisierte Gasanlage
sabotiert. Ja, in der Tat, ein regelrechter Mordversuch,
heimtückisch und geplant. Nicht richtig geplant freilich
hat die Frau ihre Flucht. Sie wurde aufgegriffen und ist
geständig. Und jetzt, bitte, soll Schaller endlich gehen.

Das tut er auch. Wie in Trance.

* * *

Im Wohnmobil liegt ein verschlossener Brief auf dem
Tisch. An ihn. Von Cornelia. Er macht ihn nicht auf. Alles aus, alles kaputt, denkt Schaller. Was für eine trost-
lose Situation.

Halt. Ein Trost wäre da noch.

Schaller geht hinüber zu dem ausgebrannten Lkw, der
auf dem schönsten Platz von Maasholm steht. Sobald
der abgeholt wird, hat er freie Bahn! Bloß nicht den Moment verpassen. Da kommt gerade der Platzmeister, na
wunderbar. Gleich mal fragen, wann es so weit ist.

Der Platzwart deutet stumm auf das rechte Hinterrad
des Wagens. Schaller erkennt eine Parkkralle. Eine von
der wuchtigen Sorte.

»Der Wagen soll bis auf Weiteres hier stehen bleiben,
sagen die Bullen«, sagt der Platzwart. »Genau hier. Ist
ein Tatort. Wegen späterer Untersuchungen und so. Die
Karre blockiert uns hier den schönsten Platz. Ist doch
Mist, oder?«

Ja. Das findet Schaller auch.

GUIDO M. BREUER

der totale tourismus

Beim allerersten zarten Morgenlicht, als noch Nebelschleier über den Wiesen waberten, begleitet vom Gezwitscher der erwachenden Vögel, kroch Manni Sötenich aus seinem Zelt. Nackt wie immer, nur auf dem Kopf mit struppigem grauem Haar bedeckt, ließ er die frische Frühlingsluft auf seiner sonnengebräunten Haut wirken. Er machte ein paar Schritte, spürte das nasse Gras an seinen Füßen, und ein beseeltes Lächeln stahl sich in sein Gesicht, von dem dank seiner seit Jahrzehnten nicht mehr durch Schere oder Rasierer beeinträchtigten Bartpracht nicht viel zu sehen war bis auf ein paar klare, listig blitzende Augen. Manni fabrizierte ein paar Kniebeugen, die Bewegung tat ihm gut, und die letzte Verkrampfung der Nacht auf harter Bettstatt entlud sich in einem donnernden Furz. Zufrieden sah er sich um. Sein Zeltplatz lag noch im süßesten Dornröschenschlaf. Etwas missmutig wurde er, als sein Blick auf die mehrere Meter hohe, aus grünem Plastikgewebe gefertigte Trennwand fiel. Dahinter befand sich der Golfplatz von Bruchley, dessen betuchte Mitglieder sich über den Anblick eines sich stets tuchlos präsentierenden Waldschrats und seiner verrückten nudistischen Künstler- und Schamanengemeinde massiv gestört gefühlt und diesen Zaun hatten errichten lassen. Manni ergriff seinen selbst gebauten Bogen, wählte einen Pfeil, der schon etwas gelitten hatte und um den es nicht schade war, legte ihn an und sandte den befiederten Holzstab mit hell aufklingender Sehne in Richtung dieses hässlichen Zaunes. Das Geschoss durchdrang mühelos das Objekt seines Unmuts, um dann, verborgen vor dem Blick des Schützen, in irgendeinen Festkörper zu klatschen.

Niemand schrie auf, kein Mensch wurde getroffen. Um diese Zeit war ja auch noch kein Golfer unterwegs. Ralle, der Platzwart, wusste um die ab und an einfliegenden Geschosse und hütete sich, so früh am Morgen auf dem Golfplatz zu arbeiten. Manni Sötenich stellte den Bogen wieder an seinen Platz, reckte sich und stieß einen lauten Schrei aus, der seine Lungen und seinen Geist befreite und nebenbei die anderen Bewohner des Zeltlagers weckte. Manni war zufrieden mit dem Beginn dieses Tages.

* * *

Nepomuk Oedekoven blickte kampfeslustig in die Runde. Der Gemeinderat quälte sich seit geraumer Zeit mit der finanziellen Schieflage der beschaulichen Eifeler Kommune. Die heutige Sitzung wollten einige Ratsmitglieder nutzen, das hatte Nepomuk aus sicherer Quelle erfahren, um die Führungsposition des Bürgermeisters infrage zu stellen. Natürlich war Bendenich-Bruchley keine reiche Gemeinde, war es nie gewesen. Industrie war hier nicht ansässig. Der Golfplatz brachte weniger ein, als man erhofft hatte, und die Aufwertung der umliegenden Natur in einen Nationalpark war dem Tourismus nicht förderlich gewesen. Von dem wilden Zeltplatz des offensichtlich verrückten Manfred Sötenich ganz zu schweigen. Nepomuk atmete tief durch, bevor er ansetzte:

»Herrschaften! Lasst mich doch unser Problem beim Namen nennen. Und es mit einem Befreiungsschlag ausmerzen!«

Nepomuk wartete ab, welche Wirkung diese Ansage erzielen würde. Und tatsächlich waren alle still und hingen an seinen Lippen, wie er es liebte. Er fuhr fort.

»Der Tourismus ist nun einmal die einzige nennenswerte Einnahmequelle unserer Gemeinde. Und da haben wir ein paar Fremdenzimmer, am See die Ferienwohnungen, und die letzte verbliebene Gaststätte ist kaum mehr als ein Treffpunkt für die Skatrunde und verkauft hin und wieder eine Erbsensuppe für Wanderer. Das reicht bei Weitem nicht! Ich habe da mal was vorbereitet. Jupp, teil die Prospekte aus!«

Während der so Angesprochene herumging und bunte Faltblätter verteilte, sprach der Bürgermeister weiter: »Josef hat ja den Copyshop und ist zuständig für Propa... also für Werbung und Marketing in der Fraktion. Er hat den Flyer gespendet.«

Nepomuk wartete, bis alle Ratsmitglieder versorgt waren und erste neugierige Blicke in den Prospekt warfen.

»Das Konzept beschreibt eine ganz neue Art des Tourismus. Hochwertig, hochmodern, hochpreisig, hochsexy sozusagen.«

Eine zaghafte Wortmeldung kam aus dem Plenum. Jule Erkens, die erst seit Kurzem in der Kommunalpolitik aktiv war, erhob sich. »Entschuldigung, aber lese ich das hier richtig? Die Touristen sollen sich wie zu Hause fühlen. Gut. Aber sie sollen Zugang zu allem haben? Bei uns leben, wohnen, essen, duschen und schlafen, wo immer sie wollen?«

»Genau, meine Liebe!« rief Nepomuk aus. »Keine Grenzen, vollständige Integration, keine Tür bleibt verschlossen. Der zahlende Gast ist Freund, Arbeitskollege, Familie. Er will deinen Hund Gassi führen. Schön. Er will mit deinem Auto zum Golfplatz fahren. Na klar. Er will in deinem Bett schlafen? Aber sicher das. Wohlfühlen soll er sich!«

»Na, ich weiß nicht«, wagte Jule einzuwenden.

»Aber ich weiß es!«, schrie Nepomuk. »Wollt ihr nun raus aus der Misere oder nicht? Wollt ihr eure Ruhe oder wollt ihr Geld?«

»Geld!«, riefen spontan einige.

»Ja!« rief Nepomuk zurück.

»Wollt ihr Langeweile oder wollt ihr Touristen?«

»Touristen!«

»Wollt ihr den totalen Tourismus?«

»Ja!«, rief der Gemeinderat beinahe einstimmig.

»Und wer ist der Feind?«

Es wurde kurz still im Saal.

»Wer bremst die Zukunft, das Moderne, das Totale, was uns weiterbringt?«, erweiterte Nepomuk seine Fragestellung.

»Die Bendenicher«, riefen manche. »Die Bruchleyer«, ließen sich andere vernehmen.

Der Bürgermeister winkte ab. »Ich sehe, ihr habt den Ernst der Lage noch nicht erfasst. Es sind diejenigen unter uns, die sich nicht mit unserer Gemeinde identifizieren. Die Zugezogenen, die sich abschotten wollen und von dem Geld leben, dass sie in der Großstadt verdient haben. Die Zweifler, die Individualisten, die Linken, die sogenannten Alternativen!«

Applaus brandete auf, und Nepomuk ließ sich von der Zustimmung des Plenums begeistert weitertragen.

»Ihr werdet sehen!«, rief er. »In wenigen Wochen schon haben wir hier eine ganz andere Gemeinde. Der totale Tourismus wird blühen, und die Koalition der Willigen wird siegen!«

* * *

Es dauerte zwar nicht nur wenige Wochen, aber der Sommer präsentierte sich noch in voller Pracht und wohltuender Wärme, als Manni Sötenich von seiner abendlichen Meditation aufsah und einer kleinen Truppe von Menschen, beladen mit Rucksäcken und Reisetaschen, entgegenblickte. Angeführt wurde die Besucherschar von Jule Erkens, die mit verlegener Miene ihr Gepäck vor ihm absetzte, ihre beiden Kinder an die Hand nahm und sagte: »Lieber Herr Sötenich, ich bitte im Namen dieser wirklich verzweifelten Menschen in Ihrem Zeltlager um Asyl.«

Manni erhob sich, strich eine allzu störrische, struppige Haarsträhne aus seinen Augen (Jule hätte sich zugunsten ihrer Sprösslinge gewünscht, seine Behaarung wäre in der Körpermitte ähnlich überdeckend wuchernd gewesen, was jedoch nicht ganz so sehr der Fall war) und antwortete: »Liebe Jule, wir haben uns lange nicht gesehen. Was macht dein Mann?«

»Der ist vorübergehend nach Köln gezogen, seine Firma hat ihm dort ein Zimmer zur Verfügung gestellt.«

»Ist was mit dem Haus?«

»Oh«, sagte Jule verlegen, »das ist einer der Gründe für unseren Asylantrag. Bei uns wohnt jetzt ein zugegebenermaßen sehr nettes holländisches Paar, sie finden das Fachwerk sehr *verrukkelijk*. Aber ich – wir alle hier – können dem totalen Tourismus nichts abgewinnen. Und das macht uns im Ort zu Aussätzigen. Die Kinder wurden in der Schule schon angespuckt, und im Stadtrat spricht niemand mehr mit mir.«

Die anderen Asylbewerber nickten zustimmend, ihnen war es wohl ähnlich ergangen.

»Hm, da hat der Oedekoven sich wohl tatsächlich durchgesetzt«, brummte Manni. »Dem habe ich immer schon das Schlimmste zugetraut. Aber das die ganze Gemeinde so etwas mit sich machen lässt, kann ich nicht fassen.«

»Wir auch nicht, aber irgendwie gab es keinen breiten Widerspruch, und dann lief es an, und keiner konnte es mehr aufhalten. Sagen Sie, können wir hier ein Zelt aufschlagen?«

»Aber sicher, meine liebe Jule«, sagte Manni und zeigte um sich. »Sucht euch ein Plätzchen, aber geht nicht zu großzügig mit dem Raum um, vielleicht kommen ja noch mehr.«

»Vielen Dank, da fällt uns ein großer Stein vom Herzen. Nur eine kleine Frage hab ich dazu noch: Müssen wir alle nackt herumlaufen? Ist das Pflicht?«

»Aber nein, niemand ist zu einer bestimmten Kleidung oder zum Nacktsein gezwungen. Machen Sie, wie Sie wollen.«

»Vielen Dank«, sagte Jule noch einmal und sah dann verwundert, wie ihre Kinder sich jubelnd die Kleider vom Leib rissen und begannen, nackt hinter zwei Hühnern herzulaufen, die ebenfalls ganz ungezwungen des Wegs gekommen waren. Alle Ankömmlinge gaben Manni artig dankend die Hand und machten sich daran, ihre mitgebrachten Zelte aufzubauen.

* * *

Noch viele Jahre sollte er eine seiner Lieblingsgeschichten stets mit einer Danksagung an seine Prostata beginnen. Denn ihre unbotmäßige Vergrößerung war der Grund dafür, dass Manni des Öfteren das Zelt zwecks Blasenentleerung verlassen musste, auch in Zeiten, die das übrige Volk schlafend verbrachte. So war es auch in dieser Nacht. Man hatte mit den Neuankömmlingen lange am Lagerfeuer gesessen und das eine oder andere Willkommensbierchen getrunken. Den Inhalt der letzten Flasche drängte es gegen vier Uhr am Morgen dazu, Mannis Körper wieder zu verlassen. Leise, um niemanden zu wecken, öffnete er den Reißverschluss des Zeltes und trat vorsichtig hinaus. Was er dann sah, ließ seine Bogenhand sofort nach dem Sportgerät greifen. Jemand machte sich an einem Zelt zu schaffen. Ein Feuerzeug wurde entzündet, im schwachen Schein der kleinen Flamme glaubte Manni, dessen Augen noch wesentlich besser funktionierten als sein Urogenitaltrakt, Jupp Köbel zu erkennen, die rechte Hand des Bürgermeisters. Und wenn Manni sich nicht täuschte, versuchte dieser gerade, ein Zelt in Brand zu setzen. Schnell ergriff Manni einen Pfeil, nockte ihn in die Sehne ein und zog den Bogen aus. Trotz der gebotenen Eile zielte er sehr sorgfältig. Das beste Ziel bei dem gebückt dastehenden Jupp bot dessen ausladendes Hinterteil, dessen rückwärtige Ausdehnung der von der Seite visierende Schütze sehr gut beobachten konnte. Mit ruhiger Hand entließ er den Pfeil sirrend auf eine Flugbahn, die von Jupps linker Gesäßhälfte abgebremst wurde, aber nicht so sehr, dass die Spitze nicht auch noch die rechte Hälfte hätte durchdringen können. Mit einem spitzen Schrei, gefolgt von einem Gewimmer, fiel der Getroffene auf die Knie. Zur Vorsicht legte Manni noch einen zweiten Pfeil ein, bevor er auf Josef Köbel zuging. Mit größter Genugtuung sah Manni aus der Nähe, dass ihm ein meisterlicher Schuss gelungen war. Der Pfeil steckte recht weit hinten in beiden Pobacken, hatte den Attentäter also nicht wirklich schwer verletzt, jedoch so an jeglicher Fortbewegung gehindert. Jupps Winseln zeigte an, dass der Treffer ihm derbe Schmerzen zu bereiten schien, was den Schützen jedoch zu keiner ernsthaften Mitleidsregung bewegte.

»Jupp, so viel Niedertracht hätte ich noch nicht einmal dir und deinem Führer zugetraut«, brummte Manni verächtlich. Der Angesprochene gab nur ein weiteres Gewimmer zur Antwort. Es wurde mittlerweile munter auf dem Zeltplatz. Einige waren durch den Schrei und das Jammern geweckt worden, Taschenlampen leuchteten auf, Fragen wurden laut. Manni hätte jetzt sein Mobiltelefon aus der Tasche gezogen, wenn er denn Kleidung am Leibe gehabt hätte. So musste er zunächst zu seinem Zelt zurückgehen, um dann Notarzt und Polizei zu verständigen.

* * *

»Herr Jacobs, sind Sie sicher, dass wir hier richtig sind?«

Kriminalkommissarin Wibke Simsch sah ihren Kollegen, der den Dienstwagen in einem dunklen Irgendwo angehalten hatte, zweifelnd an. Kriminalhauptmeister Detlef Jacobs erwiderte den Blick der sehr viel jüngeren Kollegin mit einer Miene, die sie als gelangweilt oder auch geringschätzig hätte interpretieren können, wenn es denn im Innenraum des Passat hell genug gewesen wäre. Das wurde es, als der in Ehren ergraute Polizist die Türe öffnete und knurrte: »Wir sind genau da, wo wir sein sollen, und wenn es Ihnen hier unheimlich und düster erscheint, kommt mir das gerade gelegen, denn ich muss mal pissen.«

»Meine Güte«, seufzte Wibke Simsch und griff instinktiv nach dem Desinfektionsgel, das sie immer in der Handtasche mitführte. Sie verließ dann, nachdem sie ihre Hände sorgfältig eingerieben hatte, ebenfalls den Wagen, blieb aber in dessen unmittelbarer Nähe stehen, um auf keinen Fall irgendetwas vom Geschäft des Kollegen mitzubekommen. Sie war gerade erst der Ausbildung entronnen und frisch gebackene Kommissarin. Der kurz vor der Pensionierung stehende Jacobs war der erste Härtetest ihrer noch so jungen Laufbahn. Der nächste folgte jedoch auf dem Fuß.

»Raten Sie mal, was ich gerade gesehen habe!«, rief der Kollege ihr zu, während er eilig auf sie zukam und dabei versuchte, die Hose im Laufschritt zu schließen.

»Will ich das wissen?«, fragte Wibke zurück.

»O ja, das wollen Sie. Ich hätte gerade fast auf eine Leiche gestrullert!«

»Wieso Leiche? Was für eine Leiche?«

Wibke kramte aufgeregt in ihrem Gedächtnis herum. Nein, bei der Meldung war von einer nicht lebensgefährlichen Schussverletzung die Rede gewesen, keineswegs von einem Toten.

Detlef Jacobs grinste wölfisch. »Sie haben vielleicht in Ihrer gehobenen Kriminalausbildung gelernt, einen toten Menschen im Dunkeln ganz nebenbei beim Urinieren zu identifizieren. Ich stehe jedoch am Ende einer nur mittleren Laufbahn und kann das nicht.«

»Ach kommen Sie!«, rief Wibke aus. »Das ist doch bestimmt so ein Scherz, wie man ihn mit Neulingen so macht, oder?«

»Nö«, erwiderte Jacobs und wies mit dem Kinn in die Richtung, aus der er gekommen war. Dann stapfte er zurück zum Fahrersitz, um zum Funkgerät zu greifen und in nüchternem Ton von der veränderten Einsatzlage zu berichten. Wibke fummelte eine Taschenlampe aus dem Handschuhfach und stapfte dorthin, wo der Kollege eben zwischen den Büschen verschwunden war.

»Herrje!«, rief sie aus, als sie den leblosen Körper im Lichtstrahl erblickte. Als sie den Fokus auf den Kopf richtete und dort eine blutverklebte Deformation bemerkte, erschrak sie und griff erneut zu ihrem Gel, um sich nochmals gründlich zu desinfizieren. Dann trat sie zurück, weil sie sich daran erinnerte, dass sie als Ermittlerin den Tatort zunächst den Spezialisten zur kriminaltechnischen Untersuchung überlassen musste. Gleichzeitig hoffte sie, dass Jacobs keine relevanten Spuren *verpisst* haben mochte, wie er es wohl ausgedrückt hätte. Am Wagen erwartete sie der Kollege mit einem breiten Grinsen. »Das hätten Sie sich für den ersten Einsatz wohl kaum besser erträumen können, nicht wahr? Habe die KTU informiert, da rückt gleich ein Team an. Ich warte hier, während Sie sich zwischenzeitlich um die Sache mit dem gemeldeten Schussopfer kümmern können.«

»Guter Vorschlag«, stimmte Wibke zu. Dann wollte sie losgehen, stockte aber. »Wo geht es denn hier überhaupt lang?«

Jacobs wies ins Dunkle. »Hier geht ein Fußweg um den Golfplatz herum, dahinter liegt dann der Zeltplatz der Spinner.«

»Zeltplatz der Spinner?«

»Das ist kein offizieller Campingplatz. Das Gelände gehört einem ehemaligen Bürgermeister von Bruchley, der dort einem Haufen von … na ja, sagen wir mal … Alternativen und Aussteigern vorsteht. Manni ist seltsam, aber … machen Sie sich am besten selbst ein Bild.«

Und das tat die Kriminalkommissarin Wibke Simsch dann auch. Sie traf nach kurzem Fußmarsch auf eine malerisch mit Fackeln erleuchtete Szenerie, deren optische Glanzpunkte durch einen am Boden Kauernden, dem man die Hose vom Gesäß geschnitten hatte, um den darin steckenden Pfeil besser betrachten zu können, sowie von einem daneben stehenden, splitterfasernackten Kerl gebildet wurden. Und dieser Nackte wandte sich ihr zu und schickte sich an, ihr die Hand zu geben. Sie zuckte zurück, ließ ein im viergestrichenen C ausgestoßenes »Huch!« vernehmen, griff reflexartig in ihre Handtasche und zog ihr Gel hervor.

»Manfred Sötenich«, stellte Manni sich vor und betrachtete konsterniert, wie sie sich hektisch die Hände massierte.

»Kriminalkommissarin Wibke Simsch«, antwortete Wibke.

»Was machen Sie da?«

»Ach, das mache ich seit meiner Jugend ständig, stören Sie sich nicht daran. Ich desinfiziere nur meine Hände.«

»Na ja«, grinste Manni. »Jeder Jeck ist anders. Sie werden schon wissen, wofür das gut ist.«

Er zog seine zum Gruß ausgestreckte Rechte zurück und zeigte der Kommissarin seinen Bogen. »Ich habe Sie gerufen, und hier ist die Tatwaffe.«

Wibke sah sich das Gerät kurz an und meinte: »Englischer Langbogen, Bauart etwa vierzehntes Jahrhundert, würde ich sagen.«

»Respekt«, staunte Manni. »Den habe ich selbst gebaut, nach einer historischen Vorlage. Sie kennen sich aus.«

»Ich kenne mich mit Waffen aller Art aus«, erwiderte Wibke. »Sie wissen sicher, dass ein solcher Bogen hierzulande nicht als Waffe gilt, Sie ihn aber widerrechtlich als eine solche benutzt haben. Warum hat der Mann eigentlich immer noch den Pfeil im … also, wo ist der Notarzt?«

»Muss sich wohl verfahren haben«, meinte Manni. »Wir haben dem Jupp 'ne Flasche Schnaps gegeben, und Zeit, seine versuchte Brandstiftung zu überdenken.«

»Der Mann ist verrückt!«, rief Josef Köbel aus. »Verhaften Sie den schießwütigen Kerl! Der totale Tourismus lässt sich nicht aufhalten!«

»Nazis mit Arschpiercing halten erst mal die Schnauze!«, bellte Manni zurück.

»Was?« Wibke beschlich der dringende Verdacht, in ein Wespennest von Irren gestoßen zu sein. Fast hätte sie die Leiche vergessen. Eine Mischung aus Faszination und Neugierde machte sich in ihr breit. Ihr erster Fall war viel interessanter, als sie es sich in den wildesten Träumen jemals ausgemalt hatte. Nun ja, sie war in der Eifel, und jemand hätte sie vorwarnen können, aber selbst dann hätte sie nun wirklich nicht ahnen können, dass die Wirklichkeit noch viel schlimmer war als der Ruf dieser Region.

»Zunächst einmal werfen Sie bitte dem armen Kerl eine Decke über, das kann man sich ja nicht ansehen!«, rief sie aus. »Und dasselbe gilt auch für Sie, Herr Sötenich!«

»Sie können mich Manni nennen, Frollein Kommissarin«, grinste Manni. »Und ich ziehe mir auf meinem eigenen Grund und Boden nur was über, wenn die Quecksilbersäule gegen null sinkt.«

»In Gottes Namen«, seufzte Wibke und widerstand dem Drang, erneut zum Desinfektionsmittel zu greifen. Zunächst rief sie die Zentrale an und hinterließ eine Meldung, wie der überfällige Notarzt das Dunkel der Eifelnacht erfolgreich zum Ort des Geschehens zu durcheilen hatte. Dann sagte sie: »So, nun erzählen Sie mal, was hier passiert ist.«

»Also das war so«, begann Manni. »Ich musste zur Unzeit pinkeln und bin raus. Es war ja sehr dunkel, und zuerst konnte ich den Mann ja auch gar nicht erkennen.«

»Oh mein Gott!« Der Ausruf unterbrach Mannis Schilderung. Vor ihnen stand Jule Erkens, an jeder Hand ein Kind. »Ist es …?«

»Ja«, nickte Manni. »Es ist eine Gewalttat geschehen. Sehr traurig.«

»Oh mein Gott!«, wiederholte Jule weinerlich. »warum hat er denn auch …«

»Der Oedekoven hat ihn geschickt«, knurrte Manni grimmig. »Ich hab ihn gerade noch rechtzeitig erwischt.«

»Erwischt?« Jule starrte ihn verständnislos an.

»Sonst hätte er hier ein Feuerwerk veranstaltet.«

Jule schien immer noch nicht zu begreifen, wovon Manni sprach.

»Brandstiftung!«, sagte er nachdrücklich.

»Quatsch!«, entfuhr es Jule. »Er wusste doch, dass die Kinder und ich …«

»Wer sind Sie denn eigentlich?«, fragte Wibke verärgert.

»Ich«, begann Jule, und ihre Lippen zitterten heftig. »Ich bin … ich bin die Ehefrau des Opfers.«

»Aha«, meinte Wibke trocken.

»Du bist was?«, rief Manni verwundert aus. Dann riss er dem kauernden Jupp die Decke herunter und lachte: »Du willst der Polizei erzählen, diese jämmerliche Kanalratte hier sei dein Mann?«

Der Mann am Boden wimmerte leise ins Gras.

»Jupp? Äh nein, der natürlich nicht«, stieß Jule geschockt hervor. »Ich meinte natürlich, also ich meinte, ach du je, ich meinte …«

Jule stockte wieder, es dämmerte ihr, dass sie gerade eine riesige Eselei begangen hatte.

»Sie meinten den Toten, der hinten im Gebüsch liegt, nicht wahr?«, ergänzte Wibke.

»Ja, natürlich, wen denn sonst? Dieser Kerl hier doch nicht, das ist der Jupp, mit dem hätte ich doch nie ... also ... o mein Gott!«

»Toter? Gebüsch?« Manni ließ die struppigen Augenbrauen in die Höhe tanzen.

Wibke Simsch winkte ungeduldig ab. »Frau ... wie heißen Sie denn?«

»Jule Erkens«, antwortete Jule matt.

»Gut, Frau Erkens. Hatten Sie Streit mit Ihrem Mann?«

»Ach wo, warum denn? Ich weiß gar nicht, was Sie meinen.«

»Aber Mama«, sagte das kleine Mädchen, das sich an Jules rechte Hand klammerte. »Du hast zuletzt den Papa einen Fascho geschumpfen, und der Papa hat Linksgrünversiffteschlampe zurückgerufen.«

Manni konnte sich ein Prusten nicht verkneifen, was ihm einen bösen Blick der Kommissarin einbrachte. Wibke sprach weiter:

»Es ist gut, Frau Erkens. Wissen Sie, die meisten Tötungsdelikte werden von den Menschen im nächsten persönlichen Umfeld des Opfers verübt. Und es ist ganz normal, und man muss in der Regel gar nicht wie im Krimi lange ermitteln, bis der Täter gesteht. Sie sind da keine Ausnahme. Womit haben Sie Ihren Mann erschlagen?«

»Wat jetzt?«, stieß Manni hervor.

Jule schien nichts mehr um sich herum wahrzunehmen. Kraftlos gestand sie: »Ich hatte noch ein paar Heringe festgeklopft. Mit dem Camping-Hammer, der am

269

anderen Ende einen Flaschenöffner hat, wissen Sie? Dann rief Kevin mich an, er wollte mich sprechen, ohne die Kinder. Ich bin weg von den Zelten in Richtung Eingang, da haben wir uns getroffen. Er fing wieder an vom totalen Tourismus und dass das unsere Chance wäre, locker eine Menge Geld nebenher zu machen, und ich sollte nicht immer aus Prinzip gegen den Strom und so weiter und dass ich mir für meine engstirnigen Ideale nichts kaufen könnte. Dann hab ich ihm was geantwortet, er wieder mir, wir haben uns beleidigt, er stieß mich, ich schlug zu. Das ging so einfach, so … normal irgendwie.«

»Bleiben Sie ganz ruhig, Frau Erkens«, meinte Wibke. »Meine Kollegen sind gleich da, Sie begleiten uns aufs Revier, wo wir das alles noch mal im Detail durchgehen werden.«

»Manni, können die Kinder erst mal hierbleiben?«, fragte Jule leise.

»Aber klar. Hier sind sie sicher aufgehoben, mach dir keinen Kopf.«

»Danke.«

Wibke wollte der Frau, die so gar nicht wie jemand aussah, der eben erst einen Menschen totgeschlagen hatte, noch etwas Tröstliches sagen, als sie von Kriminalhauptmeister Detlef Jacobs unterbrochen wurde, der in Begleitung eines weiteren Kollegen eintraf. »Frau Simsch, die KTU ist da und untersucht den Tatort. Ich glaube, die Tatwaffe haben wir auch bereits.«

»Das ist schön. Ich hoffe, Sie haben sich nicht gleich eine Flasche Bier damit geöffnet. Das könnten Sie aber tun, zur Feier der Lösung meines ersten Falles: Hier ist

Frau Erkens, sie hat die Tat bereits gestanden. Bei dem Toten handelt es sich um Kevin Erkens, den Ehemann der Dame.«

»Ich geh kaputt!«, staunte Jacobs. »Wie haben Sie das denn so rasend schnell herausgefunden?«

Wibke lächelte und nahm das Gel aus der Tasche.

»In der gehobenen Kriminalausbildung lernt man eben doch das eine oder andere, Herr Kollege.«

Langsam und sorgfältig desinfizierte sie ihre Hände. Sie hatte das sichere Gefühl, dies zukünftig noch sehr viele Male bei ähnlicher Gelegenheit zu tun.

CHRISTINA BACHER

so gross
die angst

Weißt du, was der Unterschied zwischen einem mutigen Menschen und einem Feigling ist?« Der Riese zündete sich umständlich eine Zigarre an und machte dann einen großen Schritt nach vorne. Beinahe wäre er dabei über die Schnur gestolpert, die einer am Morgen noch so akribisch gespannt hatte. Das Zelt sollte ja allen Gefahren trotzen – dem Wind, dem Sturm und den besoffenen Jugendlichen, die in der Dunkelheit über den Campingplatz strolchten, um im Swimmingpool verbotenerweise baden zu gehen. Der Pool war nämlich eigentlich nachts geschlossen, weil der Bademeister Angst hatte, jemand könnte darin ertrinken.

Der große Mann mit dem schwarzen Mantel hielt mit der rechten Hand nun wieder die Knarre hoch. »Na? Weißt du es oder nicht?«

»Nö, keine Ahnung«, wimmerte Ricardo und starrte in die dunkle Öffnung. Splitternackt stand er da, weil er in der Eile nicht mal mehr seine Boxershorts hatte greifen können. Er zitterte. Er stand unter Schock, seit der Typ in der Gemeinschaftsdusche aufgetaucht war und ihn mit der Waffe nach draußen gezwungen hatte. Pitschnass hatte er ihn dann so über den ganzen Platz getrieben. Ricardo war vor ihm hergestolpert. Er war um sein Leben gelaufen – immer den kühlen Lauf der Waffe am Hintern und den Atem des Fremden im Nacken.

»Knackig, der Ricci«, hatte eine Frau ihrer Tochter zugeflüstert, die gerade aus dem kleinen Supermarkt gekommen war und den Tennislehrer sofort erkannt hatte. Es gab dort nur überteuerte Dosenravioli, Chips und Brot – manchen reichte das, um einmal am Tag ihrem

Konsumrausch zu frönen. Das Stadtzentrum von Sitges war fußläufig nicht erreichbar, und auch sonst verließ kaum einer freiwillig den kleinen Campingplatz auf der Anhöhe mit dem Blick aufs blaue Meer. Hier war es so schön, da musste man nicht raus.

»Schau mal, Gundel. Ein Flitzer«, hatte sich ein Mann lustig gemacht, der mit seiner dicken Alten gerade eine Runde Doppelkopf vor dem Familienzelt spielte. Die beiden hatten es sich für die Ferien heimelig gemacht und Geranientöpfe und Palmen in ihrem Vorgarten aufgestellt. Ricardo hatte das Paar noch nie gesehen, weil es offenbar kein Interesse an Tennisstunden hatte. Der Mann gehörte wohl zu den Menschen, die tagein, tagaus vor dem Zelt saßen und ihre Frau mit Essen fütterten. Insgeheim nannte der Tennislehrer diese Sorte Touristen *Feeder*. Diese Spezies war gar nicht mal so selten auf dem Camping Garrofer, der hauptsächlich von Deutschen frequentiert wurde. Diese Männer – rank und schlank – machten einmal in der Woche unten im Mercadona einen Großeinkauf, die Frau legte so lange die Füße hoch und wartete darauf, bis sie alles häppchengerecht in den Mund geschoben bekam. Alle hier hielten sich für besonders schlau. Aber keiner hatte kapiert, dass sich Ricardo gerade in einer mehr als brenzligen Situation befand. Keiner hatte offenbar die Waffe gesehen, die ihn bedrohte. Man hatte ihm nur auf den Arsch geschaut und wer weiß wohin noch. Die ganze Sache war ihm unglaublich peinlich. Warum das alles? Warum ausgerechnet er? Was wollte der brutale Fremde von ihm?

»Beide – der Feigling und der Ängstliche – verspüren die gleiche Angst. Nur, dass der Mutige weitergeht, während der Andere komplett gelähmt ist.« Der Mann mit der Knarre lachte laut und dreckig. »Der Mutige wird auch sterben, irgendwann. Aber er hat ein Saatkorn gelegt, das aufgehen wird. Mut gibt dir ein neues Leben, ist das so schwierig, Amigo?«

»Vollkommen einleuchtend,« jammerte Ricardo. Sie passierten gerade den Schotterweg zu den Wohnwagen, und die großen Steine schmerzten unter den Füßen. Ricardo hüpfte jetzt eher, als dass er lief. Hätte er doch wenigstens die Badelatschen angezogen. Seit er auf dem Camping Garrofer als Tennislehrer arbeitete, achtete er streng auf seine Ernährung und auch darauf, dass er körperlich fit blieb. Er hatte unglaubliche Angst davor, diesen Job wieder zu verlieren. Ricardo liebte es, schönen Mädchen seine geliebte Sportart näherzubringen. Seine Schülerinnen himmelten ihn an und spendierten ihm oft abends an der Bar noch einen Drink. Manchmal auch deren Mütter, die steckten ihm sogar mal einen Hunni zu, wenn er besonders nett zu ihnen gewesen war. Ricardo hatte freie Auswahl, wen er in seinen Wohnwagen einlud, um die Tennisstunden später im Liegen fortzusetzen. Und das Gehalt stimmte auch. Ein Traum.

»Hast du gerade Angst?«

Ricardo nickte eifrig. Ja, er konnte kaum schlucken, so voller Furcht war er. Er wollte nicht sterben. Er war doch noch so jung. Sollte sein Leben nun doch so früh vorbei sein?

»Du musst deinen Verstand ausschalten, mein Freund. Er verzerrt und verfälscht die Wirklichkeit. Das ist ganz einfach. Ich bin hier und du bist hier – es gibt kein Problem.«

Ricardo sah, dass dem bewaffneten Mann ein paar Zähne fehlten. Er sah derbe gefährlich aus. Jetzt wedelte er fahrlässig mit der Waffe herum und bedeutete ihm, sich auf den Campingstuhl zu setzen.

»Wiederhole«, befahl der Alte. Sein grauer Bart machte ihn vielleicht älter, als er war. Er konnte hundert sein oder auch fünfzig Jahre. War er Katalane? Sein Spanisch jedenfalls hatte einen Accent, den Ricardo nicht zuordnen konnte. Von hier war er jedenfalls nicht. So viel stand fest.

»Es gibt … kein Problem«, Ricardo würde alles tun, um hier wieder heil rauszukommen. Er sagte das jetzt zwar, aber daran glauben konnte er nicht. Natürlich gab es ein Problem, und das stand direkt vor ihm und zog jetzt an seiner Zigarre. Ricardos Blick fiel auf seinen rechten Fuß, der plötzlich unglaublich schmerzte. Blut tropfte vom großen Zeh, da musste er sich an einem spitzen Stein geschnitten haben. Das auch noch. Morgen war Freitag, da war das Abschlusstennisturnier, da musste er fit sein. Samstags reisten die meisten Leute wieder ab, und es kamen neue Touristen aus aller Welt. In einer Saison lernte er mehr als hundert Leute kennen, von manchen bewahrte er die Mailadressen und Handynummern auf. Irgendwann, so hatte er sich vorgenommen, würde er mal eine große Weltreise machen und alle seine ehemaligen Tennisschülerinnen besuchen. Er wollte in keinem Fall so enden wie seine Eltern, die noch nie aus Spanien rausgekommen waren. Da waren die monatlichen Ausflüge ins nahe Barcelona noch das Äußerste, was sie sich leisteten. Und auch dort hielten sie sich nur bei Tante Isabella auf, die in einem tristen Vorort wohnte.

»Wenn Schmerz da ist, geh richtig rein. Lass dich von ihm durchbohren, erleide ihn. Nur ein Tipp von Freund zu Freund.« Der Unbekannte hatte jetzt die Knarre in den Hosenbund geschoben, eine Packung Würstchen aus einer Kühlbox geholt und sie aus dem Plastik befreit. Mit dem Feuerzeug ließ er die Flamme des Gasherds anspringen und legte nun die Chorizos fein säuberlich nebeneinander auf den Grill. Man hörte sofort, wie sie die Wärme aufsaugten und zu brutzeln begannen. Nur eine Wurst bewahrte er sich auf.

»Machen wir ein Experiment, Ricardo!« Er hielt ihm die kalte, fast tiefgefrorene Wurst hin. »Nimm!«

Ricardo schauderte. Woher wusste der Mann seinen Namen? Und was hatte er mit den Würsten vor? Kurz schaute er an sich selbst herunter, und Scham wurde von Entsetzen abgelöst. Er würde doch nicht … Schnell ergriff er die Wurst, die nun kalt und glitschig in seiner Hand lag. Jetzt nahm der Riese eine Grillzange, pickte eine heiße Wurst auf und reichte sie ihm rüber. »Jetzt die in die andere Hand.«

»Was?« Er sollte eine glühend heiße Wurst anfassen? Der Typ war ja komplett irre. Aber Ricardo tat, wie ihm befohlen. Eine ältere Dame lief vorbei, sie hatte eine Rolle Klopapier in der Hand und ihren Toilettenbeutel unter dem Arm. »Buenos Dias«, sagte sie freundlich, schaute dann aber sofort irritiert weg, als sie den nackten Ricardo mit den zwei Würsten in dem Campingstuhl sitzen sah.

»Buenos Dias«, entgegnete er dennoch, weil er einfach höflich war. Sein Ruf hier auf dem Platz litt gerade schwer, das konnte er fühlen. Jetzt setzte sich sein Entführer in den Stuhl gegenüber. Er grinste über das ganze breite Gesicht, und seine dunklen Augen funkelten.

»Und? Eine heiße Wurst links und eine kalte Wurst rechts. Was spürst du?«

»Äh …. Hunger?«, versuchte sich Ricardo an einer Antwort.

»Nein!«, brüllte der Typ jetzt so laut, dass eine Herde Vögel aus dem Baum aufstob und sich erschrocken auf den Weg rüber ins nahe Naturschutzgebiet machte, nachdem der Campingplatz einst benannt worden war. In der Garraf stand jetzt die Mittagshitze, da würde sich sicher kein Mensch hin verirren, das wussten die Vögel. Recht hatten sie. Ricardo empfand auch gerade einen starken Fluchtreflex. Ob er sich durch die Wurst Verbrennungen zuziehen konnte? Und konnte nicht auch Kälte Brandblasen erzeugen? Was, wenn er morgen den Tennisschläger nicht mehr würde halten können? Nur, weil er dieses Scheiß-Experiment mitgemacht hatte.

»Ohne Hitze keine Kälte, mein Lieber. Und umgekehrt. Sind das wirklich zwei getrennte Empfindungen? Oder ist es ein und dasselbe Spektrum?«

Ricardo zuckte ratlos mit den Schultern. Er konnte es dem Typ nicht recht machen, das spürte er.

Der große Mann mit dem langen Mantel stellte sich jetzt in seiner ganzen Größe vor ihm auf, zog noch einmal an der Zigarre, bevor er sie auf den Boden warf und zertrat. Das war nun wirklich verboten. Wenn das der Platzwart sah, drohte ihm eine hohe Geldstrafe. Vor dem Platzwart hatte hier jeder Angst. Ob er ihm das kurz mitteilen sollte?

»Es ist dieselbe Wurst, *Estupido*!«, brüllte der Typ jetzt. »Es ist und bleibt eine Chorizo! Hitze und Kälte gleichen sich aus. Es gibt nur den Verstand, der dich beeinflusst. Schalte ihn aus.«

Jetzt war er wirklich sauer, das merkte man. Was, wenn der Verrückte sich in dieser Stimmung wieder auf seine Pistole besinnen und abdrücken würde? Ricardo bibberte am ganzen Körper.

»Warum machen wir das alles hier, hm? Was meinst du?« Er riss ihm die inzwischen nur noch lauwarme Wurst aus der Hand und biss hinein.

»Keine Ahnung«, wisperte Ricardo kleinlaut. Ob er mal beten sollte? Das hatte ihm seine Mutter immer schon geraten. Vielleicht half es ihm, aus der Situation wieder rauszukommen. Er wusste ja nicht mal, ob er sich der Wurst nun entledigen durfte oder nicht. So jedenfalls konnte er nicht sitzen bleiben. Er befand sich ja nicht auf einem FKK-Campingplatz. Der war weiter unten, in Strandnähe. Dort würde er so gar nicht auffallen.

Der fiese Typ hielt ihm jetzt einen Flyer hin. »Weil sich dein Chef um euch sorgt. Weil er merkt, dass ihr von eurer Angst getrieben seid. Aber Angst hat hier nichts zu suchen. Er braucht mutige, starke Führungskräfte. Und deshalb hat er mich gerufen. Auch du musst noch viel an dir arbeiten, Amigo.« Seltsam, welche Veränderung plötzlich in dem Riesen vorging. Er zog den Mantel aus, wischte sich den Schweiß von der Stirn und spannte den Sonnenschirm auf. Er sah plötzlich richtig nett aus, wie er eine weitere Chorizo verputzte und sich danach die Hände an der Hose abwischte. Ricardo verstand die Welt nicht mehr. Er schlang nun ein großes Handtuch um die nackten Hüften und schnappte sich den Flyer, der neben der Moskitofalle auf dem Tisch lag. *Überwinde deine Angst. Ein Crahskurs für Angestellte auf Campingplätzen*, stand da. Und: *Stelle dich deinem inneren Schweinehund.*

Das konnte doch nicht wahr sein. Er war – ohne es zu wissen – Teilnehmer einer Anti-Angst-Maßnahme geworden? Auf Wunsch seines Chefs? Der Mann erhob sich und ging auf ihn zu. Ganz überraschend schlang er beide Arme um den drahtigen Ricardo und drückte ihn fest an seine starke Brust.

»Die Angst tötet die Menschen, noch bevor der Tod kommt. Das haben schon schlaue Menschen wie mein Meister Osho gewusst. Lass deine Ängste fallen, Ricardo, und du wirst eines Tages die Champions League gewinnen. Daran glaube ich ganz fest.«

Ricardo ließ es geschehen. Die ganze Anspannung der letzten Minuten fiel plötzlich von ihm ab. Die Wärme des großen Mannes ging auf ihn über. Er hatte plötzlich ein großes Gefühl der Liebe für alles, was ihn umgab. Für den Grill, für die Nachbarn, die Bäume und die Heringe, die die Zelte erdeten und ihnen Halt verliehen. Nur der Schaft der Pistole, der im Hosenbund seines Gegenübers steckte und sich nun in seine Lende bohrte, irritierte ihn leicht. Sanft streichelte der Meister über seinen Kopf und sagte: »So, und nun lauf, mein Freund. Hol mir den Bademeister. Der steht als Nächstes auf meiner Liste. Aber pssst, verrate ihm nicht, worum es geht. Er soll sie spüren, die Angst. Nur so wird er sie überwinden können.«

CARSTEN SEBASTIAN HENN

der tut nix,
der will nur grillen

Ein Winter-Grill-Camp, Mannomann.

Ich wollte wirklich nicht, dass all das passiert!

Ich wollte ja noch nicht mal, dass wir bei den deutschen Grillmeisterschaften angenommen werden.

In der Jahreshauptversammlung unseres Barbecue-Clubs *Grill den Eifler* hatten die drei größten Krücken dafür gesorgt, dass sie nominiert werden. Mit denen hätten wir uns bis auf die Knochen blamiert!

Zum einen ist da Schnalle. Ein Bär von einem Mann, der am Grillen am meisten das begleitende Bier schätzt. Okay, eigentlich nur das begleitende Bier.

Dann Holger, der ist Vegetarier. Der legt wehrloses Gemüse auf den Grill! Ja, er grillt sogar Sauerkraut!

Und zum Schluss wäre da noch Petermann, die alte Evolutionsbremse. Petermann vergisst einfach alles. Manchmal stiert er so teilnahmslos in die Gegend, als hätte er mal kurz vergessen, dass er überhaupt am Leben ist.

Mit den dreien sollte ich als Team-Kapitän zu Deutschen Meisterschaft fahren? Auf gar keinen Fall!

Ich wollte stattdessen mit unseren besten Grillern fahren: 1. Horst das Rost 2. Rainer der Entbeiner und 3. Jeanette das Mett. Die tragen ihre Spitznamen alle zu Recht! Wobei Jeanette das mit dem Mett nicht so nett findet, aber Hackfresse traut sich bei ihr keiner zu sagen.

Wissen Sie, ich liebe grillen, schon seit ich ganz klein bin. Ich wollte nie Lokführer werden, Fußballstar oder Astronaut, sondern Grill-Weltmeister. Das war mein großer Traum.

Der Verein, das bin ich. Ich hab ihn gegründet, ich bin seit der Gründung 1. Vorsitzender und Mädchen für alles.

Um ehrlich zu sein: Ich habe nicht viel anderes. In meinem Hauptberuf als Gärtner habe ich bewiesen, dass ich jeder Pflanze aus nah und fern innerhalb kürzester Zeit den Garaus machen kann, obwohl ich mich genau an Anweisungen halte. Deshalb hat mein Chef mich zur Unkraut- und Schädlingsvernichtung abkommandiert, da wären meine Fähigkeiten am besten aufgehoben. Freude macht das eigentlich nur, wenn ich den Flammenwerfer benutzen darf. Nur beim Grillen bin ich wirklich Mensch.

Deshalb verstehen Sie sicher, dass ich vermeiden musste, mit diesen Luschen aufzulaufen.

Also habe ich das Anmeldeformular schlampig ausgefüllt, so als wären wir ein dauerbreiter Spaß-Trupp und keine ernsthaften Grill-Experten. Und ein Foto hab ich auch beigelegt. Von den *California Dream Men*. Nackig beim Grillen. Da waren mehr als nur drei Würste auf dem Bild. Fand ich lustig.

Und die Gehirnakrobaten vom Bundesverband nehmen uns allen Ernstes an!

Aus purer Notwehr hab ich deshalb sofort ein Trainingslager organisiert: Wintergrillen am Rursee. Der Schnee lag knietief, und der schöne Camping-Platz war so gut wie leer. Ein paar Dauercamper hatten sich vom klirrend kalten Winter nicht abschrecken lassen. Außer dem Ehepaar von der Rezeption begegneten wir auf dem Weg zu unseren einsam gelegenen Stellplätzen am Ufer keiner Menschenseele. Für eine Nacht braucht man hier normalerweise zu dieser Jahreszeit gar nicht anzufragen, aber von Schnalles Schwester der Freund, von dem seinen Onkel dem Sohn der Chef die Sekretärin hat das arrangiert.

Ich finde, beim Wintergrillen zeigt sich der wahre Charakter eines Grillers! Ich persönliche grille immer am 31.12. ab und am 1.1. an. Für mich ist stets Grillzeit. Meine Hoffnung war, dieser Ansammlung von Klotauchern an einem kurzen Wochenende das Handwerkszeug für ein seriöses Ausscheiden in der ersten Runde beizubringen.

Aber meine Hoffnung war ratzfatz dahin.

Schnalle begrüßte mich mit Alkoholfahne und der Frage: »Haste das Bier schon kaltgestellt?« Dann lachte er. »Verstehste den Witz? Kaltgestellt? Wegen Winter! Und Schnee! Da ist das Bier ja sowieso kalt. Ne?« Schnalle war super darin, Witze zu erklären, die jeder schon beim ersten Mal begriffen hatte.

Er tanzte mit seiner Freundin Cora an. Der Name klingt ja schon wie bei einer Pornodarstellerin. Wie *Cora Cunnilingus* oder so. Sie glaubte ihm nicht, dass das wirklich ein Grill-Camp sei, sondern vermutete eine andere Frau dahinter. Deshalb hatte sie beschlossen mitzukommen und fragte auch gleich mit ihrer von 10.000 Stangen Marlboro raugeschmirgelten Stimme: »Und wo habt ihr die Weiber versteckt? Na?«

Sex im Winter beim Zelten? Jetzt ehrlich? Wer das als erotische Fantasie hat, bekommt von mir auf der Stelle einen Job als Steckdosenbefruchter.

Holger kam als Nächster. »Du, voll schöne Idee. Auch der Winter hat ja total viel Schönes. So wie den total schönen Schnee.« Er hatte wehrlosen Rettich zum Grillen dabei.

Petermann kam zeitgleich und sagte zu Holger: »Do häs schöne Schnee in de Botz!« Eine völlig sinnfreie rheinisch-philosophische Betrachtung der Dinge. Petermann machte nie viele Worte. Und meist waren es immer die gleichen. Aber als Gesichtsältester darf er das.

Meine *California Dream Men* waren also komplett. Plus *Cora Koitus*.

Ich war der Meinung, wir sollten sofort loslegen, keine Zeit verschwenden mit Zeltaufbau oder so, direkt ran an den Grill.

Ich sag Petermann also, er soll Brennholz holen. Aber er hat keinen Bock. »Mach ding Ooge zo, dann häste Brennholz!« Er fummelt an seinem dämlichen Zelt rum. Das kann doch warten, das ist doch unwichtig!

Auch Schnalle ist nicht begeistert. »Ich für meinen Teil hab schon genug Holz. Also vor der Hütte. Also wegen Cora. Verstehste? Holz wegen Vorbau, ne? Zeig den Jungs mal, was du hast, Coraschätzelein. Huahua-huahua!« Jetzt begreife ich erst, wie viel Bier schon in Schnalle drin ist. Er ist voll wie ein ganzer Don-Kosaken-Chor. Und er versucht, eine Luftmatratze aufzupusten. Quasi ein Riesen-Alkoholtest.

Cora Kondom schwenkt ihre Milchtheke und schaut Schnalle lüstern an. »Lebt denn der alte Holzmichel noch?«

Ich will nach Hause. Wir haben noch gar nicht angefangen zu grillen, und ich hab die Schnauze schon voll.

Holger ist meine letzte Hoffnung.

Man hat ein Problem, wenn Holger die letzte Hoffnung ist.

Holger legt zwar brav die Metallstangen und Heringe beiseite, aber er findet das mit dem Brennholzsammeln problematisch. »Du, es ist total wichtig, dass das Holz hier liegen bleibt und vermodert, als Kompost. Man kann nicht immer nur aus der Erde nehmen, man muss ihr auch was zurückgeben. Deswegen kote ich auch immer in mein Gemüsebeet. Ich will ganz persönlich und direkt etwas zurückgeben.«

»Das ist super nett von dir. Da freut sich die Erde sicher enorm.«

Also sammle ich selber Holz und gehe danach zu meinem Wagen, um die Grillkohle zu holen. Als ich von dort zurückblicke auf diese traurige Truppe von Popelnaschern, die sich mit ihren Zelten abmüht, fasse ich meinen Entschluss: Ich darf den guten Ruf unseres Vereins nicht aufs Spiel setzen, sie müssen Unfälle haben. Kleine Unfälle, die sie aus dem Verkehr ziehen, reichen. Es braucht nur ein ärztliches Attest. Dann können unsere Spitzengriller nachrücken.

Bei diesen Amöbenhirnen sollten kleine Unfälle ein Kinderspiel sein. Wahrscheinlich muss ich nur lange genug warten, und sie verletzen sich beim Atmen.

Ich schau sie mir nacheinander an und beschließe, dass Holger auf Platz 1 der Liste steht.

»Holger, hilfst du mir beim Anzünden?«

Holger, der Exkrementor, ist begeistert. »Du, total gerne, Feuer ist ja mein Element. Aber ich muss dich warnen, weil wir Feuer-Elemente sind impulsiv und leidenschaftlich, aber auch voll schwer zu bändigen.« Holger schläft fast ein beim Reden. Ihn würde sogar meine Oma bändigen können, wenn ihr Rollator einen Platten hätte.

Ich werde seine Hand verbrennen. Die rechte. Dann war es das mit Deutscher Grillmeisterschaft.

Beim Feuermachen stellt er sich leider nicht blöd genug an, und ich bekomme keine Gelegenheit, ihn zu schubsen. Die Hitze der Kohle steigt schnell rapide an, und der Schnee ringsum schmilzt. Wir stehen im Matsch. Ich bin kein Matsch-Element.

»Bau auch den Schwenkgrill auf«, sag ich. »Wird dein Job bei der Meisterschaft sein.«

»Total gerne. Und für gleich hab ich auch Topinambur zum Grillen dabei. Und Mangold. Total schönen Mangold. Ich bin voll verliebt in den. Und wenn du Lust auf was ganz total irre Verrücktes hast, können wir auch meinen selbst gemachten Seidentofu grillen.«

Ich lasse ihn den Grillrost ganz nah über dem Feuer anbringen. Schnell glüht er rot.

Ich habe mich entschieden, zu stolpern und Holgers Hand auf das Rost zu drücken. Simpel, aber effektiv.

Also nehme ich Schwung – und rutsche auf dem verflixten Scheißdrecksmatsch aus. Statt Holgers Hand halte ich mich an seinem Kopf fest und ziehe ihn auf das glühende Grillgitter. Holger schreit wie am Spieß, und ich versuche mich aufzurichten, drücke sein Gesicht dabei aber noch fester auf das Gitter. Plötzlich rutscht es ab, und ich presse es volle Möhre in die Glut. Holger zuckt kurz auf, dann bewegt er sich nicht mehr.

Das ist jetzt irgendwie doof gelaufen.

Es tut mir wirklich leid um Holger. Auf eine unsentimentale Art.

Aber immerhin: ein Vegetarier weniger auf Erden. Nicht dass Sie denken, ich hätte was gegen Vegetarier. Aber die braucht ja echt kein Mensch.

Die Zelte stehen inzwischen. Krumm und schief. Es wird an allen Ecken und Enden eiskalt ziehen, das weiß ich jetzt schon. Ist aber mein kleinstes Problem.

Zum Glück sind Schnalle und *Cora Kamasutra* am Rurseeufer und knutschen. Petermann hantiert derweil am Kofferraum seines Transporters rum. Also schleife ich Holger schnell hinter einen verschneiten Busch. Heute Nacht werfe ich den in den Rursee. Muss ich ein Loch reinhacken. Könnte ich mit dem Hammer und den Metallheringen probieren. Hoffentlich haben die Fische ordentlich Hunger und mögen Vegetarier. Ich hab nämlich keine Ahnung, wie ich den anderen die 1-A-Grillrostrillen in seinem Gesicht erklären soll.

Als ich zurückkomme, knutschen Schnalle und *Cora Kokett* immer noch, und Petermann scheint auf der Rückbank seines Transporters wie im Bällebad zu tauchen.

»Petermann«, ruf ich. »Was suchst du denn in deiner Schrottkarre?«

»Do häs Schrottkarre in de Botz!«, antwortet er. Dann wuchtet er sich aus dem Wagen, schlägt die Tür krachend ins Schloss und kommt auf mich zugewalzt.

»Würste verjessen. Un Steaks. Un Grillfackeln. Un Burgerpatties. Un Putenbrustfilets auch.«

»Was hast du denn überhaupt dabei?«

»Mett. Und Cervelatwurst.«

»Die hat auf dem Grill nix zu suchen, du Hodenkobold!«

»Mach ding Ooge zo, dann häste Hodenkobold!«

Er haut die blöde Cervelatwurst auf den Rost, sie ist noch tiefgefroren. Innerhalb kürzester Zeit ist sie unten schwarz und oben immer noch eisig. Dann haut er das

Mett in großen Klumpen auf den Grill. Die Hälfte pladdert zwischen den Stäben des Rosts runter, das Feuer geht fast aus. Petermann schüttet Bier aus seiner Flasche drüber.

Das Feuer geht ganz aus.

Mit Petermann wird das auch nix. Dass Holger nicht mehr dabei ist, reicht einfach nicht. Auch Petermann muss einen kleinen Unfall haben. Arm ab oder so. Bein ab ginge auch. Nix, was ihn wirklich stören würde. Der Petermann ist da nicht so. Das linke Auge, die rechte Herzklappe und die kompletten Kauleisten sind auch schon Ersatzteile

»Muss pinkeln«, sagt der alte Gesichts-Günther.

»Ich auch«, sag ich und geh hinterher. Die meisten Mobilheime rechts und links des Wegs sind verwaist. Nur hinter dem einen oder anderen Fenster ist Licht. Selten ist ein Zugang vom Schnee geräumt.

Am Toilettenhaus hängen unzählige Stalaktiten vom Dach. Wenn dem Petermann der kleine fiese spitze Eiszapfen da oben auf die Hand oder den Arm fällt, war es das mit dem Grillen. Ein kräftiger Tritt gegen das Toilettenhaus im richtigen Moment, und die Sache ist geritzt.

Ich kann es kaum erwarten.

Aber Petermann braucht ewig.

»Bist du mit dem Arsch festgefroren?« frage ich höflich.

»Do häs Arsch in de …« Petermann beendet den Satz nicht.

»Komm endlich raus, du Analbanane!«

»Mach ding Ooge zo, dann häste Banal…anäme…mone! Ach, Scheiße!«

Als er rauskommt, bin ich mich immer noch am Be-ömmeln. Als ich sehe, dass er an der richtigen Stelle steht, trete ich volle Möhre gegen die Trapezblechver-kleidung vom Toilettenhaus.

Aber die Sache geht ein bisschen schief. Vielleicht weil ich immer noch lache und meinen Körper nicht ganz unter Kontrolle habe, vielleicht aber auch, weil so eine Stalaktit-Lostret-Nummer eine verdammt ungenaue Sache ist. Auf jeden Fall löst sich nicht nur der kleine Stalaktit und saust auf Petermanns Hand zu, sondern mit ihm auch der riesige, gewaltige, das Mutterschiff unter den Stalaktiten, und der nimmt Kurs auf Petermanns Schädel.

Das Ding dringt ein wie eine heiße Klinge in Butter. Ich hätte mich nicht gewundert, wenn die unten wieder rausgekommen wäre.

Petermann sackt in sich zusammen.

Jetzt ist der auch noch tot! Was habe ich nur verbrochen, dass heute alles so schiefläuft? Ich will doch nur seriös grillen!

Schnell stopfe ich Petermann in eine Toilettenkabine, schließe von innen zu und klettere über die Trennwand wieder nach draußen. Den findet bis zur Wiedereröffnung im Frühjahr keiner. Petermann war immer schon bekannt für seine langen Sitzungen, das wirkt wie eine natürliche Todesursache.

Schnalle und *Cora Coitus-Non-Interruptus* kommen aus einem Gebüsch. Open-Air-Sex im kalten Winter. Kaum zu glauben.

»Wo sind denn die anderen?«, fragt Schnalle. »Neues Bier holen?«

»Nee, die treiben's gerade fröhlich in dem Gebüsch neben eurem.«

Für eine Sekunde gucken sie tatsächlich hin. Da haben sich echt zwei geistige Lichthupen gefunden.

Ich hab für heute keine Lust mehr, mich mit einem Grill-Analphabeten an den Rost zu stellen. Wohl oder übel muss ich jetzt auch mein Zelt auspacken. »Kannst du abbauen?«, frage ich Schnalle deshalb, der den Daumen zustimmend reckt.

»Weniger grillen heißt mehr Zeit fürs Saufen!«

Dann wende ich mich an Schnalles Freundin. »Und du hilf mir doch mal beim Auspacken.«

Sie nickt und folgt mir. »Ich hab Schnalle gerade auch beim Auspacken geholfen …« Sie lacht dreckig.

In dem Moment bin ich echt traurig, dass sie nicht unter einem großen Stalaktiten steht.

Morgen wird bestimmt ein besserer Tag, denk ich. Außerdem kann ich jetzt Horst das Rost und Rainer den Entbeiner ins Team holen. Da fällt selbst Schnalle nicht ins Gewicht. Der bekommt einen Kasten Bier und ist die ganze Meisterschaft über beschäftigt.

Ich muss meinen Wagen etwas zurücksetzen, damit ich alles direkt am Zeltplatz ausladen kann.

Cora I'm Coming trottet lustlos hinter dem Auto her. Plötzlich ein schriller Schrei, und ich kann sie im Rückspiegel nicht mehr sehen. Ich sofort raus aus dem Wagen und geguckt, was los ist.

Hat Schnalles Freundin sich doch ernsthaft in der Anhängerkupplung verhakt und wird jetzt mitgeschleift! Wie kann man nur so unfassbar doof sein?

Eigentlich wär das kein Problem gewesen.

Ich sag eigentlich, weil ich beim Rausspringen den Gang dringelassen habe und mein Wagen mitsamt *Cora Callgirl* langsam auf den vereisten Rursee zufährt. Ich renne zurück zur Fahrertür und versuche wieder einzusteigen, aber versuchen Sie mal in einen fahrenden Wagen einzusteigen, das ist nicht so einfach, wie es bei *Alarm für Cobra 11* immer aussieht. Endlich denke ich: »Jetzt klappt es!«, da lege ich mich längs auf die Schnauze.

Und mein schöner, noch nicht abbezahlter Wagen fährt auf den zugefrorenen See. Ein Meter, noch einer und ein dritter.

Außer dem Prötteln des Motors ist nichts zu hören. Selbst die mitgeschleifte *Cora Knutschfleck* gibt keinen Ton mehr von sich. Es sieht aus, als würde sie wimmern.

Nix passiert.

Dann ein Knacken.

Und der Wagen ist weg.

Cora Kitzler auch.

Die hätte jetzt nicht auch noch sterben müssen. Ich finde das langsam echt ein bisschen viel.

Außerdem weiß ich echt nicht, wie ich das meinem Autohaus erklären soll. Der Wagen ist geleast.

Und wie ich es Schnalle erklären soll, weiß ich auch nicht.

Der hat die ja doch irgendwie gemocht.

Als ich zurückkomme, räumt er gerade seine Klamotten in seinem Iglu-Zelt auf. Eigentlich wollten wir ja alle in einem schlafen, von wegen Teambuilding, aber Schnalle war von Anfang an für getrennte Zelte gewesen. Klar, wegen *Cora Climax*.

Den Grill hat er noch nicht abgebaut, und das Feuer hat wieder an Hitze gewonnen.

Schnalle steckt im Zelt und kommt nicht klar. »Das Ding war ein totales Schnäppchen. Kommt aus Vietnam. Muss man eigentlich nur werfen, dann baut sich das von selbst auf. Bei mir baut sich sonst nur ein anderes Zelt auf. Du verstehst schon.«

Ich verstehe, aber Schnalle redet natürlich weiter.

»Das Zelt in meiner Hose. Wenn die Cora mit mir knutscht. Dann richtet sich das Zelt auf, verstehste? Wegen meiner Erektion. Huahuahuahua!«

»JA!«, brülle ich. »ICH VERSTEHE!«

Und dann schubse ich ihn. Es ist einfach eine zu gute Gelegenheit. Ich steh so kurz davor, mit meinem Dream-Team zur Deutschen Meisterschaft zu fahren. Schnalle würde sich irgendwas brechen und nie wissen, dass es nicht seine eigene Dummheit war, die ihn zu Fall gebracht hat.

Aber Schnalle panikt.

Panik ist nie gut.

Er verheddert sich heillos in seinem Iglu-Zelt und rollt damit zum Feuer.

Erst ganz kurz davor schafft er es, zum Stillstand zu kommen. Sein Kopf guckt plötzlich aus dem Zelt, und er lacht. »Das mit dem Zelt sieht bestimmt total lustig aus auf dem Video.«

»Welches Video?« frage ich.

»Ich hab für Facebook einen Live-Stream eingerichtet. Damit die anderen im Verein sehen können, dass wir hier richtig Gas geben. Da oben in Baum, Super-Weitwinkel, überträgt alles live. Cool, oder? Die hat sicher auch gefilmt, wie ich Cora eben beim Knutschen heiß gemacht habe, du weißt schon, zum Kochen gebracht. Also sexuell, weißt du? Wie ein Grill. Wenn die Kohlen glühen. Du weißt schon! Kohlen wie Klöten! Huahua-huahua!«

Ich kann heute nicht mehr sagen, ob es eine Windböe war, die vom Meer über die Niederlande, dann über Belgien und schließlich das Hohe Venn elegant über-querend bis hierhin zu uns kam oder ob ich ihn noch-mal geschubst habe.

Auf jeden Fall machte es *Buff*.

Wie ein Feuerball.

Man sollte an der Qualität eines Zelts niemals sparen.

So gern ich Feuer mag, aber das mit Schnalle tut mir echt leid. Obwohl für einen echten Griller so eine Feuer-bestattung natürlich der schönste Tod ist.

Und dann grille ich. Zwar nur Holgers Seidentofu mit Topinambur, aber das ist mir egal.

Ich grille, bis die Polizei kommt.

Ob man im Knast wohl auch grillen darf?

Aber ich kannte die traurige Antwort: »Mach ding Ooge zo, dann häste Knast.«

die autorinnen und autoren

Christina Bacher, geb. 1973, in Kaiserslautern, mischte lange Jahre in der Marburger Kulturszene mit und entdeckte dort ihre Leidenschaft für den Kriminalroman. Die Mitbegründerin des Marburger Krimifestivals und jahrelange Autorin der hr2-Ratekrimireihe »Bolle und die Bolzplatzbande« gab schließlich im CRIMINALE-Jahr 2016 die KBV-Anthologie »SOKO Marburg-Biedenkopf« heraus. Heute lebt die Journalistin und Autorin von Jugendbüchern und Kriminalromanen in Köln, wo sie vor einigen Jahren »Bachers Büro« gründete – eine Schmiede für Texte aller Art. Bei KBV erscheint 2020 ihr Kriminalroman »Hinkels Mord«.
www.bachers-buero.de

Guido M. Breuer wurde 1967 in Düren geboren. Er wuchs in Düren und in der Nordeifel auf. Nach einer Ausbildung zum Bankkaufmann und anschließendem Wirtschaftsstudium arbeitete er als selbstständiger Unternehmensberater und lebt heute als Autor in Bonn. Bei KBV veröffentlichte er die beliebte Reihe um ein Trüppchen von Senioren rund um Opa Bertold, der sich erstmals im Frühjahr 2009 bei KBV mit »All die alten Kameraden« in das kriminalistische Geschehen der rauen Eifel einschaltete. Außerdem verfasste Guido M. Breuer mehrere Thriller. *www.guido-m-breuer.de*

Jürgen Ehlers wurde 1948 in Hamburg geboren und lebt heute mit seiner Familie auf dem Land. Seit 1992 schreibt er Kurzkrimis und ist Herausgeber von Krimianthologien. Er ist Mitglied im »Syndikat« und in der »Crime Writers' Association«. Sein erster Kriminalroman »Mitgegangen« wurde in der Sparte Debüt gleich für den Friedrich-Glauser-Preis nominiert.

Bei KBV veröffentlichte Jürgen Ehlers bislang sieben historische Kriminalromane und zuletzt eine Thriller-Reihe aus Hamburg. *www.juergen-ehler-krimi.de*

Peter Gerdes, geb. 1955, lebt in Leer (Ostfriesland). Studierte Germanistik und Anglistik, arbeitete als Journalist und Lehrer. Schreibt seit 1995 Krimis und betätigt sich als Herausgeber. Seit 1999 leitet er das Festival »Ostfriesische Krimitage«. Seine Krimis wurden bereits für den niedersächsischen Literaturpreis »Das neue Buch« nominiert. Gerdes betreibt mit seiner Frau Heike das »Tatort Taraxacum« (Krimi-Buchhandlung, Veranstaltungen, Café und Weinstube) in Leer. Außerdem ist er ein begeisterter Wohnmobilist. Neuere Veröffentlichungen: »Ostfriesische Verhältnisse«, »Langeooger Serientester«, »Friesisches Inferno«, »Ostfriesen morden anders« und »Langeooger Dampfer«.
www.petergerdes.com · www.tatort-taraxacum.de

Peter Godazgar, geb. 1967, studierte Germanistik und Geschichte und besuchte u. a. die Henri-Nannen-Journalistenschule in Hamburg. Er arbeitet in der Pressestelle der Stadt Halle (Saale). Seine teils mörderischen Phantasien verarbeitet er in Kriminal- und anderen Romanen, vor allem aber in einer stetig wachsenden Zahl schwarzhumoriger Kurzkrimis, was ihm bereits zwei Mal eine Nominierung für den renommierten Friedrich-Glauser-Preis eingebracht hat.

Bei KBV hat er die Anthologien »Ruhe sanft in Sachsen-Anhalt« und »Killing you softly« herausgegeben, und in den Bänden »Der tut nix, der will nur morden« und »Killer am Rande des Nervenzusammenbruchs« veröffentlichte er seine schwarz-humorigen Kurzkrimis.
www.godazgar.de

Kathrin Heinrichs kam 1970 im sauerländischen Dörfchen Langenholthausen als siebtes und jüngstes Kind zur Welt. Studium der Germanistik und Anglistik in Köln. Verheiratet, drei erwachsene Kinder. Seit 1999 als Autorin und Kabarettistin tätig. Neben Krimis, Kurzgeschichten und Kabarettprogrammen diverse Theaterstücke. 2004 Gewinn des Literaturpreises »vo:pa« für die beste Kurzgeschichte. Mitglied im »Syndikat«.
www.kathrin-heinrichs.de

Carsten Sebastian Henn, geb. 1973 in Köln, ist einer der einflussreichsten Weinjournalisten Deutschlands und gilt als »König des kulinarischen Krimis« (WDR). Seine Romane um den Ahrtaler Koch und Meisterdetektiv Julius Eichendorff (Emons) bilden die erfolgreichste Weinkrimiserie im deutschsprachigen Raum. Für KBV las er seine Romane »Der letzte Whisky«, »Der letzte Aufguss« und »Der Gin des Lebens« als Hörbuch ein und gehört zum Trio Kramp/Henn/Voehl, die die »Mords«-Krimi-Komödien für KBV verfassten. Außerdem ist er einer der Autoren des Krimi-Camps, die in jeweils nur acht Tagen die Romane »8« und »Acht Leichen zum Dessert« schrieben. *www.carstensebastianhenn.de*

Regine Kölpin wurde 1964 in Oberhausen geboren, lebt seit dem 5. Lebensjahr an der Nordseeküste und schreibt Romane und Geschichten unterschiedlicher Genres. Bei KBV veröffentlichte sie die historische friesische Saga um die »Lebenspflückerin«. Ihre Arbeiten sind mehrfach ausgezeichnet worden. Sie ist auch als Herausgeberin tätig (u.a. die ersten beiden Camping-Krimi-Sammlungen bei KBV) und an verschiedenen Musik- und Bühnenproduktionen beteiligt. In ihrer Freizeit verreist sie gern mit ihrem Wohnmobil, um sich für neue Projekte inspirieren zu lassen. *www.regine-koelpin.de*

Ralf Kramp, geb. 1963 in Euskirchen, lebt in einem alten Bauernhaus in der Eifel. Für sein Debüt »Tief unterm Laub« erhielt er 1996 den Förderpreis des Eifel-Literatur-Festivals. Seither erschienen mehrere Kriminalromane und zahlreiche Kurzgeschichten. In Hillesheim in der Eifel unterhält er zusammen mit seiner Frau Monika das »Kriminalhaus« mit dem »Deutschen Krimi-Archiv« (30.000 Bände), dem »Café Sherlock«, einem Krimi-Antiquariat und der »Buchhandlung Lesezeichen«. *www.ralfkramp.de · www.kriminalhaus.de*

Tatjana Kruse, Jahrgangsgewächs aus süddeutscher Hanglage, lebt und arbeitet im idyllischen Schwäbisch Hall. Als Kind war »Mein Freund, der Baum« von

Alexandra ihr Lieblingslied, und bis heute liebt sie Wälder über alles. Sie würde aber niemals wild im Wald zelten! Mehr Informationen unter *www.tatjanakruse.de*

Arnold Küsters, geboren 1954 in Nettetal-Breyell. Er lebt mit seiner Familie am Niederrhein. Nach Studium und Referendariat (Lehramt SII), begann er journalistisch zu arbeiten. Vor allem für Hörfunk und Fernsehen (WDR/ARD), aber auch für Printmedien. Außerdem macht er Pressearbeit für ein Akutkrankenhaus und eine Genossenschaftsbank. Küsters ist Mitglied im Syndikat e.V. Mehrfache Jurytätigkeit. Zahlreiche Romane, Kurzgeschichten und Herausgeberschaften. Bei KBV »Auf der Alm da gibt's an Mord«. Neben seiner literarischen Arbeit ist er mit seiner Bluesharp in verschiedenen Bands aktiv. Für Arnold Küsters ist Ruan Minor und Cadgwith längst zur zweiten Heimat geworden. Auch sein nächster Kriminalroman wird in diesem Teil Cornwalls spielen. *www.arnold-kuesters.de*

Sandra Lüpkes, geb. 1971 in Göttingen, lebte viele Jahre auf der Nordseeinsel Juist und wohnt nun in Berlin. Sie ist Autorin zahlreicher Romane, Sachbücher, Kurzgeschichtensammlungen und Theaterstücke. Gemeinsam mit ihrem Mann Jürgen Kehrer schreibt sie Drehbücher, u.a. für »Wilsberg«, »Friesland« und »Letzte Spur Berlin«. Sie ist ebenfalls Mitglied des »Krimi Camps«. 2020 erschien ihr historischer Roman »Die Schule am Meer« und eroberte sofort die Bestsellerlisten.
www.sandra-luepkes.de

Rosi Nieder wurde 1948 in Niederscheidweiler in der Eifel geboren. Nach kleinen Veröffentlichungen gab sie 2001 ihr erstes Buch heraus, einen lebensfrohen Bericht über ihren Sohn mit Down-Syndrom. Danach folgten Gedichte und Geschichten Eifeler Mundart, sowie Romane und Kriminalromane. *www.rosi-nieder.de*

Elke Pistor, Gemünder Jahrgang 1967, studierte Pädagogik und Psychologie. Seit 2009 ist sie als Autorin, Publizistin und Medien-Dozentin tätig. 2014 wurde sie für ihre Arbeit mit dem Töwerland-Stipendium ausgezeichnet und 2015 für den Friedrich-Glauser-Preis in der Kategorie »Kurzkrimi« nominiert. Seit 2012 Mitglied der SoKo »Nordeifel Mordeifel«, 2014 bis 2016 Sprecherin des SYNDIKATs, der Autorenvereinigung deutschsprachiger KrimiautorInnen. 2018 gründete sie SKRIVA – das Autorentreffen. Elke Pistor lebt mit ihrer Familie in Köln. *www.elkepistor.de · www.skriva.de*

Regina Schleheck wurde 1959 in Wuppertal geboren und wuchs in Köln auf. 1986 Studium Germanistik, Sozialwissenschaften, Sport in Aachen abgeschlossen. Zehn Jahre in Herford, seit 1996 in Leverkusen wohnhaft. Geschieden, fünf mittlerweile erwachsene Kinder, Oberstudienrätin an einem Berufskolleg, nebenberuflich Referentin an Erwachsenenbildungseinrichtungen, Autorentätigkeit seit 1999, Lektorat und Herausgeberschaft. Schwerpunkt Kurzprosa und Hörspiele, aber auch Erzählungen, Drehbücher, Theaterstücke. Viele Auszeichnungen und Veröffentlichungen. *www.regina-schleheck.de*

Ira Schneider, Jahrgang 1976, studierte Literaturwissenschaft in Bonn und arbeitet seit 2004 als freie Journalistin und Fotografin mit dem Schwerpunkt »Food«. Für ihre Reportagen und Bücher besucht sie Erzeuger, Verarbeiter und Gastronomen in den verschiedenen Regionen Deutschlands und hat selbst schon Campingurlaube gemacht. *www.ira-schneider.de*

Andreas J. Schulte, Schriftsteller, Jahrgang 1965, verheiratet, zwei Söhne. Geboren in Gelsenkirchen und im Ruhrgebiet aufgewachsen, begann mit 15 Jahren Hörspiele zu schreiben und zu produzieren. Der gelernte Radiojournalist veröffentlichte 2013 seinen Debütroman. Neben historischen Romanen schreibt er moderne Krimis, Thriller und Kurzgeschichten. Mit seiner Familie lebt der Autor in der Nähe des Laacher Sees. Er ist Mitglied im Syndikat und der britischen CWA (The Crime Writers' Association). *www.krimiautor.com*

Klaus Stickelbroeck, geb. 1963, lebt in Kerken am Niederrhein und arbeitet als Polizeibeamter in Düsseldorf. Seinen ersten Kurzkrimi veröffentlichte er im Jahr 2000. Der erste Kriminalroman »Fieses Foul« erschien 2007. »Fischfutter« (2010) wurde für den Friedrich-Glauser-Preis als bester Kriminalroman des Jahres nominiert. Sein Serienermittler ist der Ex-Profifußballer und Privatdetektiv Hartmann. Stickelbroeck ist zudem einer der fünf »Krimi-Cops«, deren sechs Kriminalromane, zuletzt »Goldrausch« (2018), ebenfalls bei KBV erschienen sind. *www.klausstickelbroeck.de*